个人与历史：现代文学的体性问题

◎王炳中 著

海峡出版发行集团 | 海峡文艺出版社
THE STRAITS PUBLISHING & DISTRIBUTING GROUP | Haixia Literature & Art Publishing House

图书在版编目(CIP)数据

个人与历史：现代文学的体性问题/王炳中著. —福州：海峡文艺出版社，2022.3
ISBN 978-7-5550-2909-0

Ⅰ.①个… Ⅱ.①王… Ⅲ.①散文—文学研究—中国—现代②散文—文学研究—中国—当代 Ⅳ.①I207.6

中国版本图书馆 CIP 数据核字(2022)第 030521 号

个人与历史：现代文学的体性问题

王炳中 著

出 版 人 林 滨
责任编辑 蓝铃松
出版发行 海峡文艺出版社
经　　销 福建新华发行(集团)有限责任公司
社　　址 福州市东水路 76 号 14 层
发 行 部 0591—87536797
印　　刷 福建东南彩色印刷有限公司
厂　　址 福州市金山浦上工业区冠浦路 144 号
开　　本 720 毫米×1010 毫米 1/16
字　　数 250 千字
印　　张 14.75
版　　次 2022 年 3 月第 1 版
印　　次 2022 年 3 月第 1 次印刷
书　　号 ISBN 978-7-5550-2909-0
定　　价 60.00 元

目　录

第一辑

第二辑

第三辑

第四辑

第一辑

文类对话与现代散文理论的“个性”话语

尽管“诗”（韵文）与“文”（散体文）向来被认为是中国古代文学的正宗，但这只是个大概的区分，它们并非明确的文类概念。五四以来确立起了文学的“四分法”，小说、戏剧开始与诗歌、散文相提并论，论者多以为这跟晚清以来小说、戏剧地位的提高有很大的关系，但问题并非那么简单。日本学者斋藤希史在《近代文学观念形成期的梁启超》一文中指出：

> 小说能够顺理成章地与诗文同列于“文学”这一名称之下，只是近代以后的事情。不过如果把直到近代才发生的这一变化，概括成因小说地位的上升从而自然而然地加入了文学的行列，却是不确切的。实际上是文学这一概念本身发生了极大的变化，paradigm 的变化，波及到的 ecriture 的各个布局。现今我们称之为“小说”的这一文学形式本身，也是因为这布局的重建才得以成立的，……在此之前，对文言的笔记和白话章回小说虽也曾与其他形式合在一起作为一个整体来看待，但是却不曾注意到其异于其他的特性，从未把它作为一个独立的文体来考虑。①

虽然这是针对现代小说而论，但现代诗歌、散文、戏剧文类地位的升降亦是如此。这实际上指出了一个问题，即：现代文学“四分法”的确立，主要不是缘于四种文类自身在文学版图上的功能和地位，而是与近代以来“文学”这

---

① ［日］斋藤希史：《近代文学观念形成期的梁启超》，［日］狭间直树编：《梁启超·明治日本·西方：日本京都大学人文科学研究所共同研究报告》，社会科学文献出版社，2001年，第290—291页。

一概念或观念的变迁密切相关。或者说，正是新的“文学”概念的提出，重新规划了四种文类的功能和地位，进而才有了“四分法”这一新型文学格局的确立。如此，我们至少需要注意两点：一是这四个文类虽然表呈为不同的话语方式和体裁形式，但它们在共享“文学”这一概念的前提下，有着可化约的“本体性”（不限于“文学性”）质素。二是四个文类是互为建构的，它们的外延与内涵也是相对的，特别是随着“文学”概念的迁移，它们之间的位置及边界也会相应发生改变。这两个方面实际上是互相关联的，因此百年来文艺理论界常在文类的对话视野中，根据它们之间可化约的质素，界定某一文类乃至子文类的概念及其审美范畴。

散文写作在中国有着悠久的历史，五四以来“散文小品的成功”更是“几乎在小说戏曲和诗歌之上”，[①] 但由于中国古代没有严格意义的作为文体的“散文”概念，而西方理论界又多奉行抒情类、叙事类、戏剧类的“三分法”，也没有与中国现代散文相对应的文类概念。因此，现代散文虽然跻身四大文类，但由于其概念的生成缺乏理论资源的支撑，在 20 世纪上半叶，理论界关于其内涵与外延的界定一直是聚讼纷纭，莫衷一是。在无法依据文类自身完成散文概念及其范畴体系建设的情况下，理论界就常常以文类的互为建构思维，通过散文与诗歌、小说、戏剧的文类对话，寻绎散文本体的独特性。“个性”作为现代散文最为核心的审美范畴，也成为当时众多散文理论家关注的焦点。

一、“个性”之辨：散文与其他三种文类

在四大文类中，散文和诗歌都是主观性较强的文类，二者的区别与联系也最为理论界所关注。关于诗与散文的关系，西方文论史上已作了较为深入的探讨。亚里士多德认为，诗是一种比历史更富哲学性、更严肃的艺术，因为诗倾向于表现带普遍性的事，而历史却倾向于记载具体事件。[②] 在西方文论里，“散文”是一种与韵文相对的文类，“历史”属于“散文”的子文类，因此亚里士多德的这一论断实际上也是辨析诗与散文的区别。在这里，他从哲学的高

① 鲁迅：《小品文的危机》，《鲁迅全集》第四卷，人民文学出版社，2005 年，第 592 页。

② ［古希腊］亚里士多德：《诗学》，陈中梅译注，商务印书馆，1996 年，第 81 页。

度，发现了诗歌和散文两种文类在形而上与形而下层面上的差异。对此，黑格尔有进一步的阐释，他认为“诗只为提供内心观照而工作。……所以在全部事物之中，只有那些可以向精神活动提供动力或材料的才可以出现在诗里。例如作为人的环境或外在世界的那些外在事物本身并没有什么意义，只有在和人的意识中精神因素发生联系时，它们才有重要的意义，才成为诗所特有的对象”。而散文的思维方式是一种单凭“知解力”的日常意识，“日常的（散文的）意识完全不能深入事物的内在联系和本质以及它们的理由、原因、目的等等”，它只是“按照外在有限世界的关系去看待”①。黑格尔的观点虽然有崇诗抑文之嫌，但也更加清晰地指出诗歌与散文在本体上的某些差异，即同样是侧重自我表现的文类，散文充满了日常意识和感性的表达，而诗歌写作则是面向生命本真敞开，是对日常和庸俗的反抗或升华。

亚里士多德和黑格尔等人关于诗与散文不同审美境界或掌握方式的分辨，在西方文论界具有深远的影响，也为五四以后的中国文论界所引介。尤其彬援引了亚里士多德的观点，指出：“在诗里，诗人创造一个超现实的美的境界”，“散文则不是‘创造的’而是‘记实的’。散文只是将现实的情形或概念记述出来的文学作品。”② 姚远则将诗与散文的这一区别指认为两个不同的哲学世界，认为散文属于“现象世界，即是亚里士多德的世界”，而诗歌“属于空想世界，是柏拉图的世界”③。曾沛霖则进一步深入，将诗与散文的自我表现提高至两个不同的境界，他认为：“诗与散文的分野，就看作者读者与境界所发生的关联怎样，当作者经受一种特殊境界的时候，由于情绪的高涨，感到自我的消失，因而沉入朦胧状态，所写出的东西就是诗”，“至于散文，就与诗完全不同，作者在写的时候，不必将自我完全沉入境界中的，也就是说：散文容许作者加入客观的成分，同样，读者在读散文的时候，不管怎样的受感动，终能意识到自己在意境之外”，因此“散文的情绪类乎轻快”。④ 尽管中西方的“散文”概念不尽一致——下文将对此进一步申述，但以上诸家借用西方资源展开

① ［德］黑格尔：《美学》第三卷下册，朱光潜译，商务印书馆，2016 年，第 19、22、23 页。

② 尤其彬：《诗与散文在本质上的区别》，《青年界》1935 年第 5 期。

③ 姚远：《诗的散文化与散文的诗化》，《中国诗坛》1939 年第 3 期。

④ 曾沛霖：《诗与散文》，《育英周刊》1933 年第 9 期。

的“诗”“文”之辨，也明显是从诗歌形而上的超越性与散文形而下的日常性来看待两者关系的。而正如前文所述，这一时期诸家对于散文日常性的观照，还有着一个不言自明的前提，那就是在五四个性解放文学思潮的推动下，现代散文不再像古代散文那样被层层叠叠的道统和文统所束缚，散文作家既是社会的一分子，也是一个自足、自由的俗世个体。他们不再需要去关注与己无关的宏大事功，而是可以自己的眼光和立场眷注现实人生和身边琐事，言说异质于以往“经世文章”的主题，散文中的自我与个性表现也就显得直接而亲切。如此一来，五四以来提倡的“人的文学”“平民文学”“为人生的文学”的主张不再是一种高蹈的精神吁求，而是可以非常贴切地坐实于人生的细微之处，个体的日常人生由此合法地进入了散文的审美领域。这才是诸家在文类对话中所要发见的。或者说，正是在文类对话中，散文个性表现的方式和功能才被照亮。所以，在写于1925年的《诗论》中，郁达夫引用了当时美国加州大学文学教授盖利（C. M. Gayley）的观点指出，散文是作家日常交换意见的器具，而诗的实质则含有不断的个人情绪（emotion）和高妙的思想。李素伯也认同盖利的观点，他说：“我们可以说，诗歌有独自的理想主义，而小品散文则较为近人情。换句话说，诗歌有神秘的不可理解的幻想境地，而小品散文大都是作者日常人生抓住现实的记录，最多在表现上幽默或深刻些。”[①] 此外，胡梦华提出“絮语散文”，周作人、林语堂推崇“以自我为中心”的闲适小品文，实际上这也是这一散文个性观念的变体。换言之，通过论文对话，当时的理论界以图确立散文个性表现的“体性”[②] 规范：相对于诗歌个性表现超脱于日常生活、主体诗意化、诗体塑形化的特征，散文则擅长抒写个人日常感兴，自我表现也更为亲切和自由。这在很大程度上完成了散文领域里“为人生的文学”的话语的建构，开启了散文理论话语的现代性进程。

不同于将诗歌与散文区隔为两种不同的审美境界，现代文论界分辨散文与小说、戏剧的个性表现意涵，更多的是从它们的叙事形式展开，涉及的是文学创作的具体操作层面。

---

① 李素伯：《小品文研究》，上海新中国书局，1932年，第12页。

② “体性”概念取自刘勰《文心雕龙》的《体性》篇，意指作品体裁风格（体）和作者性格（性）的关系。本文所谓的散文“体性”主要是指内在的作家创作个性与外在形式体制的互动共生。

在西方文论里，有与中国四大文类大体对应的英文概念，如“poetry”（诗歌）、“theatre”（戏剧）、“novel”（小说）、“prose”（散文）。虽然英文里的“prose”也常被翻译为“散文”，但这一概念是指除韵文以外的一切散体文：“Prose 散文常用来指所有口头的和文字的叙说。”[①] 这样一来，西方理论界所谓的“散文”（prose）就包括了小说等叙事文体，在维·什克洛夫斯基的《散文理论》、韦勒克的《文学理论》、弗莱的《批评的解剖》等论著中，“散文”这一概念甚至主要是指小说。当然，西方文论界有从“prose”中离析出“nonfictional prose”（非小说性散文）这一概念，它是指除小说以外的一切散体文。[②] 相比“prose”，“nonfictional prose”与现代中国的“散文”概念有更大的交集，但由于把众多非文学性的写作（应用文）也纳入其中，因此两者仍无法等同起来，反而更加接近中国古代的“散文”（散体文总称）概念。现在的问题是，五四以来的中国文学观念深受西方文学的影响，却为何没有接受西方的“三分法”，而是在西方意义上的叙事性文类里拆分出散文与小说两种不同的文类？这或许是传统文类观念的残留所致。因为小说在古代中国是一种地位不高的文类，而散文则是与诗歌并称的文学正宗，尽管近代以来中国的文学观念发生了较大的变化，但它们仍然分而治之，呈现出与西方不一样的文类划分法。但也必须看到，当时的理论界虽然对散文与小说的疆界有着清晰的认识，但并没有因此自设壁垒，无视文类本体互通的可能性。诸多论者在阐述散文个性或主体性的问题时，也常从散文与小说的文类比较视野中，提出了一些值得重视的问题，这在某种程度上也是在隐秘地回应西方的文类观念。由于戏剧与小说皆被当时的理论界视为叙事性文类，因此戏剧有时也成为他们观照散文个性表现的一个参照面。

1921 年，周作人在《美文》中指出：“文章的外形与内容，的确有点关系，有许多思想，既不能作为小说，又适合于做诗，（此只就体裁上说，若论性质则美文也是小说，小说也就是诗，《新青年》上库普林作的《晚间的来

---

① M. H. 艾布拉姆斯：《欧美文学术语词典》，朱金鹏等译，北京大学出版社，1990 年，第 271 页。

② “nonfictional prose”（非小说性散文）基本上是一个包罗万象的概念，政论、辩论、历史、传记、自传、书信、日记、格言、忏悔录、新闻报道、宗教经典、哲学论著都被纳入其中。见《简明不列颠百科全书》编辑部编：《简明不列颠百科全书》第 3 卷，中国大百科全书出版社，1985 年，第 167 页。

客》，可为一例）便可以用论文式去表他。"[①] 在这篇具有开拓性的散文理论文章中，周作人明显有意识地从"外形与内容"的关系将散文的性质置于小说等文类中加以甄别。这也说明现代散文理论界从一开始就具有文类的焦虑意识。如果再结合他进一步指出的，美文"须用自己的文句与思想"，不可模仿外国创作，便可发现，他有意将散文与小说、诗歌等区别开来，主要还是出于个性表现向度的考虑。当然周作人在此文中没有继续展开，但后来者对这一问题给予了充分关注。1927 年，朱自清在梳理五四散文的创作成绩时认为，抒情的散文与小说、戏剧相比，"我们可以说，前者是自由些，后者是谨言些，……小说的描写，结构，戏剧的剪裁与对话，都有种种的规律（广义的，不限于古典派的），必须精心结撰，方能有成。散文就不同了，选材与表现，比较可随便些"[②]。这一论断初步涉及了不同文体对作家个性表达的预期，即小说、戏剧主要通过虚构的人物、情节或矛盾冲突间接表达作家的创作个性，而散文的个性表现则去除了虚构的帷幕，显得更为直接和鲜明。关于散文在个性表现方面与小说、戏剧的差异，1935 年，许钦文在《小品文与个性》中有过详细的阐述。他认为，"在一般的小说和剧本里，所谓'个性的表现'，有着两种意义：其一是'人物'的个性的表现，就是把'故事'中的人物的姿态和性情写得透达……其二是作者自己的个性的表现"，"不过在一般的小说和剧本上，……对于人物的个性的表现，可以故意的努力做到；作者的个性，须于无意中流露，出于自然，是可致不可求的。"而"小品文不必有一定的'结构'，无须遵守'三一律'，不妨凭着主观的兴感，随弯倒弯的写去。……由于自然的流露，无以做作，不容虚伪，才是作者的真面目。所以小品文，虽然是短短的，在'人格的表现'这文学的基本原则上，倒是占着重大地位的"[③]。许钦文在这里所说的"两种意义"其实是密切相关的。"'人物'的个性"，是指小说、戏剧中典型人物的塑造问题，这背后当然与"作者自己的个性"密切相关。但小说、戏剧里"作者自己的个性"，必须借助虚构的人物和故事来实现，

---

① 周作人：《美文》，《谈虎集》，河北教育出版社，2002 年，第 29 页。

② 朱自清：《论现代中国的小品散文》，见俞元桂主编《中国现代散文理论》，广西人民出版社，1983 年，第 408 页。

③ 许钦文：《小品文与个性》，《申报·自由谈》，1935 年 4 月 26 日。

是间接的、潜隐的，有如艾布拉姆斯评价莎士比亚的戏剧时所说的“上帝之手”[①]，无处不在但又无迹可寻。而散文就不同，散文虽然也需要一定程度的虚构，但这一虚构最终还是服务于写实求真的需要，是为了达到周作人所说的“真实简明”的艺术效果的，因此散文的个性表现必须是直接的、显在的。正如许杰所说的：“一些文学体裁，如同小说与戏剧，却毕竟要转了一个向，作者自己的面目，以及他的性格与个性，每每是要躲到作品的后面去的；只有小品文，却把作者自己的形象，完全显露在纸上的。”[②] 葛琴甚至从思想认知的角度看取散文个性表现的优势：“在一篇散文中间，是比在一篇小说或速写、报告中间，更容易显出作者的性格，思想和人生观的。”[③] 当然，小说、戏剧的创作是一个复杂的系统工程，现代理论界将它们与散文并置而谈，很多时候是在化繁为简，以凸显散文个性表现的独特性，而这又跟当时审美的功利性有一定关系。

从现有的资料来看，现代文坛关于散文与小说、戏剧的比较大多集中在20世纪20年代中后期和30年代前期。主要是这个时期社会政治风云激荡，文学的宣传功能被空前张扬，作为一种主体性最强的文类，写实的散文在通俗化、大众化方面显然比虚构的小说和戏剧更具优势。所以，强调散文的个性表现相对小说、戏剧更为直接、明快，与当时理论界发出文学积极介入现实的召唤相关。鲁迅在1926年以后基本停止小说创作而集中于写作批判性的杂文，很大程度上也是在回应这一召唤。1935年，郁达夫在为“新文学大系”的散文集写导言时写道：“艺术家是善感的动物，凡世上将到而未到的变动，或已发而未至极顶的趋势，总会先在艺术家的心灵里投下一个淡淡的影子，……这一种预言者的使命，在小说里原负担得独多，但散文的作者，却要比小说家更普遍更容易来挑起这一肩重担。近年来散文小品的流行，大锣大鼓的小说戏剧的少作，以及散文中间带着社会性的言辞的增加等等，就是这一种倾向的指示。”[④] 正是

① ［美］艾布拉姆斯：《镜与灯：浪漫主义文论及批评传统》，郦稚牛等译，北京大学出版社，2004年，第301页。

② 许杰：《小品文的社会风格》，陈望道编：《小品文和漫画》，生活书店，1935年，第119页。

③ 葛琴：《略谈散文》，《文学批评》1942年创刊号。

④ 郁达夫：《〈中国新文学大系·散文二集〉导言》，见俞元桂主编《中国现代散文理论》，广西人民出版社，1983年，第451—452页。

如此，这一时期散文创作的风头一度盖过其他文类，以至于有“小品文年”的说法，甚至有人怀疑小品散文的“写作”影响了小说、戏剧的“创作”。

二、“个性”与散文的文类地位

上述言论虽是在辨明散文个性表现的独特性，但也无意中触及了散文，特别是20世纪30年代小品文创作兴盛的原因，即：散文个性表现相对直接、亲切和自由，少了各种成规和形式的束缚，对于作家特别是初步踏入文坛的年轻作家的写作具有天然的便利性，从而促进了散文创作的繁荣。徐仲年在分析30年代初期“时下最流行的文艺作品，乃是小品文”时指出：“作者们爱做小品文，原来可以省时间，贪懒！长篇的创作需要想象，观察，修辞等等；巨幅的理论文需要研究，考证，整理，批评等等；都非提笔就可写的！至于诗歌，全赖 inspiration，更不能勉强！写小品文，在一般人的眼光里，不必下这样大的功夫；事实上也局部的是如此。”[①] 而在左翼文艺界看来，散文创作的繁荣，还得益于其自在自由的本特性与当时中国社会历史情态的遭遇。方菲在谈及“散文随笔之产生”时道：“随笔文短小精悍，无论怎样说法，其描写之用力必比诗歌小说戏剧——滥调者自然不论——为少，其结构，其布局，均比别种文学作品较为容易。”“我们现在已处于资本主义社会之烂熟时期，人们无不感觉烦忙、苦闷、憔悴，因之，无一不灰心、丧志、乏勇气，无朝气、无恒心、无耐性，其作品便必然以短小精悍见长而又能即物言志之随笔为文坛上之一主要形式了。”[②] 亦即，在特殊的时代背景下，散文自身形式体制的独特性及其直接明快的个性表现精神与作家的创作心境得以充分应合，进而推进了一时散文随笔的风行。上述徐、方关于散文繁荣的原因分析基本上代表了当时文论界的主流观点。当然，现代散文创作兴盛的原因还不仅于此，作家群的扩大、刊物的增多、印刷业的发达、接受群体审美趣味的转变等，都在某种程度上刺激了散文的创作。但从现有的资料来看，几乎所有的作家和批评家都把散文随意自由的创作特性当成其风行文坛的首要原因。这种看法甚至影响了后来几十年直

---

① 徐仲年：《论小品文》，《文艺茶话》1933年第3期。

② 方菲：《散文随笔之产生》，《文学》1933年第2期。

至当下的散文理论界，比如有人认为，20世纪90年代以来，“文化散文”“新散文”“在场散文”等散文体式的兴起，主要得益于散文本身自主自由的体性。这显然是一种偏见，因为上述几类散文无论精神品格的铸造还是艺术手法的营构，都已跟20世纪上半叶散文的创作情形有了很大的差别。之所以得出如此结论，主要还在于当时及后来的理论界未能从散文个性表现的自由性中发见出独特的功能与价值。

也正是如此，散文写作被现代作家当成是一种自在自为的文学行为，无须过多文学技巧的征用。这样一来，散文的艺术价值在他们看来就无法与小说、诗歌、戏剧平起平坐，而是有高低之分。朱自清指出，散文“不能算作纯艺术品，与诗，小说，戏剧，有高下之别。但对于‘懒惰’与欲速的人，它确是一种较为相宜的体制。这便是它的发达的另一原因了。我以为真正的文学发展，还当从纯文学下手，单有散文学是不够的”[①]。朱自清是散文大家，有着丰富的散文创作经验，这一观点显然很大程度上来自于他本人散文创作的心得体会。但若将其置于中外散文史的视野中加以审视，很明显是一种偏激的独断，毕竟像西方的思想性随笔、中国的先秦诸子散文，以及当代如史铁生、刘亮程等作家的散文创作，就既有个人化的情趣又有深刻的思想性，非朱自清的一己之见可以涵盖。但如果就当时白话散文的创作实践来看，朱自清的观点也不无道理，因为当时白话散文创作整体上还处于探索、上升期。因此，与朱自清的论断不谋而合的还不少。许钦文就进一步指出：“小品文同小说、剧本比较起来，于议论的直接表达外，是非‘三一律’的，就是时间、地点和作意，都无所谓‘一致’，所以总脱不了一个‘杂’字。直接表达议论，所以在另一方面说，是不重‘暗示’。因为简单明了，所以初次接近文学的人，容易了解。可是功效，不能够象小说、剧本来得强大，因为没有结构，得不到技巧的帮助，不容易发生‘净化作用’，就是不能够进展到‘艺术三昧’的深处。虽然好的随笔，也多描写，尚暗示，容易使得读者表同情，也会得引起净化作用来；可是篇幅短，总不会是深刻浓厚的。”[②] 这已非仅仅从选材及其表现的随意性来

① 朱自清：《论现代中国的小品散文》，见俞元桂主编《中国现代散文理论》，广西人民出版社，1983年，第408页。

② 许钦文：《关于小品文》，见佘树森编《现代作家谈散文》，百花文艺出版社，1986年，第164—165页。

看取散文与其他文类的高下之别，而是认为散文个性表现的直接和鲜明，使其失去了严谨的品格而流于“杂”，在思想含量上也不如小说、戏剧等文类。从这个角度来看，20 世纪 30 年代周作人、林语堂鼓吹“以自我为中心”的闲适散文之所以遭到理论界的普遍抵制，除其不合时宜地游离于“现实”之外，还应与这类散文被视为先天缺乏厚重的思想性有关。朱光潜就指出：“我反对这少数人把个人的特殊趣味加以鼓吹宣传，使它成为浪漫一世的风气。”“现在一般人特别推崇小品文，就是缺乏伟大艺术所应有的‘坚持的努力’。我并非说作品的价值大小，完全可以篇幅长短为准。但是拿中国文学和欧洲文学相较，相差最远的是大部头的著作，这是无可讳言的。……中国文人没有多创造类似《红楼梦》《西游记》之类的长篇大作，原因固然很多，我以为其中之一就是太看重小品文，他们的精力大部分在小品文中销磨去了，所以不能作较大的企图。现在我们的新兴文艺刚展开翅膀作高飞远举的准备，我们又回到旧风尚去推尊小品文，在区区看来，窃期期以为不可。”朱光潜这些话是针对当时的闲适、幽默小品而论的，言下之意，还是从“体性”的角度，把这类散文当成一种言说个人趣味的文体，而赋予长篇小说深宏的精神品质。如果联系他对当时文学与政治联姻的反感，上述言论也未尝不是在批评某些左翼作家杂文写作过于直白、流于琐碎的缺憾。总而言之，在与小说、戏剧的比较中，散文的本体特性虽进一步彰显，但理论界关于散文个性表现的自由性与其短小简约的体制、思想品格的矮化乃至琐屑的趣味之间内在逻辑关系的述说，也扰乱了散文的文类地位，模糊了散文概念的外延与内涵，20 世纪 90 年代贾平凹的“大散文”与刘锡庆的“纯散文”（“文体净化”）论争，我们仍可以从中发现相似的运行逻辑。

由此，我们发现了一个学界鲜有人注意到的问题，那就是当时的理论界很流行这样一种看法：散文写作可以成为其他文学品类创作的门槛和准备。比如何谷天认为：“说到写作小说的技术（结构之类除外），我以为多写小品文也是一种最好的锻炼。大概初初写作的人，当刚刚构思好一个头绪的时候，便马上觉得一股热气直冲脑顶，拿起笔来好像非一口气写它个一万两万不可。尽情挥洒，总觉得这一句也好，那一句也好，全都写上去，但过一些时，冷眼地看几遍，就会脸上热热地觉出许多重复和不必要的句子来。所以我觉得一方面在不断地努力写小说的时候，同时应该一方面多写小品文。这样，便会一天天地容易觉到自己的笔渐渐磨尖，句子简练，即是说技术进步起来了。”[①] 他之所以如此看待小品文，主要是因为它“单刀直入，有时较之小说戏剧之类更容易独来独往。不要以为它是‘小’品，它伸展的领域很广阔呢”[②]。换言之，小品文“体性”的自由不拘，使它只能成为创作前的操练，而非创作本身。与此相关的是，20 世纪 30 年代随着散文小品创作的兴盛，当时的出版市场上出现了诸多关于散文小品的“作法”和“讲义”，对散文的写作作技术性的拆解，这虽缘于繁荣的散文出版市场的刺激，但将其认定为一种技术性工作，也说明时人在潜意识里并没有将散文与其他三种文类等同对待。而将散文与诗歌、小说、戏剧的艺术价值区别对待，实际又回到了前文所述的关于如何理解“文学”的问题，即散文在与其他三种文类分享“文学”的共同质素时，其所匹配功能是不及后者的。所以，散文在现代文学史乃至百年来文学史上尴尬的地位是与这种轻视分不开的。

从这个角度来看的话，现代文学史上各种关于散文的论争，就不能仅仅视为散文文体观念的争锋，也不仅是话语权的争夺，还应关乎如何看待散文的文类地位的问题。比如在 1933 年，青年学生林希隽称鲁迅是“杂感家”，创作不出伟大的著作，只能写些小文章。这其实也是把杂文看成是一种个人的感兴，思想价值不高，尽管从现在看来，这是一种偏见。但值得注意的是，鲁迅虽然对林希隽的批评迅速做出反击，但他对自己的杂文创作也非一直充满自信。1925 年，他在《华盖集·题记》中说道：“也有人劝我不要做这样的短评。那好意，我是很感激的，而且也并非不知道创作之可贵。然而要做这样东西的时候，恐怕也还要做这样的东西。”[③] 1933 年，他在批评林语堂等人的散文时指出，“生存的小品文”“给人的愉快和休息是休养，是劳作和战斗之前的准备”[④]，此处的“生存的小品文”即是鲁迅对自己杂文的定位，他显然还未将其提升到“创作”的高度。直到 1934 年，他在为青年杂文家徐懋庸的《打杂集》作序的时候似乎才最终确认了杂文的合法性，他说：“杂文这东西，我却

① 何谷天：《小品文对于我》，陈望道编《小品文和漫画》，上海生活书店，1935 年，第 86 页。

② 何谷天：《小品文对于我》，陈望道编《小品文和漫画》，上海生活书店，1935 年，第 84 页。

③ 鲁迅：《华盖集·题记》，《鲁迅全集》第三卷，人民文学出版社，2005 年，第 4 页。

④ 鲁迅：《小品文的危机》，《鲁迅全集》第四卷，人民文学出版社，2005 年，第 593 页。

恐怕要侵入高尚的文学楼台去的。"[①] 鲁迅如此，他人便可想而知。这里又涉及一个问题，那就是在现代文学三十年，散文作为一个母概念或母文类，不断地生产出子概念或子文类，如"美文""絮语散文""纯散文""随笔""小品文""杂感""杂文""速写""报告文学"等，这在其他三种文类的界说中是没有的。关于这一问题，学界多认为是当时的理论界对散文的外延与内涵认识的混乱所致，或是缘于命名者自身的文化姿态和文学选择的差异。但如上所述，这未尝不是命名者在文类建设方面的焦虑，亦即他们急于通过散文概念及其"体性"内涵的重建，确立起一种在思想和艺术上足以与其他三种文类相抗衡的文类，而且他们确实也是这么做。这从鲁迅孜孜不倦于杂文创作以致最后使它"侵入高尚的文学楼台"，以及1930年代以后"左联"推出报告文学并促成其崛起成为一枝独秀即可看出来。

三、三种"个性说"

由上可知，现代文论界关于散文与诗歌、小说、戏剧的文类辨析，已不同于西方理论界纯学理的立场，而是依据现实的种种考量，重新定义了"文学"，也重新定义了"散文"，而这种定义又被广阔的社会历史景深所牵掣。在此过程中，关于散文的个性意涵也是众说纷纭，形成了几种不同的"个性说"。

首先是那种基于散文本体特性的个性观念，即在文类对话中，指出散文擅长抒写个人日常感兴，自我表现相对诗歌、小说和戏剧更为素朴、自然、直接、鲜明。如果进一步深究，可以发现，这一个性观念是对五四以来个性解放、写实求真、"为人生的文学"等观念的回应，突出强调的是散文写作要表现作家的真情实感和个性气质，是对传统散文束缚个性自我、虚伪写情的反拨。胡梦华就认为在一篇絮语散文里，固然"要有抒情诗人的缠绵的情感"和"自然派小说家的敏锐的观察力"，但它更"可以洞见作者是怎样一个人"，"所以它的特质是个人的（personal），一切都是从个人的主观发出来，所以它的特质又是不规则的（irregular）、非正式的（informal）"。因此，他偏爱蒙田

① 鲁迅：《徐懋庸作〈打杂集〉序》，《鲁迅全集》第六卷，人民文学出版社，2005年，第300页。

随笔，而认为培根不是一个“纯粹的絮语散文作家”，就在于后者的情感表现过于“简约而谨严”。[①] 显然，这一散文个性观念是以胡适在五四时期所宣扬的“健全的个人主义”[②] 为思想基础的，肯定的是文学中人的价值和人性的合理存在，个人、个性、人性、人道等新观念是其基本的内涵，可称为人性论的“个性说”。

当然，“个性”是所有文学品类创作的基础，不为散文所独有，只是相对于小说、诗歌、戏剧而言，散文是一种个性表现最为直接的文体，特别是强调散文的个性表现要素朴自然和直接明快，无疑更具有文体的规范意义。当时理论界诸家，无论持何种政治立场，属于哪个社团流派，都不否认散文个性表现的这一特性。因此，人性论的“个性说”其实是一种散文相对于诗歌、小说、戏剧所应有的本体性观念的集合，是一种确证散文之应为散文的个性表现观念。它虽然是对五四以来反载道、破义法、尊个性等审美原则的回应，主要针对的是传统散文桎梏个性的道统和文统，但也夯实了散文的本体，使现代散文从中国传统的散体文里独立出来，创设出“散文”这一西方所没有的独立文类。

另一方面，文类对话及其理论交互提醒我们，四大文类的个性表现意涵虽有差异，但也有内在关联和相通。一个学界鲜有人关注的问题是，现代散文个性表现观念的建构，既是以其他三种文类的个性表现意涵为参照系，也因着社会景深和意识形态的牵掣，在某种程度上化合了后者，从而推动了现代散文“个性说”的演进。特别是20世纪20年代中期以后，随着阶级矛盾和民族矛盾的进一步激化，五四以来的个性主义思潮日趋分化，“个性”在不同的阵营里被赋予不同的意涵和功能。反映到散文理论批评界，则是围绕个性与自我，形成言志论的“个性说”和社会论的“个性说”两种针锋相对的理论形态。

言志论的“个性说”是由五四以后一批固守个性自由理念的自由主义知识分子所提倡，始于周作人及其弟子所发起的散文“言志”观，经以林语堂为首的“论语派”的鼓吹而风行于20世纪30年代文坛。作为言志论的首倡者，周作人在写于1908年的《论文章之意义暨其使命因及中国近时论文之失》一文

① 胡梦华：《絮语散文》，《小说月报》1926年第17卷第3号。

② 胡适：《〈中国新文学大系·建设理论集〉导言》，《胡适全集》第12卷，安徽教育出版社，2003年，第295页。

中就说道："吾国昔称诗言志。夫志者，心之所希，根于至情，自然而流露，不可或遏，人间之天籁也。""试观上古，文章首出，厥惟《风》诗。原数三千余篇中，十三国美感至情，曲折深微，皆于是乎在，本无愧于天地至文。乃至删《诗》之时，而运遂厄。……删《诗》定礼，夭阏国民思想之春华，阴以为帝王之右助。推其后祸犹秦火也。夫孔子为中国文章之匠宗，而束缚人心，至于如此，则后之苓落又何待夫言说欤！是以论文之旨，折情就理，唯以和顺为长。使其非然，且莫容于名教。"[①] 在这里，周作人对儒家删《诗》定礼的诗教观念进行了批判，认为它背离了"诗言志"的传统，而其夭阏思想、阴为王助则助推了载道散文的生成。所以他后来提出"言志散文"这一概念，看似复古，实则是想从中国古代诗学传统中寻找激活现代散文个性精神的因子，不使其重走"折情就理"的老路。在20世纪二三十年代，他为《陶庵梦忆》《杂拌儿》《燕知草》《近代散文钞》《中国新文学大系·散文一集》等散文集所作的序跋文，以及在辅仁大学的讲演录《中国新文学的源流》，一直都在发掘本土散文的言志抒情流脉，批判载道传统，张扬自己的言志散文观。在这些文章中，周作人认为，在中央集权、政教统一的时代，集团的载道散文就大行其道，而到了王纲解纽、百家争鸣的时候，个人的言志散文则占据优势，两者的相搏酿参与推动了古今文艺的变迁和历史上五花八门的文学运动。无论这种梳理是否合理，周作人在此想表明的是由"诗歌"而至"散文"的"言志"传统并未消失，只是其发展进程时常被"载道"所打断，现代散文要摆脱此一厄运，就必须去除形而下的俗世功利的沾染，而汲取上古诗歌形而上的"美感至情"的"言志"精神。

质言之，从"诗言志"到"言志散文"的文类对话，周作人完成了他的散文个性观念的建构，在此过程中，两者缺一不可。遗憾的是，目前学界多只注意到周作人的散文理论，却鲜有人关注他的诗歌理论，而后者是如何渗透进前者并为前者所化合，是其言志论"个性说"生成的关键。比如，他认为"中国的隐逸都是社会或政治的"，所以他从陶渊明诗歌中发现"有一肚子理想，却

① 周作人：《论文章之意义暨其使命因及中国近时论文之失》，邬国平、黄霖编：《中国文论选·近代卷（下）》，江苏文艺出版社，1996年，第693—694页。

看得社会浑浊无可实施，便只安分去做个农工，不再来多管”[①]，这也是他推崇魏晋散文和晚明小品寄闲适于沉痛之风格，并将其指认为“言志散文”的代表之所在。这种具有诗性内涵的散文观念，甚至影响了他对散文审美范畴的寻绎。他认为“诗的效用本来不在明说而在暗示，所以最重含蓄”，还引用了小说家康拉德的观点，认为很平凡浮浅的思想，外面披上诗歌形式的衣裳，那是没有实质的东西，别无足取。[②] 这是在强调诗歌的超越性，推及散文，他则提出“涩味”的美学范畴，认为散文不要过于通透、平淡，“这才耐读”。[③] 至于周作人的追随者废名借用诗歌理论提出散文应有“隔”与“不隔”的审美旨趣，林语堂提出充满神秘色彩的“性灵”范畴，实际上都是移植了原本属于诗歌的审美因素。另一方面，从理论品格来看，周作人、林语堂等人的言志论“个性说”提倡“闲适”和“以自我为中心”的散文观念，蕴含着个人抒情、艺术独立、非功利、反道统等复杂内涵，超离了五四以来散文对激变的现实的关注和批判，以致最终剩下“只想表现凡庸的自己的一部分，此外并无别的目的”[④] 的一面，具有鲜明的隐遁色彩和超然意趣，这明显溢出了散文形而下的本体属性，而走向诗歌形而上的品性追求。

与言志论“个性说”不一样的是，社会论的“个性说”虽然认为散文须有个性表现精神，但此间的个性不再原生于作家个人，而是通向现实社会，甚或必须为社会性所决定。比如周木斋认为小品文的“自我不是凭空存在的，它必然有社会的联系，离开社会，单管自我，势必至于标新立异，否则便不自我”[⑤]。针对周作人、林语堂等人鼓吹闲适性灵散文，南父回应道：“性灵，是思想和情感的总和吧？它必然要受社会条件的制约的。社会上有各种人生，便有各种性灵。”[⑥] 在 20 世纪 40 年代的解放区文学里，随着无产阶级立场的确

---

① 周作人：《〈论语〉小记》，《周作人自编文集·苦茶随笔》，河北教育出版社，2002 年，第 18 页。

② 周作人：《论小诗》，《周作人自编文集·自己的园地》，河北教育出版社，2002 年，第 19、20 页。

③ 周作人：《〈燕知草〉跋》，《周作人自编文集·永日集》，河北教育出版社，2002 年，第 79 页。

④ 周作人：《〈自己的园地〉旧序》，《自己的园地》，河北教育出版社，2002 年，第 2 页。

⑤ 周木斋：《小品文杂说》，陈望道编《小品文和漫画》，生活书店，1935 年，第 21 页。

⑥ 南父：《“小品文”》，陈望道编《小品文和漫画》，生活书店，1935 年，第 215 页。

立，散文的个性更是成为社会性或阶级性的附庸。由于社会论“个性说”的提倡者多为革命文学作家或左翼作家，因此学界一向认为这一理论形态的背后是社会学话语模式的操纵；但如果从文类对话的角度来看的话，社会论“个性说”的生成还与挪用小说、戏剧个性的表现意涵有关。

因此，强调社会性之于个性的第一性，散文的个性表现便不再来自于主体性（作者）的伸张，而是受到社会性的调控，是对现实社会的折射。在此情况下，散文的个性表现功能就不再是直接的，而是受到了过滤和阻隔，这就共享了小说、戏剧的文类品性。所以，我们可发现，随着社会论“个性说”的兴起，便于抒发个人情志的传统记叙抒情散文渐趋衰弱，而兼具纪实性和文学性（虚构性）的报告文学开始崛起。纪实性固不待言，文学性则为报告文学作家个人才情的发挥提供了虚构的空间。茅盾曾说道：“好的‘报告’须要具备小说所有的艺术上的条件——人物的刻划，环境的描写，氛围的渲染等等”，“甚至可说最近大多数的短篇小说也和‘报告’一点点接近”。[①] 显然，报告文学要具备小说“艺术上的条件”，依靠的是作家个人的才情，但与此同时，报告文学异化为小说，也将使作家个性精神的呈现无法像传统记叙抒情散文那么鲜明和直接。这在 20 世纪 30 年代以后为左翼作家所青睐的速写、特写、通讯、访问记、社会风土记乃至报告型的政论和杂文等散文子文类中，也有鲜明的体现。而这背后，是社会论的“个性说”修改了直接、明快的散文个性表现观念，吸纳了小说、戏剧等虚构性叙事文类的个性表现意涵。正是如此，时人对其的批评，很多时候质疑的是这种话语类型对散文写实求真精神的遮蔽。

结　语

“个性”作为现代散文理论批评史上最为核心的审美范畴，在何为“个性”、为何“个性”上，当时的理论界已作了充分的阐述，本文主要是从文类对话这一学界鲜有人关注的视角，看取其内涵的生成及流变。文类的对话，不仅在新文学建设期为散文“体性”的浇筑和散文文类的确立提供了必不可少的理论支撑；而且，自 20 世纪 50 年代以来，每当散文可以单独成为一种文类而

① 茅盾：《关于“报告文学”》，《中流》1937 年第 11 期。

遭到质疑时，学界也常常通过文类对话，对散文的本体特性加以观照和提炼，为其辩护和正名。至于上文所述的三种“个性说”，并没有因中华人民共和国成立后理论话语的整合而消失。50年代至80年代，社会论的“个性说”占据主流；80年代以后，人性论的“个性说”得到广泛接受，至于言志论的“个性说”，其超然意趣虽已风流云散，但其对自我内在心性的重视，仍然得到理论界的重视。这或许也可以从另一个方面说明文类对话之于三种散文个性观念建构的可能及限度。

选择与重构：现代散文个性理论的西方资源

个性是现代散文理论批评的一个核心范畴，其丰富的内涵汲取和积淀了中外散文的有关理论资源和创作经验，其中又以西方随笔个性表现观念的影响最为直接和深远。随笔（Essay）是16世纪由法国蒙田首创，随后在英国兴盛发达并有世界性影响的一种散文体裁。“作为近代随笔的突出代表，它集中体现了随笔体散文注重个性表现、充满自由创造精神的艺术传统。这恰好是我国古代散文所欠缺或受冷遇的内容，也恰好是现代中国思想革命和文学革命所需求的内容。”① 因此，Essay在“五四”被发现后，其表现自我、张扬个性的精神得到了新文学作家和理论家的青睐，出现了诸多关于Essay的译述，进而在精神品格的确立、题材与主题的取向、艺术手法的舍取上，深刻地影响了现代散文个性理论的建构。

一

早在1918年4月，胡适就在《建设的文学革命论》一文中谈到西方有许多散文样式值得学习和借鉴，其中就包括蒙田和培根的散文随笔。稍后，刘半农在《我之文学改良观》中首次引进了“Essay”一词，傅斯年在《怎样做白

① 汪文顶：《英国随笔及其对中国现代散文的影响》，《无声的河流——现代散文论集》，上海远东出版社，2003年，第102页。

话文》中再次提及了“Essay”这一概念：“无韵文里头，再以杂体为限，仅当英文的Essay一流。”[①] 五四初期关于Essay的这些只言片语，仅是介绍性的提及，并未具体探讨其文体特性。直到1921年，周作人《美文》的发表，Essay才引起新文坛的广泛注意。他明确提出：“外国文学里有一种所谓论文[②]，其中大约可以分作两类。一批评的，是学术性的。二记述的，是艺术性的，又称作美文，这里边又可以分出叙事与抒情，但也很多两者夹杂的。”周作人此前已经发表过《人的文学》《个性的文学》，提倡“个人主义的人间本位主义”和“个性的文学”，在《美文》中又认为美文写作“只是真实简明便好。我们可以看了外国的模范做去，但是须用自己的文句与思想，不可去模仿他们”。[③] 可见，周作人把Essay视为真实表达自己的一种文体，可学其个性独创精神而不能模仿。1924年，王统照在《散文的分类》一文中评介了美国文艺学家韩德的论述：“杂散文最普通与最主要的表现是论文（Essay），然而在形式中必有描写与批评的二种。第一种是代表光明，自由及普遍的艺术，第二种是文学批评的特书”，并认为以Essay为主的杂散文“文字上不受任何形式的拘束易于自由挥发”“集合众长而运用自由，独抒所见”“良好的趣味”等文体特长。[④] 对Essay的理论译介最有影响的是鲁迅，他翻译的日本文论家厨川白村《出了象牙之塔》一书中说道：“在Essay比什么都紧要的要件，就是作者将自己的个人底人格的色彩，浓厚地表现出来。”[⑤] 这已被现代散文理论批评界奉为圭臬。继鲁迅之后，胡梦华的《絮语散文》则着重介绍Essay之一的Familiar essay的重要特征，特别强调“它的特质是个人的（personal），一切都是从个人的主观发出来，所以它的特质又是不规则的（irregular）、非正式的（informal）”。[⑥] 这几乎成为现代散文理论界关于Essay特质的定论。此后，梁遇春

① 傅斯年：《怎样做白话文》，《新潮》1919年第1卷第2号。

② “论文”此为Essay的译名，周作人早在1908年《论文章之意义暨其使命因及中国近时论文之失》中，已把英国培根的*Essays*译为《论文小集》。

③ 周作人：《美文》，《谈虎集》，河北教育出版社，2002年，第29页。

④ 王统照：《散文的分类》，见俞元桂编《中国现代散文理论》，广西人民出版社，1983年，第13页。

⑤ 厨川白村：《出了象牙之塔》，《鲁迅全集》第13卷，人民文学出版社，1973年，第165页。

⑥ 胡梦华：《絮语散文》，《小说月报》1926年第17卷第3号。

的《〈小品文选〉序》、林语堂的《论小品文笔调》、郁达夫的《〈中国新文学大系·散文二集〉导言》、毛如升的《英国小品文的发展》、方重的《英国小品文的演进与艺术》等，又对 Essay 重个性的艺术特质作了补充和发挥。

但是，现代散文理论界对于西方随笔的理念和精神并非全盘接受，而是有选择性地借鉴和吸收。Essay 在其自身的发展过程中，大约出现了两种形式：正式的 Formal essay 与非正式的 Familiar essay，亦可如林语堂所说的分为“学理文（Treatise）”和“小品文（Familiar essay）”。前者以培根、琼生、布朗、考莱等人的创作为代表，后者则以孟田、艾狄生、兰姆、赫兹里特等人的创作为代表。总的说来，两者都是自我告白的文学形式，但也有所区别。前者“相对地不带个人感情；作者以权威的身份，或者至少是以学识渊博的人的身份写作，解释主题有条不紊”。而后者则“以一种亲切的口气同他的读者讲话，并倾向于讨论日常琐事，而不讨论公众事物或专门题目；写作方法是轻松愉快、自我揭露、甚至异想天开的方式”[①]。整体上看，现代散文理论界普遍排斥前者而肯定后者。因为现代散文是在“反对古文义法的束缚、要求文体的解放的时代呼声中”[②] 确立起来的，而前者带有“冠冕堂皇的神气”，后者则是自由不拘、亲切自然的闲谈絮语。周作人在《美文》中沿用二分 Essay 的习见，把外国文学里的“论文”分为批评的学术性的和记述的艺术性的两种，又称记述的艺术性的为“美文”，以“爱迭生，兰姆，欧文，霍桑诸人”的创作为代表，并建议：“现代的国语文学里，还不曾见有这类文章，治新文学的人为什么不去试试呢？”[③] 周作人这里把兰姆等人当作“美文”作家，显然是用“美文”指称 Familiar essay。对现代散文理论建构影响至深的厨川白村，说 Essay 是“随随便便，和好友任心闲话”，“想到什么就纵谈什么，而托于即兴之笔”[④] 写下的一类文章，其实这时他探讨也是 Familiar essay。胡梦华把 Familiar essay 译成“絮语散文”，并认为培根的散文“欠个人的风趣”，“不能算

① ［美］阿伯拉姆：《小品文》，见傅德岷编《外国作家论散文》，新疆大学出版社，1994 年，第 32 页。

② 汪文顶：《英国随笔及其对中国现代散文的影响》，《无声的河流——现代散文论集》，上海远东出版社，2003 年，第 112 页。

③ 周作人：《美文》，《谈虎集》，河北教育出版社，2002 年，第 29 页。

④ 厨川白村：《出了象牙之塔》，《鲁迅全集》第 13 卷，人民文学出版社，1973 年，第 164—165 页。

是一个纯粹的絮语散文家”，[1] 因而推崇兰姆一脉娓娓道来、毫不矫饰的文章。梁遇春翻译过多种英国小品文选，被称为“中国的爱利亚”。但他有意不介绍培根、沃尔顿、布朗、考莱等人相对典重谨严的随笔，而着重选译18世纪斯梯尔、艾狄生、哥尔斯密，19世纪兰姆、赫兹里特、亨特和20世纪切斯特顿、贝洛克、卢卡斯、林德、高尔斯华绥诸家轻松活泼的小品，并在序跋和译注中点评各家的风格特点。这一朗然的态度源于他的小品文主张：“小品文是用轻松的文笔，随随便便地来谈人生，并没有俨然地排出冠冕堂皇的神气。”[2] 林语堂则把“学理文（Treatise）”和“小品文（Familiar essay）”比附为“载道文”与“言志文”，反感前者的“庄严”和“不敢越雷池一步”，而肯定后者的“个人笔调”（familiar style），赞赏其“系主观的，个人的，所言系个人情感”。[3] 由此可见，现代散文理论界对于Familiar essay的倚重，主要是着眼于这一品类的随笔中个性、自由和亲切三者的有机联系，强调作者个性的审美把握在小品文创作中的主导作用。正是在此意义上，使得现代散文理论界不仅对蒙田、艾狄生、兰姆等人的随笔理念有着充分的认同，而且还以此为标高构建现代中国散文的个性理论。

二

由法国作家蒙田首创而盛行于英国文坛的随笔，备受我国作家和理论家关注的是其表现自我、任心闲话的文体特性。蒙田的“试笔”不仅开创了一种新文体，同时也创立了这种新文体的审美原则和精神传统，正如他在其《随笔集》序文《给读者》中所说的：“这是部坦白的书”，“我自己就是这部书底题材”，“我要人们在这里看见我底平凡、纯朴和天然的生活，无拘束亦无造作：因为我所描画的就是我自己”，“只想把它留作我底亲朋底慰藉：使他们失了我

① 胡梦华：《絮语散文》，《小说月报》1926年第17卷第3号。

② 梁遇春：《〈小品文选〉序》，见俞元桂主编《中国现代散文理论》，广西人民出版社，1983年，第27页。

③ 林语堂：《论小品文笔调》，《人间世》1934年第6期。

之后，可以在这里找到我底性格和脾气底痕迹，因而更恳挚更亲切地怀念我”。[①] 其含义，一是表现自我，主要描写自己平凡、纯朴的日常生活和精神生活，留下自己的个性痕迹；二是自由书写，无拘束亦无造作，真诚自然，与自我存在状态相契合而形成个人文体；三是态度亲切，视读者为亲朋知己，敞开心怀，絮语漫谈，使读者读其书如晤其人。这种自由自在地表现自我的散文观，在18及19世纪的英国文坛被奉为随笔散文的圭臬，并与浪漫主义思潮合流而进一步张扬个性书写的精神传统，形成英国随笔异彩纷呈的洋洋大观。方重在《英国小品文的演进与艺术》中概括了其主要特点：“其一，个人的，坦白的态度；其二，闲适的，恳切的格调；其三，内容以日常的形态，意想，或各自的情感与经历为宜。”[②] 由于蒙田和英国随笔的个性自由书写与五四时代引进和流行的人本主义、个性主义、自由主义思潮相契合，又与我国“独抒性灵、不拘格套”的“古河”相通，因此引起了我国现代散文家和理论家的共鸣，最终成为众所关注和普遍认同的核心观念。

鲁迅在20年代中期致力于翻译日本文学家厨川白村的著述。1925年，由他译出的《出了象牙之塔》一书中关于Essay的解说，被人反复征引，视为散文理论批评的经典之论。厨川白村深入地揭示出了Essay的特性是“作者将自己的个人底人格的色彩，浓厚地表现出来”，“将作者的自我极端地扩大了夸张了而写出来的东西，其兴味全在于人格的调子”，认为Essay是“最为便当的”“自己告白的文学”，所以许多作家选用这种“既是费话也是闲话”的体裁来“表现不伪不饰的真的自己”。[③] 厨川白村精通西洋文学史，对Essay有深入的研究，其简明扼要的论述，深刻地勾画出了Essay中作者自我表现的自在性与文体随意自如的自由性之间同质同构的内在联系，切中了Essay的命脉，所以才被鲁迅和众多文人所认同和激赏，引为散文小品的知音和标尺，深刻影响着中国现代散文的理论建设和创作走向。就如郁达夫所说的：“鲁迅先生所翻的厨川白村氏在《出了象牙之塔》里介绍Essay的一段文章，更为弄弄文墨的

① 蒙田：《给读者》，梁宗岱译，郑振铎编《世界文库》第7册，生活书店，1935年，第3001页。

② 方重：《英国小品文的演进与艺术》，《国立武汉大学文哲季刊》1937年第6卷第4期。

③ 厨川白村：《出了象牙之塔》，《鲁迅全集》第13卷，人民文学出版社，1973年，第166页。

人，大家所读过的妙文”，并作为“英国散文对我们的影响之大且深”的重要实证。[①] 继鲁迅之后，胡梦华于1926年在《絮语散文》中全面系统地对西方散文特别是英法随笔的体性作了进一步概括和发挥，认为“近世自我（Egotism）的解放和扩大曾促进”抒情诗和絮语散文这“两种文学质和量上的惊人进步”；其“美质”除了“家常絮语”的重要特性外，“还有比较重要的就是作者和作品的关系”，认为仔细读了一篇絮语散文，可以洞见作者的“人格的动静”“人格的声音”“人格的色彩”，“所以它的特质是个人的（personal），一切都是从个人的主观发出来，所以它的特质又是不规则的（irregular）、非正式的（informal）”。[②] 虽然英国汉学家卜立德教授认为胡梦华的这篇文章其实是在美国出版的《英国随笔》（*The English Familiar Essay*）一书引言的节译，但正如有些论者指出的：“胡梦华还是有眼光的，他抄的这篇引言，至今在英国小品文研究论著中仍然是第一流的。”[③] 确实，虽然“絮语散文”这一名称没有传播开来，但该文的影响力是不可否认的。钟敬文的《试谈小品文》就曾大段地引述过胡梦华的文字，并在此基础上提出小品文“只要是真纯的性格的表露，而非过份的人工的矜饰矫造，便能引人入胜，撩人情思”[④]。可以说，自厨川白村关于Essay的介绍经由鲁迅之手翻译到中国，以及胡梦华对絮语散文的精辟概括之后，个性与自我作为散文的基本要素已被现代散文理论界广泛认可。此后，由于文学理想的差异以及对个人与社会关系的不同理解，理论界诸家依据不同的立场和思想基础提出了各自的“个性”说。鲁迅和茅盾等部分左翼作家和理论家注重个人性和社会性、阶级性的辩证与调和，认为人性、个性“都带”社会性和阶级性，[⑤] 散文小品中的“自我不是凭空存在的，它必然有社会的联系，离开社会，单管自我，势必至于标新立异，否则便不自我”；[⑥] 周作人的“言志论”、林语堂的“性灵论”，把言志抒情和个性表现融为一体；梁实

---

① 郁达夫：《〈中国新文学大系·散文二集〉导言》，《郁达夫文集》第六卷，花城出版社，1983年，第269页。

② 胡梦华：《絮语散文》，《小说月报》1926年第17卷第3号。

③ 张梦阳：《鲁迅杂文与英国随笔的比较研究》，《社会科学战线》1997年第2期。

④ 钟敬文：《试谈小品文》，《文学周报》1928年第349期。

⑤ 鲁迅：《文学的阶级性》，《鲁迅全集》第四卷，人民文学出版社，2005年，第128页。

⑥ 周木斋：《小品文杂说》，陈望道编《小品文和漫画》，上海生活书店，1935年，第21页。

秋以新人文主义和古典主义的理性标准提出了“高超的文调论”，认为“散文的文调虽是作者内心的流露”，但“高超的文调，一方面是挟着感情的魔力，另一方面是要避免种种的卑陋的语气”；[①] 郁达夫在总结新文学第一个十年的散文创作时提出了“心体说”，主张打破“古文义法”对散文内容和形式的双重桎梏；沈从文、朱光潜、何其芳、李健吾等京派青年作家自觉抵制自遣把玩的趣味和幽默，追求“一种独立的创作”，力图“为抒情的散文发现一个新的园地”。[②] 虽然众说纷纭，但却是一个系脉的衍变，诸家都是普遍认同西方随笔所注重的个人色彩和自我意识，把自我个性的自由表现视为散文的特质和现代表征，在创作主体性、个性真实性、文体独创性等核心内涵和基本问题上达成异口同声的共识和相辅相成的互补，并以此冲破“文以载道”的陈旧观念，努力建构自我个性表现的散文理论。

三

从精神品格上确认了个性与自我的核心价值后，如何对之进行落实成了现代散文理论界关注的另一焦点。对此，西方散文特别是19世纪英国随笔关注日常人生的价值取向得到了他们的热烈回应。蒙田絮语人生的随笔被引入英国以后，其关注日常人生的态度和文学方式得到了艾狄生、兰姆等英国散文作家的师承和发扬，形成了一脉以个性表达为基础，注重日常生活琐事、习俗轶闻的书写传统。英国随笔作家本森曾说：“与传奇作者恰恰相反，随笔作家唯一不变的宗旨是把眼光牢牢盯住日常琐事，是正视实际状况而不是从它们那里高飞远扬。”因此他赞赏兰姆“坦然运用极其平凡的生活素材，而最简单的生活经历经他的手点染，就像神仙故事中发生的事情那样，一下子就变得妙趣横生、放出异彩”[③]！亚历山大·史密斯说小品文作家应“避免触目的大题。也得拣选那种最琐屑的题目，从小处着眼，而渐渐涉及它们的想象最欢喜想的大

---

① 梁实秋：《论散文》，《新月》1928年第8期。

② 何其芳：《〈还乡杂记〉代序》，《何其芳文集》第二卷，人民文学出版社，1982年，第125、127页。

③ 本森：《随笔作家的艺术》，刘炳善译，见阿狄生等著《伦敦的叫卖声》，北京三联书店，2013年，第272、276、279页。

题目”，他认为小品文作家“不会缺少题材。日常的生活，已经很丰富”，并指出小品文作家“最重要的天赋，是在乎能从很平凡的事物中，找出其暗示”。[①]深受西洋文学影响的芥川龙之介也曾说：“因为使人幸福，不可不爱日常的琐事，灵的光，竹的战栗，雀群的声音，行人的容貌，——在所有的日常琐事之中，感着天上的甘露味。”[②] 如此看来，西方散文家对于琐细题材的关注，不仅在于他们可以由此获得精神的自由和解放，还在于他们看到了人生的每一细微处都饱含着无限的意蕴，他们可以按照自己对日常人生的印象，随兴所至地体察万事万物，道出人所未道的意义和乐趣，让即使单调乏味、平凡无奇的日常事物也能转化为华丽、新奇的东西。正因为日常琐事“所描写的是生命的光焰，而非人生的荣耀，因此，他们从不把什么东西看作低俗而不洁净的”。[③]

西方随笔由个人而人生的题材取向无疑与五四时期盛行的“人的文学”主张有着相契合的一面。周作人在《人的文学》中提出文学要以“个人主义的人间本位主义”“写人的平常生活”[④]，即创造一种“不必记英雄豪杰的事业，才子佳人的幸福，只应记载世间普遍男女的悲欢成败”[⑤] 的平民文学。“人的文学”理念之所以获得认可，在于个人的永不缺席，并以一种高标着独立精神的姿态注视人生，最终在文学与现实人生之间搭起一座自由通行的桥梁。正是在这个意义上，西方散文随笔中那种以个人主义为立场、关注日常人生的独特的文学方式，给现代散文理论界诸家予以极大的惊喜，由此他们发现了一种与“经世文章”异质的言说主题，使他们多年来提倡的“人的文学”和“平民文学”的主张不再是一种精神的吁求，而是非常贴切地坐实在人生的细微之处，个体的日常人生由此合法地进入了散文的审美领域。林语堂宣称小品文应对“种种人生心灵上问题，加以研究，即是牛毛细一样题目，亦必穷其究竟，不使放过”[⑥]。陈叔华说小品文所描绘的人情世故就像“荷包里装的东西，即使渺小，含义伟大，凡为人类，皆须思考”[⑦]。叶圣陶谈论随笔时也说：“读书的

① 亚历山大·史密斯：《小品文作法论》，林疑今译，《人间世》1934 年第 2、4 期。
② 转引自李素伯的《小品文研究》，新中国书局，1932 年，第 39 页。
③ 胡梦华：《絮语散文》，《小说月报》1926 年第 17 卷第 3 号。
④ 周作人：《人的文学》，《艺术与生活》，河北教育出版社，2002 年，第 11 页。
⑤ 周作人：《平民文学》，《艺术与生活》，河北教育出版社，2002 年，第 4 页。
⑥ 林语堂：《论小品文笔调》，《人间世》1934 年第 6 期。
⑦ 陈叔华：《娓语体小品文释例》，《人间世》1935 年第 28 期。

心得，日常的见闻，对于事物的感想或意见，在生活中感到的情味，等等，无论怎样零碎，怎样琐屑，用来作别种文章也许不相宜的，用来作随笔无不相宜。”① 即使到了20世纪40年代，李广田仍不否认“身边琐事”的价值：“至于琐事，当然是相当散漫的，这表现起来就容易成为小品散文的形式。”② 总的看来，现代散文理论界对于琐碎题材的偏爱，主要是为了纠治传统载道文的虚伪空疏之弊，把散文从神圣庄严的殿堂中拉回到人间俗众上来，让其在个人亲切眼神的烛照下散射出诱人的光焰，这正如李素伯所说的，小品散文“所表现的正是零星杂碎的片段的人生。在这里，读者虽不能愉快地领略到像在小说中所表现的一切可歌可泣可爱可悯的有系统的人生的断面；却能出其不意的，找到在人生里随处都散布着的每颗沙砾的闪光，使你惊叹，使你欣喜，以为不易掘得的宝藏”③。

当然，文学不能等同于人生，“文学不能把人生丝毫不苟地反照在上面”④，但是由于个人主义的在场，文学成为人生不可缺少的安慰和精神指导。“小品文的妙处也全在于我们能够从一个具有美好的性格的作者眼睛里去看一看人生。”⑤ 正如沈从文所说的：“读者从作品中接触了另外一种人生，从这种人生景象中有所启示，对‘人生’或‘生命’能作更深一层的理解。”⑥ 因此理论界诸家大多不愿让琐碎之谈堕落为无聊的唠叨，而是提倡“从小处落笔，却是着眼在大处”⑦，谈出味道和意义。正是这一意味，使那些关于个人生活的闲言碎语，以更加诱人的魅力吸引着部分现代散文家。

四

西方随笔在表现自我、关切人生的同时形成了相应的絮语笔调，为现代散

---

① 叶圣陶：《文章例话》，《叶圣陶集》第10卷，安徽教育出版社，1992年，第324页。

② 李广田：《论身边琐事与血雨腥风》，见俞元桂主编《中国现代散文理论》，广西人民出版社，1983年，第145页。

③ 李素伯：《小品文研究》，新中国书局，1932年，第12—13页。

④ 梁遇春：《文学与人生》，《春醪集》，北新书局，1930年，第126页。

⑤ 梁遇春：《〈小品文选〉序》，见俞元桂主编《中国现代散文理论》，广西人民出版社，1983年，第27页。

⑥ 沈从文：《短篇小说》，《国文月刊》1942年第18期。

⑦ 徐懋庸：《金圣叹的极微论——小品文作法讲义第一章》，《人间世》1934年创刊号。

文创建“个人笔调”提供了参照系。西方随笔向来有与读者“推诚相与”的絮语闲谈传统。蒙田是絮语散文的开创者，他用漫不经心的态度和亲切随和的语气纵谈人生感悟、日常杂事，用精细微妙的心灵赋予每一件所谈事物以全新的意义，他的娓娓细谈不仅表明写作只是个人的自由行为，而且还宣示他与读者处于平等对话的情境。蒙田奠定的个人化写作以及絮语文体在19世纪被兰姆等作家发挥到了极致。兰姆谈穷孩子、论烤猪、写拜太尔太太打牌，无不采用一种有意与读者闲谈的方式娓娓道来。这一独特的话语方式就是赫兹里特所说的“作者穿着睡衣，拖鞋，读者隐在帘幕后边”。由蒙田到兰姆一派散文的絮语文风得到了中国散文家的充分认同，他们用“絮语”“娓语”“闲谈”“闲话”定位现代散文的文体笔调。鲁迅不仅把厨川白村的“随随便便，和好友任心闲话”的絮语精神介绍到新文坛上来，而且还以此定义自己的杂感文创作：“短短的批评，纵意而谈，就是所谓的‘杂感’者”[①]。胡梦华率先把“Familiar essay”译为絮语散文，确认“这种散文不是长篇阔论的逻辑的或理解的文章，乃如家常絮语，用清逸冷隽的笔法所写出来的零碎感想文章”[②]。林语堂把“Familiar essay”和小品文对照而谈，并称：“故西人称小品文笔调为‘个人笔调’（personal style）又称之为familiar style。后者颇不易译，余前译为‘闲适笔调’，约略得之，亦可译为‘闲谈体’，‘娓语体’。”尽管他对“小品文笔调”译名斟酌不定，却一再强调其应是“认读者为‘亲熟的（familiar）故交，作文时略如良朋旧话，私房娓语，……或者谈得畅快忘形……达到如西文所谓‘衣不纽扣之心境（unbuttoned moods）”[③]。现代散文理论界对于絮语笔调的偏爱，在于能够因此任心而谈，率性而作，“排除了为了改造世界而泛泛对整个社会发言的旧式新古典主义姿态，也放弃了把文人当作哲人和超常者的柯尔律治式现代姿态”[④]，让闲谈的心性、自由的心态和亲如好友的读者三者之间取得内在的协调，从而消解了阻碍散文个性化的外在压力。絮语笔调无疑是充满魅力的，即使到了新时期以后，这一文风仍然在汪曾祺等散文家身上

---

① 鲁迅：《〈三闲集〉序言》，《鲁迅全集》第四卷，人民文学出版社，2005年，第3页。

② 胡梦华：《絮语散文》，《小说月报》1926年第17卷第3号。

③ 林语堂：《论小品文笔调》，《人间世》1934年第6期。

④ 玛里琳·巴特勒：《浪漫派、叛逆者及反动派——1760—1830年间的英国文学及其背景》，黄梅等译，辽宁教育出版社，1998年，第227—228页。

赓续绵延。

当然，强调“絮语闲谈”并非是随意涂鸦，不求艺术匠心，而是相对正统庙廊文学的庄重矜持、凝滞呆板而言的，是针对“古文义法”等艺术教条提出的一种语体策略。厨川白村就要求读者从随笔作家“装着随便的涂鸦模样”中，领会到“其实是用了雕心刻骨的苦心文章”①。对于随笔体性的这一辩证关系，现代散文家也给予了足够的重视。胡梦华发挥了厨川白村的观点道：“表面看来虽然平常，精细的考察一下，却有惊人的奇思，苦心雕刻的妙笔。”② 周作人在谈到清代郝兰皋的文章时道：“措辞质朴，善能达意，随便说来仿佛满不在乎，却很深切地显示出爱惜惆怅之情，此等文字正是不佞所想望而写不出者也。”③ 对此，郁达夫在 30 年代的总结说得更为明确：“至于个人文体的另一面的说法，就是英国各散文大家所惯用的那一种不拘形式家常闲话似的体裁（Informal or Familiar essays）的话，看来却似很容易，像是一种不正经的偷懒的写法，其实在这容易的表面下的作者的努力与苦心，批评家又那里能够理会?”④ 这在认同絮语文体更便于个性自由表现的基础上，深化了对个人文体的认识，辩证地指出了絮语闲谈之中隐藏着作者艺术个性的潜心创造。

五

卢卡契说道：“真正的影响永远是一种潜力的解放。”⑤ 毫无疑问，西方随笔的个性表现精神能够在现代中国传播和繁衍，也得益于本土潜在的抒情言志传统的内应。传统的在场，使得现代散文个性说对异域资源的借鉴，更加注重中外会通和新旧互补，诚如梁遇春所热切希望的：“在世界小品文里面能够有

---

① 厨川白村：《出了象牙之塔》，鲁迅译，《鲁迅全集》第十三卷，人民文学出版社，1973 年，第 169 页。

② 胡梦华：《絮语散文》，《小说月报》1926 年第 17 卷第 3 号。

③ 周作人：《模糊》，《周作人自编文集 · 苦竹杂记》，河北教育出版社，2002 年，第 133 页。

④ 郁达夫：《〈中国新文学大系 · 散文二集〉导言》，《郁达夫文集》第六卷，花城出版社，1983 年，第 263 页。

⑤ 卢卡契：《卢卡契文学论文集》（二），中译本，中国社会科学出版社，1981 年，第 452 页。

一种带着中国情调的小品文”。因此，西方随笔在现代中国的传播和接受，亦如言志抒情传统的发掘和传承那样，都在五四以来的散文变革中融会贯通，最终催化和推进了中国现代散文个性化、多样化的发展繁荣。朱自清晚年总结说：“新文化运动、新文学运动配合着五四运动画出了一个新时代。大家拥戴的是‘德先生’和‘赛先生’，就是民主与科学。但是实际上做到的是打到礼教，也就是反封建的工作。反封建解放了个人，也发现了民众，于是乎有了个人主义和人道主义；前者是实践，后者还是理论。这里得指出在那个阶段上，我们是接受了种种外国标准，而向现代化进行着。……这时候的文学是语体文学，开始似乎是应用着‘人情物理’、‘通俗’那两个尺度以及‘自然’那个标准。然而‘人情物理’变了质，成为‘打到礼教’，就是‘反封建’，也就是‘个人主义’这个标准，‘通俗’和‘自然’也让步给那‘欧化’的新尺度；这‘欧化’的尺度，后来并且也成了标准。用欧化的语言表现个人主义，顺带着人道主义，是这时期知识阶级向着现代化的路。”① 这种自觉接受“欧化”的“新尺度”而内化为自身的“标准”，在现代中国散文接受西方随笔个人主义、人道主义和自由主义精神上表现得尤为突出，深刻地影响了中国散文理论的现代性进程。

① 朱自清：《文学的标准与尺度》，《朱自清中国古典文学论文集》上册，上海古籍出版社，1981年，第1页。

主体性的演进与晚清民初中国散文理论的现代转型

近些年来，诸多论者不仅把现代文学的起源上溯至晚清时期，同时也力图展示晚清文学“被压抑”的现代性因素如何在新的语境下延展至五四时代。现代散文理论的“个性”说虽有传统散文抒情言志理念的“内应”和西方随笔观念的“外援”，但这两种资源激活与介入，却离不开晚清民初散文主体性理论的持续发酵。整体观之，从晚清到五四，中国散文主体性理论的变革，经历了洋务派文人突破“古文义法”藩篱的求变阶段，维新派文人创立“新文体”的渐变阶段，以及五四新文学作家以自我个性为本位的质变阶段。正是因为有了具有现代意义的散文主体性理论的生成、传播及其带来的观念解放，才最终确立起“个性”说的理论命题和发展逻辑。

一

正如前文所述，中国文学具有悠久的抒情言志传统，特别是在王纲解纽的时代，不乏个性、自我观念的张扬。只是在近代以前，个性观念的张扬并不具有天然的合法性，一旦社会秩序回归正常，它们就会在儒家伦理系统的规约中重新安顿下来，因此也就不具有“历史”的发展意义。鸦片战争以后，面对西方异质文明的强大冲击，中国思想文化界在被迫回应中“逐渐破坏了他们传统的态度和信仰，同时提出了新的价值观、新的希望和新的行动方式”[①]。受此外来力量的“催化”，以及对避触时忌、持重谨言的考据学的反拨，传统文学中“发愤著书，意旨自激”的主体意志理念在特殊时代语境的刺激下，开始蕴蓄出新的意涵。

梁启超在考察清代学术嬗变时认为，今古文之争直接导致了清学的分裂，特别是龚自珍、魏源二人虽言经学，但其意义指向却在于“别辟国土”，与古文经学派为经学而治经学的路径大异其趣。[②] 龚魏二人的独异之处在于，在国运艰危的时代，他们把今文经学和经世致用结合起来，因着传统朴素唯物论中的“势”“变”思维畅言变法图强。其中，龚自珍的思想史视野横跨儒释道，深受“原典”道德自主观念的影响，“颇似法之卢骚；喜为要眇之思”[③]，他主张散文应时趋新，拒斥因循守旧：“予欲慕古人之能创兮，予命弗丁其时！予欲因今人之所因兮，予荍然而耻之。”[④] 他对八股文的批判尤为激烈。在龚自珍看来，当时的科场之文“万喙相因，词可猎而取，貌可拟而肖”[⑤]，而这源于“今天下父兄，必使髫草之子弟执笔学言，曰：功令也。……功令兼观天下怀人、赋物、陶写性灵之华言。夫童子未有感慨，何必强之为若言”[⑥]？尽管龚自珍不是对八股文桎梏性灵提出批判的第一人，但他在天理人伦积威日弛，西学渐次输入之际，以“国医手”的情怀重提文学创作主体的自主性和独创性，则引发了近代散文审美理想的转变。特别是针对当时剿袭模拟的文风和形式主义文学观，龚自珍提出“文体”的“大变”思想：“呜呼颠矣，既有年矣。一创一蹶，众不怜矣。大变忽开，请俟天矣。”[⑦] 龚氏的“大变”与传统文论中的“通变”具有本质上的差别。“通变”的前提是“名理相因”“参古定法”“有常之体”，[⑧] 是既定规范内的变革，具有鲜明的道统、文统色彩；而“大

① ［美］张灏：《思想的变化与维新运动1890—1898年》，见费正清、刘广京编《剑桥中国晚清史1800—1911年》下卷，中国社会科学院历史研究所编译室译，中国社会科学出版社，1993年，第553页。

② 梁启超：《清代学术概论》，上海古籍出版社，1998年，第75页。

③ 梁启超：《清代学术概论》，上海古籍出版社，1998年，第72页。

④ 龚自珍：《文体箴》，《龚自珍全集》，上海人民出版社，1975年，第418页。

⑤ 龚自珍：《与人笺》，《龚自珍全集》，上海人民出版社，1975年，第344页。

⑥ 龚自珍：《述古思子议》，《龚自珍全集》，上海人民出版社，1975年，第123页。

⑦ 龚自珍：《文体箴》，《龚自珍全集》，上海人民出版社，1975年，第418页。

⑧ 陆侃如、牟世金：《〈文心雕龙〉译注》，齐鲁书社，1995年，第384、391页。

变”追求的是散文超越古今的独创性：“文心古无”，“虽天地之久定位，亦心审而后许其然”。[①] 龚自珍对散文创作主体“能创”性的重视和文体的“大变”诉求，激活了传统文论中的优质因子，打破了当时文坛脱离现实、在自我小圈子中徘徊的故步自封，形成了既“尊史”又“尊情”的积极用世的文学观，具有近代启蒙主义的色彩。梁启超认为“语近世思想自由之向导，必数定庵”[②]，可以说，龚自珍求变的散文观念，已使文学创作主体具有基于个性解放而蜕变的可能。

但龚自珍的理论和创作在当时都被视为怪异之谈，这种先行者的悲哀既是因为觉醒“同人”的稀缺，也缘于其思想的前瞻性缺乏具有现代视界的舆论平台的支撑。相比之下，近代早期洋务派文人要比龚自珍幸运得多。洋务运动使一批知识分子走出了国门，空前活跃的跨文化交流，不仅催生了描写异域经历体验的游记和日记等新的散文体式，也使他们在中西文化比照下对传统的散文观念作出调整。曾游历四方、出任过多国公使的薛福成就认为，诗文要达到“思骞韵远，摆脱尘垢”的境界，就要求作者“所阅者博”，“不履近人之藩”，“蹑屐远遨”。[③] 另一方面，洋务运动也为近代早期的文学变革诉求提供了一个较为宽松的舆论空间，特别是近代报刊业的兴起，不仅改变了文学的生产传播机制，也使文学的审美期待从“精英”向“通俗”滑动。1872 年，《申报》就在其创刊词中宣称：“内容有国家政治、风俗变迁、中外交涉、商贾贸易以及一切可惊可喜之事，使之不出户庭而能知天下之事”，“文字通俗，不只为士大夫所赏，亦为工农商贾所通晓”。[④] 不管是“他者”镜像中文学观念的调整，还是报刊文学所引发的“文化下移”思潮，都使长期以来被束缚的文学主体性得到松绑，这对于散文的变革来说尤为重要。特别是洋务派文人对桐城古文义法的修正和反拨，使这种变革具有汇成一股新思潮的可能。桐城派具有完善的理论体系和因循守旧的门派意识，从而也造就了一种远离经世致用的精英文体，这与急于承担起改良启蒙职责的近代散文来说，无疑是格格不入的。冯桂

① 龚自珍：《文体箴》，《龚自珍全集》，上海人民出版社，1975 年，第 418 页。

② 梁启超：《论中国学术思想变迁之大势》，《梁启超全集》第三卷，北京出版社，1999 年，第 615 页。

③ 薛福成：《代李伯相日本某居士集序》，见《中国近代文学大系·文学理论集》（一），上海书店出版社，1994 年，第 49 页。

④ 《本馆自述》，《申报》1872 年 5 月 8 日。

芬称桐城文“周规折矩，尺步绳趋”，不仅要在思想内容上打破桐城派所标榜的孔、孟、程、朱的“道统”：“道非必天命、率性之谓，举凡典章制度、名物象数，无一非道之所寄，即无不可著之于文”，而且还要创设一种“称心而言”的文体形式：“文之佳者，随其平奇、浓淡、短长、高下而无不佳，自然有节奏，有步骤，反正相得，左右咸宜，不烦绳削而自合。称心而言，不必有义法也；文成法立，不必无义法也。”[①] 王韬宣称桐城文“蕴蓄以为高，隐括以为贵，纡徐以为妍，短简寂寥以为洁”的门户蹊径与自己“格格而不相入”，[②]提出“文章所贵在乎纪事述情，自抒胸臆，俾人人知其命意之所在，而一如我怀之所欲吐，斯即佳文。至其工拙，抑末也”[③]。整体看来，洋务派文人对桐城散文的反拨，其价值意义在于初步确认自主自由精神之于散文文学的重要性。如果将这一主体性意识的觉醒置于晚清具体的历史语境中进行考察，可发现这不仅仅是一种审美风尚的转移，亦有别于传统古文运动的套路。作为一种过渡时代的理论形态，它具有更为深广的意义，不仅直接开启了近代后期维新革命派文人对“新文体”的创设，甚至在一定程度上具备五四以后现代散文界关于散文自由精神阐释的某些义项，冯桂芬的散文观念与20世纪30年代郁达夫总结五四散文创作成就时所提出的“心体”说的相似性，可清楚地说明这一点。

但桐城派也并非一潭死水，面对诸多挑战和冲击，其内部也孕育着新的转机。以曾国藩而论，他不满于先前桐城文的拘谨平淡，在“义理、考据、辞章”之外加入“经济”一项，显示了他作为洋务运动领袖对于经世致用之学的重视。而经世致用之文就其文体特质来看，多紧贴时势辩议持论，其创作主体思想情感介入的深度及文章格调必然不同于僵化的八股文，亦有别于拘泥于义法且日显空疏的传统桐城文。因此，曾国藩对经世致用的重视，不仅扩大了桐城文的表现范围，同时也促使其在主体精神品格上孕育出新的因素。正如曾门弟子薛福成所说：“文正一代伟人，以理学经济发为文章，……故其为文，气

① 冯桂芬：《复庄卫生书》，见《中国近代文学大系·文学理论集》（一），上海书店出版社，1994年，第399—400页。

② 王韬：《韬园尺牍续钞·自序》，转引自马春林《中国晚清文学革命史》，辽宁大学出版社，2000年，第58页。

③ 王韬：《韬园文录外编·自序》，辽宁人民出版社，1994年，第1页。

清体闳，不名一家。”[①] 从这个角度来看，曾国藩提倡雄健阳刚的散文风格也就在情理之中。曾国藩认为：“穷理以致知，克己以力行，成物以致用”，“义理与经济初无两术之可分”[②]，而“欲发明义理，则当法《经学理窟》及各语录札记；欲学为文，则当扫荡一副旧习，赤地新立，将前此所业，荡然若丧其所有，乃始别有一番文境”[③]，造就一种“光明俊伟”之文，“虽辞旨不甚渊雅，而其轩爽洞达，如与晓事人语，表里粲然，中边俱彻”[④]。尽管曾国藩对这一雄奇魁伟境界的阐述仍未摆脱古文论“神”“理”“气”等审美范畴，但经世致用成分的融入，确实使创作主体相对于传统桐城文具有了宏大而又坚实的精神气象，与后来梁启超等人所提倡的“新文体”的“雄放”“锐达”具有一定的共通之处，别有本土自发现代性的意味。

虽然近代早期散文主体性意识的觉醒主要源于西学的冲击，但后者的影响是有限的。列文森认为外来影响的效果如何，并不取决于它们是作为某种游离于本土社会之外的抽象思想，而是取决于它们在多大程度上使异质的母体社会脱离原有的轨道。他曾用“词汇”和“语言”的比喻来说明 19 世纪以后西方的影响与中国社会所发生的改变：“只要一种社会没有被另一种社会彻底摧毁，外来的思想就只能作为某种新词汇为原有的思想环境所利用；而一旦外来的冲击及其对于原有社会的颠覆达到相当的程度，外来思想就开始排除本土思想，那么发生改变的就不只是‘词汇’，而是‘语言’本身。”[⑤] 整体来看，近代早期的散文主体性理念并未深入到对传统散文观念的系统性置换。尽管龚自珍及洋务派文人在思想上具有超前的敏锐，但传统的义理系统仍然具有强大的论证功能，他们虽跃跃欲试“破壁以自拔”，却只能到传统中去寻找精神资源。冯

① 薛福成：《寄龛文存序》，见《中国近代文学大系·文学理论集》（一），上海书店出版社，1994 年，第 453 页。

② 曾国藩：《劝学篇示直隶士子》，见《中国近代文学大系·文学理论集》（一），上海书店出版社，1994 年，第 25 页。

③ 曾国藩：《与刘霞仙》，见《中国近代文学大系·文学理论集》（一），上海书店出版社，1994 年，第 410 页。

④ 曾国藩：《鸣原堂论文评语》，见《中国近代文学大系·文学理论集》（一），上海书店出版社，1994 年，第 412 页。

⑤ ［美］列文森：《儒教中国及其现代命运》，郑大华等译，中国社会科学出版社，2000 年，第 8—9 页。

桂芬在《校邠庐抗议·自序》中说道："桂芬读书十年，在外涉猎于艰难情伪者三十年，间有私议，不能无参以杂家，佐以私臆，甚且羼以夷说，而要以不畔于三代圣人之法为宗旨。"[①] 冯桂芬如此，他人便可想而知。因此，近代早期散文主体性观念的变革，多为传统文化道德的自我批判在散文领域中的延续。洋务派文人对散文中"自我"的重视，主要是为了在反对各种教条和"义法"中构筑一种"人人知其命意"的文体，既无近代后期"文界革命"中主体的"冲决"诉求，更无五四散文理论话语中那种以个性和自我为本位的终极指向，其改变的仅是理论的"词汇"而非"语言"，呈现的是中国散文理论新旧转换期的启蒙性质和"近代最初"意义。

二

甲午以后，国族危机所引起的思想激荡，使晚清士人中的先觉分子挺身而出，他们以报刊、学会、新式学堂等为载体，宣传维新变法和自强救亡，形成一个与西方公共领域既相似又有所区别的舆论空间。按照哈贝马斯的观点，公共领域是介于公民社会和国家之间的调节地带，具有批判性的"个体"（公共知识分子）不管是在公共领域还是在私人领域都具有独立性和自主性。[②] 而中国近代后期具有公共意识的知识分子的主体性建构，却呈现出了诸如"公人"与"私人"、"公权"与"私权"、"公德"与"私德"等公私二元分裂的现象。究其缘由，这与当时主宰中国思想领域的不彻底的"个人"观念的影响密切相关。

晚清的个人观念很大程度上源于西方的自由主义思想。但是，根深蒂固的传统群己观以及合群自强的时代语境，致使近代后期"个人观念在引进中国之初，与西方现代政治思想中的个人观念有结构性的差异。在西方，个人作为权利主体是在公共领域和私领域普遍成立的。但在中国，个人权利主要是在个人参与公共事务（如参与政治、经济、教育活动）时才有效"。在处理私人关系

① 冯桂芬：《校邠庐抗议·自序》，见《采西学议·冯桂芬集》，辽宁人民出版社，1994年，第3页。

② ［德］哈贝马斯：《公共领域的结构转型》，曹卫东等译，学林出版社，1999年，第32—34页。

时，特别是“在家族组织中，每个人仍是伦常关系的载体，而不是作为权利主体的个人”。在《中国个人观念的起源、演变及其形态初探》一文中，金观涛、刘青峰对晚清民初个人观念的使用情况进行了细致周密的统计分析：“1901年以前，极少人使用‘个人’一词，1902年突然由1901年的22次增加到110次。‘个人’一词与西方individual明确相对应，也发生在1900至1902年间，表明个人观念在1902年开始普及。统计还表明，到1915年，‘个人’一词共使用了3，173次。”其中，按意义类型分为七种：第一种以“个人”代替以往“一己”“小己”“私人”“本人”等用法，604次，占19%；第二种表示“个人为权利主体”，507次，占16%；第三种表示“个人独立、自由和平等的正当性（人格尊严等）”，462次，占14.6%；第四种“指家庭中的个人”，46次，占1.45%；第五种“用于与社会、国家对称，即把个人看作社会组织之单元”，1288次，占40.6%；第六种指“个人（利己）主义”，212次，占6.7%；第七种指“个人无政府主义（极端、绝对自由主义、享乐主义）”，54次，占1.7%。[①] 如上可见，第五种个人观念即置于公共领域中表达“权利主体”的个人观占比最大，相反，作为纯私人领域的“家庭中的个人”则占比还不到2%。也就是说，在新文化运动以前，个人观念的使用很注重个人性与公共性的同构，这与西方特别重视作为独立个体的个人观念有很大的不同。对此，同为研究近代中国个人观念起源的许纪霖作了进一步分析，他指出：“作为现代性的个人观念在中国究竟如何起源？这固然与晚清西学的引进有关，早期的基督教文献和1900年以后传入的‘天赋人权’思潮都有丰富的个人、自由和权利的思想资源，但在晚清，这些外来的观念在尚未崩盘的儒家义理系统之中，并不具有天然的合法性，它们只是起了一个外在的‘催化’作用，使得在中国思想经典中一些原先并非核心的观念产生‘发酵’，在晚清历史语境的刺激下，进入主流。而个人观念的出现，与晚清出现的强烈的‘回归原典’的冲动有关，儒学和佛学的传统为晚清个人的崛起提供了丰富的思想资源。在原始仁学和宋学之中，人的心性与天道相通，个人在成仁成圣上，拥有充足的道德自主性。而佛学中的平等精神、无父无君和突出个体，与儒家的道德自主性

① 金观涛、刘青峰：《观念史研究：中国现代重要政治术语的形成》，法律出版社，2010年，第161页。

内在结合，使得晚清的个人观念高扬，从道德自主性逐渐发展出个人自由和个人权利的观念。”[①] 如其所言，个人观念在引进中国之初就深受本土语境的牵制，无论是对传统非核心观念的“催化”，还是“回归原典”冲动中传统资源的支援，当时西方的“个人”话语旅行到中国后必定要面对中国传统整体性观念的整合与重构，乃至遭受误解和排斥，所以才有鲁迅当年所慨叹的：“个人一语，入中国未三四年，号称识时之士，多引以为大诟，苟被其谥，与民贼同。”[②] 个人观念的这种遭遇，主要根源在于传统的群己观念在当时较为盛行。传统的群己观念是重群体而轻个人的，即便讲究个人的修身养性，也是以齐家治国平天下和成仁成圣为旨归，并非现代的个人独立自强观念。即使是那时的先驱者为了挽救民族危亡和探求社会出路，虽普遍接受西方的自由平等观念，但也很注重启蒙新民的合群自强作用，如梁启超在提倡“个人之独立”和“人人自由，而以不侵他人之自由为界”之“自由公例”的同时，也强调“自由云者，团体之自由，非个人之自由也”[③]；孙中山说得更为决绝：“欧洲当时是为个人争自由，到了今天……不可再用到个人身上去，要用到国家身上去。个人不可太过自由，国家要得完全自由。”[④] 不过，还是有些先驱者，如青年鲁迅，既抱有强烈的忧国救亡意识，又没有把国家民族的独立自由与个性、个人价值对立起来，而是把“尊个性而张精神”视为救国强国之要务和前提：“是故将生存两间，角逐列国是务，其首在立人，人立而后凡事举；若其道术，乃必尊个性而张精神。假不如此，槁丧且不俟夫一世。”[⑤] 当然，这样的呐喊在当时还只是空谷足音，未能形成气候，它有待一场更加全面和彻底的思想解放运动。

虽然晚清的个性自由观念受到了群体意识的抑制和排斥，无法汇成一股具有强大冲击力的思想潮流，但其内在的发酵和蕴蓄，却为我们考察中国散文主体性理论在近代文坛的渐变及转向提供了理论背景和思想启发。其中，尤为值得注意的是，晚清知识分子主体性建构的独特方式，使得中国近代后期公共领

① 许纪霖：《个人主义的起源——“五四”时期的自我观研究》，《天津社会科学》2008年第6期。

② 鲁迅：《文化偏至论》，《鲁迅全集》第一卷，人民文学出版社，2005年，第51页。

③ 梁启超：《论自由》，《新民说》，中州古籍出版社，1998年，第102页。

④ 孙中山：《三民主义》，岳麓书社，2000年，第96页。

⑤ 鲁迅：《文化偏至论》，《鲁迅全集》第一卷，人民文学出版社，2005年，第58页。

域的生成呈现出与西方不一样的路径。哈贝马斯所说的具有政治批评功能的资产阶级公共领域首先是在文学批评界出现，后者作为“公开批判的练习场所”，为具有批判性和自律性的公众介入政治领域打下了基础。[①] 而中国近代后期公共领域则是本着救亡和变革功能而建构的，文学只不过是启蒙知识分子借公共空间达到其“讽喻上政”目的的工具。从散文理论变革的角度来看，作为转型中的知识分子，“言文一致”运动和“文界革命”的倡导者，多以社会及时代的代言人和批判者自居。他们力图借报刊文字、政论等散文体式讥议时政，参与变法图强，在民族国家的共同体想象中，完成其“社会良心”和人类基本价值维护者的塑形。其启蒙主体性的伸张正如某些论者所指出的，是“‘普遍主体’，而尚不是‘个体主体’，后者有待于五四散文理论的确立——这一转变有赖于文学现代性将个体主体性的重要性凸显出来”[②]。

晚清维新派文人类似于公共知识分子的身份体认以及散文书写的启蒙指向，使他们对散文变革的期许呈现出强烈的工具性，在赋予散文开启民智功能的同时，他们极力寻求一种能够更自由灵活地宣传维新变法思想的文体。尽管此前洋务派文人已认识到散文突破义法藩篱的必要性，但散文之于他们仅仅是一种传播改良思想的工具，还未提升到文体更新的层面。而近代后期维新派文人在借镜西方文学观念的基础上，通过三个“革命”及戏剧观念的更新，初步完成了小说、诗歌、散文、戏剧的文类区分，突破了传统的文类观念，散文特别是具有启蒙功能的报章体散文亦被他们提升到文体的高度来描述。谭嗣同的《报章文体说》将所有的文章分为三类十体，且唯有报章文体兼收并蓄，无所不包。尽管他对“报章文体”的描述缺乏文体内在规范的设置，但与曾国藩在《经史百家杂钞》中对散文的分类显示出不一样的文体观念。特别是当他声明“报章体裁，古所无有”，不应“时时以文例绳之”时，[③] 已经赋予“报章文体”新的形式规范，使它具有从各种古文辞和教条义法中解放出来，并最终实

---

① ［德］哈贝马斯：《公共领域的结构转型》，曹卫东等译，学林出版社，1999 年，第 32—34 页。

② 蔡江珍：《中国散文理论的现代性想象》，中国社会科学出版社，2006 年，第 50 页。

③ 谭嗣同：《致汪康年书》（三），《谭嗣同全集》，生活·读书·新知三联书店，1954 年，第 343 页。

现“冲决俗学若考据若词章之网罗”[①] 的可能。相对于谭嗣同的兼容并包，梁启超则以简驭繁，把散文分成“觉世”与“传世”两种不同的形态：“传世之文，或务渊懿古茂，或务沉博绝丽，或务瑰奇奥诡，无之不可；觉世之文，则辞达而已矣，当以条理细备，词笔锐达为上，不必求工也。”[②] “觉世之文”的提出，是“新民”启蒙语境下的一种修辞策略，它与“传世之文”在功能上的区别正如刘师培所说的：“一修俗语，以启瀹齐民；一用古文，以保存国学。”[③] 梁启超赋予散文“觉世”的功能，已显现出自觉的文体观念，直接导向了他对“新文体”的创设。这主要通过两方面来展开。其一，“欧西文思”的输入。“文界革命”伊始，梁启超就对日本政论家德富苏峰“以欧西文思入日本文”，造就一种“雄放隽快”的文风表现出很大的兴趣，[④] 这在1902年介绍严复译作《原富》时说得更为清楚：“夫文界之宜革命久矣。欧美日本诸国文体之变化，常与其文明程度成比例，况此等学理邃赜之书，非以流畅锐达之笔行之，安能使学僮受其益乎？”[⑤] 显然，梁启超已认识到逻辑严密、舒缓有致的外国文法对于形成“流畅锐达”文风的重要性，基于自由文体层面的西学取向也超越了早前冯桂芬等人“羼以夷说”的权宜之计。其二，植入俗语俚言。在“新文体”中植入俗语俚言，其理论援持来自于当时被广为热议的语言进化论，即文学的发展趋势是“由古语之文变为俗语之文”，深奥的文言语体致使“我国民既不得不疲精应用之新事物、新学理，多所隔阂，此性灵之浚发所以不锐”。[⑥] 而“言文合一”的“俗语之文”在开启民智的同时，亦能为“性灵之浚发”提供无限的可能：“今宜专用俚语，广著群书，上之可以借阐圣教，下之可以杂述史事，近之可以激发国耻，远之可以旁及彝情，乃至宦途丑态、试场恶趣、鸦片顽癖、缠足虐刑，皆可穷极异形，振厉末俗，其为补益，

---

① 谭嗣同：《仁学·自序》，《谭嗣同全集》，生活·读书·新知三联书店，1954年，第4页。

② 梁启超：《湖南时务学堂学约》，《梁启超全集》第一卷，北京出版社，1999年，第109页。

③ 刘师培：《中国中古文学史·论文杂记》，人民文学出版社，1984年，第110页。

④ 梁启超：《夏威夷游记》，《梁启超全集》第四卷，北京出版社，1999年，第1220页。

⑤ 梁启超：《绍介新著〈原富〉》，《新民丛报》1902年第1号。

⑥ 梁启超：《论进步》，《梁启超全集》第三卷，北京出版社，1999年，第684页。

岂有量耶?"[1] 这种强大的表现功能，成就了梁启超后来所说的“纵笔所至不检束”的文体风格。在这一点上，“言文一致”运动也成为五四白话文运动的预演。

周作人曾说晚清的新文体“融合了唐宋八家、桐城派和李笠翁、金圣叹为一起，而又从中翻陈出新的”[2]。这涉及的是维新革命派文人在融会贯通的基础上对新体散文深层意蕴的设定。谭嗣同、梁启超自谓年少时都对桐城散文“刻意规之数年”，而后又经历“上溯秦汉，下循六朝”，再到冲决“文例”，[3]“纵其笔端之所至，以求振动已冻之脑官”[4] 的过程。但在调谐骈散的过程中，谭、梁二人最终拾取的不是秦汉、六朝文的形式，而是类似骈文的“体例气息”。谭嗣同偏好骈文，认为“所谓骈文，非四六排偶之谓，体例气息之谓也”[5]。谭氏所谓的“体例气息”，相当于梁启超后来所说的“笔锋常带感情”，对它的价值认定主要不在于审美趣味方面，而在于它对于启蒙主体性所具有的“冲决”意义。从这个角度来看，章太炎追踪魏晋散文就不能被视为是一种反背时势的复古。章太炎认为汉文“雅而不核”，唐宋之文“肆而不制”，而魏晋之文则有其利而无其弊。“魏晋之文，大体皆卑于汉，独持论仿佛晚周。气体虽异，要其守己有度，伐人有序，和理在中，孚尹庞达，可以为百世师矣。”[6] 显然，章太炎对魏晋文的偏爱，看重的是它在“持论”上进退自如、舒缓有致的优势。因此，他虽看不惯“新文体”的鄙俗，但在重视散文“甄辨性道，极论空有”[7] 的“体例气息”上，却与梁启超和谭嗣同等人无异，这也是他肯定邹容《革命军》“壹以叫咷恣言，发其惭恚，虽嚚昧若罗、彭诸子，涌之犹当

---

① 梁启超：《变法通议·论幼学》，《梁启超全集》第一卷，北京出版社，1999 年，第 39 页。

② 周作人：《中国新文学的源流》，华东师范大学出版社，1995 年，第 54 页。

③ 谭嗣同：《三十自纪》，《谭嗣同全集》，生活·读书·新知三联书店，1954 年，第 204 页。

④ 梁启超：《与严幼陵先生书》，《梁启超全集》第一卷，北京出版社，1999 年，第 71 页。

⑤ 谭嗣同：《三十自纪》，《谭嗣同全集》，生活·读书·新知三联书店，1954 年，第 204 页。

⑥ 章太炎：《国故论衡·论式》，上海古籍出版社，2003 年，第 84—85 页。

⑦ 章太炎：《国故论衡·论式》，上海古籍出版社，2003 年，第 84 页。

流汗祇悔”[①] 之所在。如此看来，维新派文人在创设新的散文文体上所体现的包容性，不仅超越了晚清各种古文门派之争，还在于从文学主体性的角度融合了多种文体的优势，其运思的展开已经逼近了现代散文的本体。

“文界革命”和“新文体”的破旧立新对传统文学观念形成了巨大的挑战，特别是新词汇和新思想的输入，打破了古文的书写规范，引起了保守派的激烈批评。当时一些保守派人士对“新文体”的诋毁，就是根据作品中大量出现“异学之诐词，西文之俚语”，导致“文风日趋于诡僻，不得谓之词章”，从根本上冲击“桐城湘乡文派之格律严谨”而发的。[②] 类似的否定不仅来自于保守阵营，维新派内部亦有反对的声音。严复就质疑梁启超“文界革命”的提法：“文界复何革命之与有?”“若徒为近俗之辞，以取便市井乡僻之不学，此于文界，乃所谓凌迟，非革命也。”对于“报馆之文章”，严复亦斥为“大雅之所讳”[③]。可见，“新文体”创设过程中异质因素的植入，虽是因启蒙的需要而作出的权宜性变通，却促进启蒙主体性的无限扩张，使其与“文质彬彬”等传统审美观念形成疏离之势，这也是黄遵宪和严复等人虽具有维新启蒙思想，但因审美趣味的陈旧而无法包容“新文体”的原因。当然，“新文体”遭受恶评也确有其弊。“觉世”的价值功能取向，使维新派文人把“新文体”当成一种可以随意驱遣的万能工具，结果正如胡先骕所说的：“其‘笔锋常带感情’”，“‘目的在感动血与官感，而不在感动精神与智慧。’故喜为浮夸空疏豪宕激越之语，以炫人之耳目”，“其在文学上无永久之价值亦以此。”[④] “新文体”的功能当然不止于“血与官感”的刺激，但因为过于重视散文主体的外在解放和自由，而未能深度建设“精神与智慧”，使其理论建设忽视了散文精神品格的“自我”化提升。这与五四以后新文学作家从外在的语体到内在精神品格对散文中“个性”与“自我”的多维重建仍具有一定的距离。换言之，“新文体”理论的“过渡形态”，在中国散文主体性理论的现代性转型中，仍处于与传统

① 章太炎:《革命军序》，见《中国近代文学大系·文学理论集》(一)，上海书店出版社，1994 年，第 119 页。

② 叶德辉:《〈长兴学记〉驳议》，见苏舆编《翼教丛编》，上海书店出版社，2002 年，第 103—104 页。

③ 严复:《与〈新民丛报〉论所译〈原富〉书》，《严复集》第三册，中华书局，1986 年，第 516—517 页。

④ 胡先骕:《评胡适〈五十年来中国之文学〉》，《学衡》1923 年第 18 期。

抒情言志理论疏而不离的阶段。

三

近代后期个人观念在公私领域的二元分裂，主要在于持“中体西用”观念的权贵、士绅阶层主导了当时中国政治、经济和文化等各个方面的发展动向，将“个人”视为“公益”“合群”的手段或工具，限定在启蒙新民的框架里，使其在“自我”层面未能获得终极意义上的价值。随着科举制度的废除，以及晚清新式教育的开展，特别是新文化运动开启后，一大批新式知识分子开始从文化层面反思此前维新改良的不足。在此背景下，一种试图“改革自己之个人”“使成如何之个人”[①]，以自我个性为本位的个人观念也随之被提出来。高一涵认为：“盖先有小己后有国家，非先有国家后有小己”，又说：“一己之天性，完全发展，即社会之一员，完全独立。”[②] 李亦民则要求“群”与“公”不要视“个人”为手段，遏制“个人”的发展，“人生唯一之目的”不在于“合群”或者“为公”，而在于“个人”的“快乐”。[③] 家义指出了忽视“个人”给中国社会带来的危害：“依此赖彼，苟狗营蝇，甲乙相消，同归于尽”，所以他提出“个位主义”的改进方案：“本于心理学之个性说，而在伦理学为自我实现主义（Self realization），在社会学为个人本位主义（Thedoctrine of individual unit）者也。”[④] 以赛亚·柏林在《自由论》一书中把“自由”分成“消极自由”和“积极自由”两种。前者指“就没有人或人的群体干涉我的活动而言，我是自由的”，回答的是：“主体（一个人或人的群体）被允许或必须被允许不受别人干涉地做他有能力做的事、成为他愿意成为的人的那个领域是什么?”后者的含义“源于个体成为他自己的主人的愿望”，回答的是：“什么东西或什么人，是决定某人做这个、成为这样而不是做那个、成为那样的那种控制或干涉的根源?”[⑤] 就此而言，维新派文人所谓的“个人”虽然有追寻自我、

① 杜亚泉：《个人之改革》，《东方杂志》1914 年第 10 卷第 12 号，原署名“伧父”。

② 高一涵：《共和国家与青年之自觉》，《青年杂志》1915 年第 2 号。

③ 李亦氏：《人生唯一之目的》，《青年杂志》1915 年第 2 号。

④ 家义：《个位主义》，《东方杂志》1916 年第 2 号。

⑤ 以赛亚·柏林：《自由论》，译林出版社，2011 年，第 170、179、180 页。

实现自我的“积极自由”，但其自主活动的范围却不能溢出“国群”之外。而以自我个性为本位的个人观念尽管还未彻底摆脱传统“群己”观念的影响——事实上西方的个人观念自进入中国以来就从未彻底置换过传统的“群己”观念，但与严复、梁启超等维新派文人试图将个人与民族、国家、社会调和在一起的学说相比，强调的是自我不被干涉的“消极自由”，使得个人可以抵抗集体的施压，保存自主活动的范围。对不被干涉权利的争取，显然有利于消弭公私领域个人观念的分裂。譬如针对家庭的伦常关系，胡适在《“我国之‘家族的个人主义’”》中说道：“西人之个人主义以个人为单位，吾国之个人主义则以家族为单位……西人之个人主义，犹养成一种独立之人格，自助之能力，若吾国‘家族的个人主义’，则私利于外，依赖于内，吾未见其善于彼也。”[①] 胡适在这里指出了家族个人主义的危害，它使人过分依赖家族，导致国人缺乏独立人格和自主能力。胡适的这一观点在新文化运动全面展开后得到了积极响应。陈独秀认为家族宗法制度“损坏个人独立自尊之人格”“窒碍个人意志之自由”“剥夺个人法律上平等之权利”，而欲改变现状，只能“以个人本位主义，易家族本位主义”。[②] 以上种种皆说明，清末民初二元的个人观念受到彻底的批判，儒家伦理在家庭等私人领域的主宰地位被推翻，使得原先主要在公共领域有效的个人观念进入了家庭和私人领域，一种既注重解除外在伦常网罗又主张内在人格精神独立的新的个人观确立了起来。“人”的发现和觉醒促成了个性主义的社会思潮和文学思潮，新文学从形式革命很快进入思想革命的前沿，并逐步确立起“人的文学”“个性的文学”等新文学观念。

张灏曾说“怀疑精神”和“新宗教”是五四的两歧思想。[③] 如果说前者是通过价值重估并最终与传统决裂的话，那么后者则是在反传统的基础上构建起全新的价值体系。五四文学革命的开启，在于新文化运动把晚清民初持续发酵的社会进化论全面引入了思想文化领域，并由此开始了颠覆性的反传统的文学行动。在散文方面，“人”的觉醒和“自我”的发现，使新文学运动先驱一开始就对桎梏个性的道统和文统进行激烈的批判，突出强调散文的写实求真。如陈独秀把前后七子及归、方、刘、姚等人的文章归入咬文嚼字、陈陈相因的

① 胡适：《胡适日记全编》，曹伯言整理，安徽教育出版社，2001年，第293页。

② 陈独秀：《东西民族根本思想之差异》，《新青年》1915年第1卷第4号。

③ 张灏：《张灏自选集》，上海教育出版社2002年版，第258页。

“妖魔”之文，进而呼吁“目无古人，赤裸裸的抒情写世”的“时代之文豪”，[1] 钱玄同把食古不化的传统古文定性为“桐城谬种，选学妖孽”，无不体现激烈的反传统倾向。但这些笼统的反传统话语正如汪晖所说的，是在宣示“态度的统一性”，而非一种分析重组的理论。要在诗学层面上构建起完全的散文个性艺术精神，还有待于新文坛诸家从思想情感、文法结构、语言修辞等方面作出具体设计，在形式和内容上推进白话散文的发展和质变。

新文学作家是从历史进化论和文学本质论的角度确认白话文学的合法合理地位。胡适、陈独秀、钱玄同、刘半农、傅斯年等撰文宣扬白话文不仅是思想启蒙、文化普及的工具，更是文学的利器和正宗，强调语言文学的内在统一性，白话是现代人的口头语言，表达的是现代人的思想感情，现代的文学就必然也必须以白话取代文言，才能真切表现现代人的思想感情，才能创造新的时代文学。胡适在《文学改良刍议》所论“八事”，首先提及的是“言之有物”的问题，把情感与思想视为文学的“灵魂”和“脑筋”，认为“文学无此二物，便如无灵魂无脑筋之美人，虽有秾丽富厚之外观，抑亦末矣”。[2] 这从本质上界定文学之美的质文关系，成为他八项文学改良主张的思想总纲和立论依据。在《建设的文学革命论》中，他又进一步解释道：“要有话说，方才说话”，“有什么话，说什么话，话怎么说，就怎么说”，“要说我自己的话，别说别人的话”，“是什么时代的人，说什么时代的话”，并在文中探讨了白话文学的具体建设方案。[3] 这些提法涉及白话文内容和形式的统一性、时代性、个性化和改良进化等方面问题，在当时产生了很大的影响。钱玄同、刘半农、傅斯年等人也有类似的意见。刘半农在《我之文学改良观》中提出“散文之当改良者三”，本着“言为心声，文为言之代表”的古训，提出“吾辈心灵所至，尽可随意发挥”的看法，在白话文草创阶段提出“文言白话可暂处于对待的地位”的对策：“于文言一方面，则力求其浅显使与白话相近。于白话一方面，除竭力发达其固有之优点外，更当使其吸收文言之优点，至文言之优点尽为白话所具，则文言必归于淘汰，而文学之名词，遂为白话所独据，固不仅正宗而已

① 陈独秀：《文学革命论》，《新青年》1917 年第 2 卷第 6 号。

② 胡适：《文学改良刍议》，《新青年》1917 年第 2 卷第 5 号。

③ 胡适：《建设的文学革命论》，《新青年》1918 年第 4 卷第 4 号。

也。"[①] 傅斯年则在《怎样做白话文》里开出"国语欧化"的方剂，认为："文学的职业，只是普遍的'移人情'，文学的根本，只是'人化'。……任凭文学界千头万绪，这主义，那主义，这一派，那一派，总是照着人化一条道路而行。……西洋近世的文学，全遵照这条道路发展：不特他的大地方是求合人情，就是他的一言一语，一切表词法，一切造作文句的手段，也全是'实获我心'。我们径自把他取来，效法他，受他的感化，便自然而然的达到'人化'的境界，我们希望将来的文学，是'人化'的文学，须得先使他成为欧化的文学。就现在的情形而论，'人化'即欧化，欧化即'人化'。"[②] 这些设想虽说不尽切实可行，有的较为极端，但都以建设的态度来探索白话美化的路径，提出文言白话化、白话文言化和欧化、文学"人化"和个性化的具体方案，相比晚清的白话文运动有了质的飞跃。诚如周作人所说，清末的白话运动"乃是教育的而非文学的"，"那时候的白话和现在的白话文有两点不同"，"第一，现在的白话文是话怎么说便怎么写，那时候却是由古文翻白话"，"第二，是态度的不同。现在我们作文的态度是一元的，就是无论对什么人，作什么事，无论是著书或随便的写一张字条儿，一律都用白话。而以前的态度则是二元的，不是凡文字都用白话写，只是为一般没有学识的平民和工人才写白话的。……但如写正经的文章或著书时，当然还是作古文的"。[③] 五四白话文学观念的确立，为白话美文、个人话语、个人文体一系列新散文观念的生成奠定了理论基础。1922 年，胡适总结说："白话散文很进步了。……这一类的小品，用平淡的谈话，包藏着深刻的意味；有时很像笨拙，其实却是滑稽。这一类作品的成功，就可彻底打破那'美文不能用白话'的迷信了。"[④] 这一论断表明，白话散文具有"平淡"而"深刻"、"笨拙"而"滑稽"等审美意味和"谈话"风格。这不仅是实践的总结，也是理论的提升，既破除"美文不能用白话"的迷信，又确认现代白话散文的文类地位，为现代散文的独立发展廓清了路基。

白话美文观念的确立，标志着文学革命的重大进展和一大成功。但是，正

① 刘半农：《我之文学改良观》，《新青年》1917 年第 3 卷第 3 号。

② 傅斯年：《怎样做白话文》，《新潮》1919 年第 1 卷第 2 号。

③ 周作人：《中国新文学的源流》，华东师范大学出版社，1995 年，第 55、56 页。

④ 胡适：《五十年来中国之文学》，《胡适文集》第 3 卷，北京大学出版社，1998 年，第 263 页。

如鲁迅当年所言："倘若思想照旧，便仍然换牌不换货"，"我的意见，以为灌输正当的学术文艺，改良思想，是第一事"。[①] 随后，周作人说得更为明确，"文学革命上，文字改革是第一步，思想改革是第二步，却比第一步更为重要"，因为"文学这事物本合文字与思想两者而成，表现思想的文字不良，固然足以阻碍文学的发达，若思想本质不良，徒有文字，也有什么用处呢"？因而提倡"思想革命"。[②] 为此，新文学先驱把白话文运动引向思想革命的前沿，在文学精神内容的革新上阔步前进。各种新思潮新主义携白话传播之便而广为流传，同时也在白话文中留下现代思想意识的深刻印记。其中，人本主义、个性主义、人道主义、自由主义等相近相通的思想精神在散文写作中的影响至为广泛深远。对此，下文将有更详细的阐述，此处不展开。

从共性主体的表现到个人自我的张扬，将文学主体性确认为散文精神的核心，这既是散文理论的调整，也凸显了散文文学的自律性。如果说晚清民初对散文主体性的关注，主要是在政治与社会的层面上体现为现实权利及自由问题的话，那么五四以后，现代散文界则是深入到"自我"与"自我意识"的人学高度，集中思考的是"我"与世界、主体与客体的精神关系问题。这也使散文的创作主体从各种群体、属类的领域里彻底解放出来，为尔后西方随笔自我表现精神的输入作了铺垫。

---

① 鲁迅：《渡河与引路》，《新青年》1918年第5卷第5号。

② 周作人：《思想革命》，《新青年》1919年第6卷第4号。

寻找“新的美学原则”

——孙绍振散文理论批评体系的建构

散文在中国古代文学史上曾有着显赫的地位。五四以后，由于“人的文学”的提出以及“自我”的发现，散文也迎来了新的转机和考验。纵观过去一百年，散文创作名家辈出，作品风格异彩纷呈，思潮跌宕起伏，并与小说、诗歌、戏剧并立为四大文类。与此不相称的是，20世纪的中国散文理论建设却显得较为滞后和短缺，没有建构起一套有别于小说、诗歌的理论话语。散文理论建设的滞后，既缘于散文文体自身的不确定性，也与研究者观念的陈旧保守和对散文认识的偏差有关。尽管如此，仍有不少学者迎难而上，希冀为散文理论研究开辟一片新天地。孙绍振就是其中的佼佼者。孙先生有言：“散文是我最后关注的形式”，“对于散文，我觉悟得相当晚”。要警惕这话可能给我们带来的错觉。因为，近年来的一系列论著表明，孙绍振凭其独到的原创性思维和方法，已建构了一种新的散文理论范式，拓展了散文理论批评研究的空间。其影响不仅限于散文研究界，也惠及散文的写作和教学。因此，对孙绍振先生的散文理论批评进行一番系统梳理和述评显得很有必要。

一

曾有人感叹，散文是“一个丧失了艺术标准的领域”，“散文界差不多成了歧义最多的一个文学领域”。[①] 这主要指的是散文文类边界的模糊和尴尬。尽管长期以来理论界也试图建立某种文类标准，希望“散文门户的独立，属于小说的还给小说，属于诗歌的还给诗歌”[②]。但问题在于如何勘定散文与小说、诗歌的边界？散文在与其他文类的比对中如何凸显自身的形式美学？诸如此类问题的解决，无疑均须在深入把握散文形式审美规范的基础上进行。在这方面，孙绍振有着自己独到的认识，他对散文文类形式因素的强调，对文类之间的越界及其危险的警醒，都是他散文理论建构的起点。

孙绍振认为，散文理论的贫困和混乱，“究其始终，是准则的混乱，是由于理论的混乱，而理论的混乱，则根本上是由于思想方法的混乱，甚至幼稚”[③]。他认为，散文文体（文类）界定的混乱源于其自身成立之初的草率。因此，他依据恩格斯“只有从当代高级形态俯视，才能发现低级形态的深层结构”的方法论，对五四以来散文理论建设的得失做了一番正本清源的梳理。孙绍振认为，周作人的《美文》作为现代散文理论建设的经典文献和出发点，为中国现代散文的发展埋下了诸多隐患。周作人提出“美文”写作只要“抒情叙事”，这人为地限定了散文文体的美学内涵。因为无论从中国传统散文来说，还是从西方文学历史来说，散文除了抒情叙事，还具有更重要的智性议论功能。他又指出，周作人强调“美文”写作须“真实简明”，这又造成了散文美学内涵的模糊不清，因为真实简明并不是散文的本体特征，而是许多文类写作的基本要求。孙绍振认为，周作人的理论造成了中国现代散文长期智性贫弱，使其长期沦为抒情“小品”，或者如鲁迅所说的“小摆设”，缺乏宏大的高贵精神品位。理论上的幼稚和混乱，使得散文隐藏着阵发性的文体危机，其严重性威胁到散文的生命，造成了中国散文特有的基因残缺。[④]

孙绍振所说的危机就是现代散文发展过程中叙事和抒情的失衡。首先是叙事压倒抒情。中国现代散文在 20 世纪 30 年代受到政治思维的影响，产生了一个报告文学创作的高潮。这时候，周作人、林语堂等人提倡的闲适、性灵小品

① 祝勇：《一个人的排行榜·序》，《一个人的排行榜》，春风文艺出版社，2003 年，第 2、7 页。

② 贾平凹：《散文研究·序》，《散文研究》，河北大学出版社，2001 年，第 2 页。

③ 孙绍振：《散文：从审美、审丑（亚审丑）到审智》，《当代作家评论》2008 年第 1 期。

④ 孙绍振：《警惕散文的第三次文体危机》，《文学报》2011 年 10 月 13 日。

失去了合法性。到了40年代民族危亡时期，这一趋势更加明显。在解放区，纯抒情性的散文几乎毫无立足之地，相反通讯报告一枝独秀。这一情况一直延续到50年代，如当时被广为推崇的是魏巍的抗美援朝战争通讯《谁是最可爱的人》《汉江南岸的日日夜夜》、巴金的《我们会见了彭德怀司令员》等。至此，散文的叙事走向了极端。作为对这一危机的纠弊，抒情化开始大行其道。那就是杨朔、刘白羽等人倡导把散文当成诗来写，把散文从通讯报告的实用文体、实用价值观念中解放出来，但同时又将其纳入到诗的牢笼。[①] 但诗与散文，两者都有自身的审美价值属性，把散文当成诗和把散文当成报告文学来写，在思维方法上都有较大的片面性危害，特别是因为披着诗的外衣，散文的诗化更有隐蔽性和欺骗性，当多愁善感失去智性的调节，肤浅的感伤就随之而来，导致滥情、矫情者比比皆是。直至20世纪80年代，极端的抒情散文还热闹了一番，报刊上充斥了哭哭啼啼的“小女子散文”“小男人散文”。

严格来说，孙绍振将20世纪散文发展过程中的种种挫折和弊端归之于周作人《美文》留下的隐患，有点绝对化，而且将几十年来散文的发展简化成叙事与抒情两种审美方式的变更，与周作人将中国文学简化为“载道”与“言志”两股潮流交替运行一样，忽视了散文史发展的丰富皱褶。但另一方面，站在文体发展史的高度，他对20世纪散文发展得失的清醒认识，特别是对于五四散文理论话语只停留于印象随想式表达，缺乏必要的理论运思和系统建构，导致此后的散文创作在叙事与抒情中徘徊的论证，则抓住了问题的要害，为我们考察20世纪散文创作提供了一个新的视角。比如，当下各种心灵鸡汤的泛滥，除了受西方和港台地区抒情散文的影响之外，从内在的角度来说，无疑也与孙绍振先生所说的失去智性调节的散文诗化写作思维密切相关。

更为可贵的是，孙绍振在理论的建构上有破有立，他在总结散文文体形式因素失衡的基础上，凭借其深厚的美学修养，重新创制了一套散文文体理论。

孙绍振对散文文体特质的提炼往往是通过与其他文类的辨体来完成的。他认为：“孤立地讲散文，是很难总结出散文的特征来的。”[②] 因此，他通过对经典文本的深入分析，从形象、情感特征等方面将散文与诗歌、小说的文类特性

---

① 孙绍振：《世纪视野中的现当代散文》，《当代作家评论》2009年第1期。

② 孙绍振：《文学性讲演录》，广西师范大学出版社，2006年第333页。

作了充分的比较，在归纳出各自基本特征的基础上，显影散文的本体特性。长期以来，诗与散文都被认为是侧重于主观表现的艺术门类，理论界也乐于将二者作关联性的类比，以致杨朔的“诗化散文”模式曾经风靡一时，甚至在当下的理论界和创作界仍有一定的市场。对此，孙绍振有着清醒的认识，他特别注重二者的区分：“就文学形式的审美规范的特殊矛盾来看，散文与诗有根本的区别，诗与散文属于不同的文学性别，这一界限是不可混淆的。”[①] “我觉得当前最重要的就是不要让诗变成散文，也不要把散文变成诗，否则，只能使诗与散文两败俱伤，诗不像诗，散文又不像散文。”[②] 作为对这一观念的落实，孙绍振通过高超的文本细读法，对同一作家的诗歌与散文创作的形式差别、同一题材内容在同一作家的诗歌与散文中的不同表达方式、散文与诗面对同一题材内容时呈现的不同文类规范等问题，作了生动、细致的比较，指出了散文与诗在审美规范上的诸多差异。他认为，诗的描写对象是概括的、普遍的，而散文的描写对象则是具体的、特殊的。从文学情感特征来看，散文的情感是合乎常轨的，重细致性和现实性，是形而下的；而诗的情感往往脱离常轨，是概括和超脱的，并使感觉产生变异，是形而上的。基于这种认识，孙绍振对散文创作中失范的矫情和情感的泛滥进行了批判。他指出：“感人并不一定抒情，不一定要美化，诗化。……我们要防止一种迷信，或者防止一种误解，以为散文只能是抒情的。”[③] 在散文与小说的比较上，孙绍振也提出了独到的看法。他认为，散文与小说的形象都产生于生活特征的个体化和情感的个体化；但两者的情感特征及构成却有所不同。就情感的性质来说，散文主要表现已经意识到的情感，而小说则是打破常态心理结构，把潜在的意识、人格挖出来，揭示人性的奥秘。就情感的形态来说，散文的情感层次最多是双重的，而小说往往包含三层以上的情感层次，形成特有的“多层次复合情感”。

从文体比较的角度互相照亮各自的异质性，此前已有研究者做了尝试，但大多是浅尝辄止，或者泛泛而谈，无法触及散文的本质，像孙绍振那样依托个人深厚的美学修养，通过对具体作家作品精微的品鉴，深入比照各种文体的形式因素，进而确定散文固有的美学特质，并将之系统化、理论化，这样的研

① 孙绍振：《文学创作论·前言》，海峡文艺出版社，2007年，第376页。
② 孙绍振：《文学性讲演录》，广西师范大学出版社，2006年，第344页。
③ 孙绍振：《文学性讲演录》，广西师范大学出版社，2006年，第340页。

究，在目前的学术界少之又少。也正是如此，他的散文本体论没有了西方形式主义及中国追随者的空谈和隔膜。

二

散文文类的规范，首当其冲的是散文理论范畴的厘定。散文理论范畴是散文研究的逻辑起点，虽然百年来散文理论界陆续提出了许多审美范畴，如“真实简明”“性灵”“闲适”“匕首”“投枪”“轻骑兵”“形散而神不散”“讲真话”“真情实感”等，但这些范畴要么没有统一的标准，缺乏严密的逻辑，失之于简单和宽泛，要么脱离创作实际，成为一种空洞的口号。对此，孙绍振提倡从逻辑与历史相结合的角度建构起有序的散文理论范畴。在他看来，所谓的逻辑与历史的结合，犹如《资本论》中高度抽象的逻辑范畴：商品。它既是资本主义的逻辑起点，也是资本主义的历史起点。这个范畴，不是静止的，而是有着内在矛盾的，运动的，是在不断地转化与衍生的。依据这样的理论，他从文学性散文归纳出“审美”“审丑”“审智”三个范畴，在他看来，这三个范畴既是逻辑的有序演化，又符合历史的发展进程，是散文自身内部矛盾所引起的转化与衍生的结果。

审美散文指追求美和诗意的抒情散文。但孙绍振对这种拘于审美价值散文的自我遮蔽却采取批判的态度。他认为从散文的胚胎形态开始，其审美价值与实用理性是错综交错在一起的。但正如上文所说的，从周作人开始，理论界就排除了散文的智性（理性），只追求它的“叙事与抒情”。理论上的自我遮蔽，致使散文曾经过度关注审美抒情，画地为牢，影响了此后散文理论范畴的建构。在此，孙绍振着重批判了20世纪80年代以来流行最广的“真情实感论”。这一理论主张“散文创作是一种表达内心体验和抒发内心情感的文学样式”。“它主要是以内心深处迸发出来的真情实感打动读者。”显然，真情实感论对于冲破散文机械反映论和狭隘功利论，把散文从认识论和狭隘功利的枷锁中解放出来具有重要的意义。但孙绍振却以其积淀深厚的美学修养和运用自如的辩证分析法，揭露了“真情实感论”的理论漏洞。他认为，真情实感并不是散文的特点，而是一切文学共同的性质。对它的强调，只是一种历史的偶然，它最初出现在五四时期，是对“瞒和骗”的文学传统的反拨，到了新时期被重新提出来，则是对“假、大、空”政治图解的颠覆。因此，把这种理念从具体的历史语境中抽象出来，作为散文的永恒的性质，实质上是以抒情为半径为散文画地为牢。[①] 此外，孙绍振还发现了“真情实感”论是一个抽象混沌，没有内部矛盾和转化的理论范畴。而实际上，情和感并不是统一的，而是在矛盾中转化消长的。[②] 由此可见，孙绍振反对的并不是创作上正常的文学抒情，这从他对《荷塘月色》《故都的秋》等众多经典抒情散文的赞赏即可看出，他反对的是苍白、空洞的理论范畴在指导散文创作上带来抒情失范的危害。因此，在散文理论范畴的建构上，孙绍振主张从历史的丰富和复杂中，寻求总体的和个案的深邃奥秘，显示出自觉的理论原创意识。也正是如此，近十年来，他不懈地宣扬“审丑”和“审智”散文。

孙绍振所说的“审丑”散文主要是指写作情感上的冷漠，而非创作对象的丑陋。在他看来，冷漠才是最根本意义上的丑。因此，“审丑主要集中在反抒情、反煽情、反滥情上。因为在很长一段历史时期，抒情是通用手法，抒情滥了，成了套路了，为文而造情了，虚情假意了，抒情变成俗套了，也就引起厌倦，结果走向反面，干脆不动情。”[③] 但孙绍振又认为，中国目前还没有真正意义上的审丑散文，只有以幽默散文为代表的亚审丑散文。在孙绍振看来，不同于抒情散文，幽默散文不追求美化与诗意，而是把表现对象写得很煞风景，甚至令人恶心，但它又并不冷漠，它有感情，不过不是诗意的感情，而是一种调侃的感情。因为它的情感并不冷漠，也就不是绝对意义上的丑，而是亚审丑。孙绍振的审丑理论是他从众多的创作实践中总结出来的，又是他多年研究的幽默理论在散文领域的演绎，与 20 世纪 30 年代林语堂等“论语派”作家的幽默理论相比，少了后者的神秘性和感性化，更具有针对性和学理性，这是他对当代散文理论的重大贡献。

孙绍振认为：“散文向纯文学方向发展的趋向日益明显，但非文学的一些成分仍然没有消失。”他指出，散文是一种文学性与实用性并存，审美与审智矛盾的文类：“一个是审美性和实用性。审美性就是不实用的，感情就是不实用的，实用性必须是有用的”，“还有一个是抒情性和智性。智性是一种思考，

① 孙绍振：《散文：从审美、审丑（亚审丑）到审智》，《当代作家评论》2008 年第 1 期。
② 孙绍振：《“真情实感”论在理论上的十大漏洞》，《江汉论坛》2010 年第 1 期。
③ 孙绍振：《文学性讲演录》，广西师范大学出版社，2006 年，第 359 页。

甚至靠近理性，而抒情性是无理的，这两者之间必须保持平衡”。[①] 但他又依据“追求智慧和深邃哲思正成为新一代散文家的共识”[②] 的散文创作新动向，提出“审智散文”这一概念范畴，显示了阔大的理论视野和强大的理论概括能力。审智散文是指既不审美也不审丑，而以睿智为主、以智性为特点且排除感情的散文。孙绍振认为，审智散文的出现是历史的必然，也是逻辑的必然。抒情太滥，幽默太油，走向极端，走向反面，必然要逼出反审美、反抒情、反幽默的审智散文来。学术界历来对学者散文等审智散文的渊源说法不一，但大多是从外部因素来加以考察，孙绍振却反其道而行，从文体自身的发展规律加以探讨，摒弃了社会反映论的泛泛而谈，这也是他“历史与逻辑”这一方法论的自觉应用。

当然，对于散文中“智性”问题，人们早有关注，现代作家中，钟敬文就提出过散文须有“情绪和智慧”，郁达夫也提出“情智合一”的观念，台湾散文也有感性散文与知性散文之分。王开林认为：“散文重智识”，是一种“智慧的文体”。[③] 但是，上述种种，意在强调散文中智性成分之于提升散文内涵和层次，避免矫情滥情的重要性，并非散文理论范畴的提炼。而孙绍振的“审智”则既是一种创作思维，也是一种审美思维，它包括感觉、情感、智性三个层次。其中，“审”是关键，在孙绍振看来，智性是抽象的，与文学性存在着矛盾，但审智散文并不会因此降低文学性标准，因为它存在一个“审”的过程，在此过程中智性得以延长，“视的感觉也强化了”，“关键的是，把智性观念形成、产生、变异、转化、倒错乃至颠覆的过程在读者的想象中展示出来。一般作家没有意识到这一点，缺乏这样的才力，因而就造成了有智而不审的现象。这就失去了从抽象到具象，从智性到感性，从审智到审美转化的机遇”。[④] 艺术涵纳着感性与理性。审智散文的独特价值在于从冰冷的智性（理性）演绎中蕴蓄丰富的感觉和趣味，甚至情感，进而增强文章的感染力，促使其向审美价值回归。这就将审智散文与一般的应用性议论文区别开来，也避免因绝对的

① 孙绍振：《文学性讲演录》，广西师范大学出版社，2006 年，第 343、345 页。

② 孙绍振：《文学性讲演录》，广西师范大学出版社，2006 年，第 333 页。

③ 王开林：《当代散文写作随访》，见贾平凹编《散文研究》，河北大学出版社，2001 年，第 426 页。

④ 孙绍振：《散文：从审美、审丑（亚审丑）到审智》，《当代作家评论》2008 年第 1 期。

"审智"而导致的"滥智",这也是孙绍振对潘旭澜、周国平等人散文有所保留的原因。

三

与重建散文理论相得益彰的是,孙绍振在散文批评实践方面也作出了独到的贡献,特别是他对众多散文经典名篇的重新解读,以及由此总结出来的一套可操作性的文本细读法,不仅改写了散文阅读史,而且对于散文教学甚至写作都具有重大的指导意义。

孙绍振的文本细读法的核心是还原分析法。还原分析法并非孙绍振的原创,古今中外的许多阅读鉴赏理论常有提及,这一点孙绍振自己也承认过。但是,能像孙绍振先生那样重视还原,深化还原,并把它发展成文本分析的具有可操作性的系统方法的,却从未有过。孙绍振在还原的基础上进行了细致入微的比较、分析,并由此概括了还原法的七个分析层次:第一,价值观念(真善美)的还原和比较;第二,艺术感觉和科学实用感觉的还原和比较;第三,情感逻辑和理性逻辑的还原和比较;第四,历史的还原和比较;第五,文体的还原和比较;第六,流派的还原和比较;第七,风格的还原和比较。[①] 从这一意义上来说,孙绍振是唯的一、创新的。

孙绍振对众多散文作品的阅读和分析,充分实践了其理论方法。孙绍振认为,伟大的作品都是天衣无缝的,所谓还原分析就是要把原本统一的对象加以剖析,这就不应该从统一性出发,而应该从差异性或者矛盾性出发。散文是一种自我与个性表现最为直接的文体,在看待散文作家与作品的关系时,以往的批判鉴赏往往用一种"同一"或者"统一"的思维,将现实社会中的作者和作品中的作者画上等号,这就掩盖了两者的差异或者错位。如分析《荷塘月色》,传统阅读分析认为,"四·一二"大屠杀以后政治上的白色恐怖和小资产阶级知识分子的苦闷是作品的时代背景,这一切也应在文章得到了充分体现。因此《荷塘夜色》的基调也应该是苦闷的。分析《故都的秋》时,也是认定郁达夫由于受国民党白色恐怖的威胁,从上海移居杭州,撤退到隐逸恬适的山水之

① 孙绍振:《微观分析是宏观理论的基础》,《福建论坛》2006 年第 2 期。

间，思想苦闷。因此，在创作中，作家身处的时代必定使其作品蒙上忧虑和孤独者冷落的阴影。这是一种粗暴的机械唯物主义反映论。孙绍振认为，一切形象与表现对象和作者心态并非是同一的，而是经过心灵和形式同化了，和原生的状态相比，是发生了质的变化的。只有将原生的状态，也即没有经过同化的状态还原出来，揭示二者之间的差异或矛盾，分析的进行才有可行性。如在分析《醉翁亭记》时，孙绍振就批判了那种认为欧阳修政治上不得意，在写作中也必定充满苦闷情绪的思维。他认为在分析《醉翁亭记》时，应从“醉翁之意不在酒而在乎山水之间也”入手。“醉翁之意”在现实中是很难实现的，但因为有“醉”，摆脱了现实的政治压力，就进入了超越现实的、想象的、理想的与民同乐的境界，享受了精神的高度自由。因此，文章强调的应是山水之乐、四时之乐、民人之乐、太守之乐。如果拘执于欧阳修的现实政治遭遇与心情的统一性，就是用现实境界来压抑艺术，形而上淹没了复杂的、多变的结构。①应该说，孙绍振在文本内外寻求作者差异的方法，为我们摆脱传庸俗的社会反映论，创设一种新的文学外部分析研究提供了一条可行的路径。

在文本内部的分析鉴赏上，还原法也显示出了巨大的理论穿透力。孙绍振认为，艺术之所以成为艺术，就是因为它不等同于生活，而是诗人的情感特征与对象特征的猝然遇合，这种遇合不是现实的，而是虚拟的、假定的、想象的。这种真与假的矛盾就成为了他还原分析的入口。在分析朱自清的经典名篇《荷塘月色》时，他指出作者在《荷塘月色》中创造了一种宁静、幽雅、孤寂的境界，但清华园一角并不完全是寂静的世界；相反，喧闹的声音也同样存在，不过朱自清将其排除了。因此，他特别指出原文中“这时候最热闹的，要数树上的蝉声与水里的蛙声；但热闹是它们的，我什么也没有”这一句话的重要性，忽略了这句话，也就失去了分析的切入口，也就看不出《荷塘月色》不过是朱自清在以心灵同化清华园一角宁静景观的同时，又排除了其喧闹的氛围而已。如此，分析就无从进行，就不能不蜕化为印象式的赞叹。在这里，我们可以发现孙绍振的阅读分析在某种程度上融合了传统与现代的相关美学理论。一方面，他对作品里面情感特征与对象特征真假矛盾的揭示，当然是来源于他对黑格尔逻辑理论和辩证法的熟稔运用；另一方面，他指出朱自清心灵同化宁

① 孙绍振：《文本分析的七个层次》，《语文建设》2008年第3期。

静景观、排除喧嚣氛围的观点，实际上是对中国传统散文“文气说”的无形化用，“文以气为主”，气之所至，万象归一，这一凝聚力量的生成也是创作对象不断地被选择、删削的过程，孙绍振在多篇文章中谈到的“意脉”及其同化作用，也即这一原理。

孙绍振的文本分析，还善于将散文文本与诗歌、小说文本作比较，从文体形式的差异入手，揭示散文文本的独特性。这既有同一作家不同文体创作的比较，也有不同作家不同文体创作的比较。他以柳宗元为例，指出其散文《小石潭记》中，虽对自然景观发出真诚的赞赏，但那种美，是远离尘世、超凡脱俗的，“寂寥无人，凄神寒骨，悄怆幽邃”，“其境过清”，欣赏则可，“不可久居”。于是，柳宗元就坦然地离开。孙绍振认为，柳宗元性格的一个侧面是比较执着于现实，这在《小石潭记》等散文中得到了自如的表现，而在诗歌中表现出来的则是另外一面，那里充满了不食人间烟火的气息。诗歌《江雪》强调的是生命的“绝”和“灭”，一个孤独的渔翁，在寒冷、冰封的江上，是“钓雪”，而不是钓鱼，不要说“其境过清”，就连寒冷的感觉都没有，孤独本身就是一种享受。这和散文中“其境过清，不可久居”的境界大不相同。[①] 抓住散文里的柳宗元和诗歌中柳宗元的差异，加以分析比较，比之一味承认只有一个统一的柳宗元要深刻得多。孙绍振认为，不仅内容可以决定形式，形式也可以迫使内容规范。以上形式差异美学分析，正是他这一观念的践行。

四

毫无疑问，不管是散文理论的建构还是散文的文本分析学，孙绍振的理论都是系统的、自洽的、周延的，相比当下的文学理论界一味地对西方文论亦步亦趋，直至最终丧失话语权的做法，显然高明得多。他使我们不再需要生吞活剥外来话语，而是可以真真切切地拥抱文学，感受语言文字的魅力。这就涉及另一个问题，在一个各种话语眼花缭乱、此起彼伏的年代，我们到底需要一种什么样的文论。在这方面，孙绍振的学术路径仍然可以给予我们很大的启示，那就是他对西方文论危机的清醒认识，以及对原创文论的孜孜探寻。

---

① 孙绍振：《文本分析的七个层次》，《语文建设》2008 年第 3 期。

孙绍振认为，西方文论在文化价值和意识形态方面发挥到极致，这是他们的强项；但另一方面，他们在文学审美价值方面表现得极其软弱。因为西方文论很多与哲学纠缠不清，具有形而上的意味，无法为文学提供审美趣味的评判，而且西方文学理论家的理论预设涵盖世界文学，可是他们对东方，尤其是中国古典文学和理论却知之甚少，他们的知识结构与他们的理论雄心并不相称。因此，孙绍振提出建构我们的理论体系，和他们对话，在文学文本的解读方面和他们一较高下。因为西方文论不足的地方，正是我们的出发点，我们可以对他们的思想进行系统的梳理和批判，在他们的空白中建构起文学文本解读学，提出他们想象以外的问题，概括出他们不能概括的范畴，驾驭他们所没有的理论和资源。①

孙绍振在散文理论方面的贡献正是得益于他的这种原创意识和理论勇气。众所周知，散文理论的贫困是一个世界性的问题。西方文论中，没有与中国现代散文相对应的“散文”概念，甚至“散文”不是作为一种文体而存在的，遑论系统的理论建构。因此当西方各种小说、诗歌、戏剧理论被源源不断引入中国，并被学术界拿到中国文本上操练的时候，散文理论界却显得冷冷清清，散文理论的言说仍重复着五四以来的那些老话，散文作家作品的批评鉴赏依旧重复着一千多年来的印象感悟式点评。这时候，孙绍振散文理论的横空出世，对长期以来散文理论存在的一些积弊做了彻底的清理，将散文研究本土化的同时，也赢得了学术研究的主体性。一方面，不管是对散文文类规范的重新制定，抑或散文理论范畴的提炼，还是文本的还原分析，他都是立足于具体的散文文本，文本永远都是他理论的逻辑起点和终点，即使援引外来理论，如黑格尔的逻辑学和辩证法，他也是将之化为自己的理论血脉，成就其历史和逻辑的展开，而非生搬硬套。这与那些只会机械地图解西方理论的研究者们大相径庭。另一方面，孙绍振的理论概括和分析，永远都有一个活跃的“读者主体”。他的理论来源于他的精微细致的阅读，他总是在阅读中发现自己，在文本中发现自己。譬如他所提出的“还原分析”阅读法，他通过俯视、平视、仰视，深入探险作品的灵魂，感觉是他的，分析和概括也是他的，一切都是发前人所未

① 孙绍振：《反思西方文论审美缺失　重建文本解释学》，《中国社会科学报》，2014年11月7日。

发，道时人所未道。有论者指出："在所有的中年理论家当中，我以为，孙绍振是最有理论建树的一位。他在向传统、向权威挑战的勇气上，在思维的广阔、敏捷和深度上，在强大的艺术感受力和理论体系的自足上，在抽象思辨的能力和对不同文体经验的积累和比较上，所表现出来的综合理论素养，在他那一代人中间无人能出其右。"① 这实在是中肯之言。

① 谢十架：《智者的理论——孙绍振的思想风度》，《当代作家评论》1996年第4期。

第二辑

“民国机制”与现代游记的“社会相”

现代文学研究的“民国史”视角是近几年来颇具热度的学术话题。该命题的提出缘于对现有文学史观、文学史命名的深刻反思，意在“正视民国为现代文学提供的发展空间”[①]。按照李怡先生的提法，文学的“民国机制”就是民国社会体制下“逐步形成的推动社会文化与文学发展的诸种社会力量的综合，这里有社会政治的结构性因素，有民国经济方式的保证与限制，也有民国社会的文化环境的围合，甚至还包括民国社会所形成的独特的精神导向，它们共同作用，彼此配合，决定了中国现代文学的特征”[②]。从民国史的角度研究现代文学，既不是对以往研究模式的否定，亦非对研究对象的简单扩容；而是重返历史现场，从一个更具亲切和显豁的视域，还原现代文学的原生态，将现代文学研究本土化。

“社会相”的撷取和表述，是现代游记在题材和审美领域上对古代游记的拓展和超越，是游记作者在“民国”这一特定历史时空中感知经验与游历体悟的文本呈现。从“民国机制”的角度考察现代游记的“社会相”，主要立足于民国历史场域与文学风貌的恰切同构，破除“革命”“阶级”“现代性”“社会历史”“民族国家”等宏大概念的束缚，发掘“民国”之于现代游记“社会相”生成及其丰富内涵的价值意义。

---

① 秦弓：《现代文学的历史还原与民国史视角》，《湖南社会科学》2010 年第 1 期。

② 李怡、周维东：《文学的“民国机制”回答》，《文艺争鸣》2012 年第 3 期。

一

“社会相”在现代游记中的大规模出现，是游记作者在旅行过程中关切“社会风景”，并与之不断进行符号性交换的结果。其生成的主观自觉性和客观必然性，与民国时期旅行之风的兴盛、“风景”的社会化、近代交通业的发展密切相关。

晚清海禁的弛张虽引发了一股域外旅行热潮，但国内旅行很大程度上还停留在贬谪、迁徙、寻访等传统方式上，旅行者仍不外乎王公将相、文人学士、商人僧侣等少数群体。民国成立后，随着西方旅游文化的引进和旅游观念的更新，以及各种原因导致的人口流动，国内旅行逐渐普及，“进入民国，旧有的阶级、等级观念被打破，特别是团体旅游的兴起，使得参与旅游活动的人群大大拓展，一般的公务员、教师、学生等平民阶层成为旅游的新主体”[①]。相关资料显示，为了满足日益增进的旅行需求，民国初年，英国的通济隆旅行公司、美国的运通公司、日本的观光公社先后进驻中国。1927 年，上海银行成立了民国第一家旅行社——中国旅行社，服务内容涉及票务、食宿、服务站、行李运送等。[②] 旅行的兴盛，使国民的游踪达到了前所未有的广泛，除了异域游历，国内的自然山水、城市、乡村都留下了旅行者的足迹。抗战前，东南诸省的名山秀水，北方的历史名城，沿海地区的避暑胜地，一直是旅游热点。抗战期间，虽然休闲旅游受挫，但国民政府的内迁和因战乱导致的人口流动，却客观上促进了战时旅行的发展，特别是因政治、经济重心的内移，西南、西北等地的“风景”不断地被发现、涉足。抗战结束后，随着国民政府的回迁、避乱人群的返乡，以及国共争雄的全面展开，中华大地上又开始一场规模庞大的旅行。[③]

民国旅行之风的兴盛，挟裹了众多文人、知识分子参与其中，他们或为新思潮的激荡出国留学、游历，或为休闲娱乐，或为生活所迫，或为逃亡，四处奔走，游踪所至，异彩纷呈的社会现象亦成为他们描绘的对象。20 世纪 30 年

① 贾鸿雁：《略论民国时期旅游的近代化》，《社会科学家》2003 年第 3 期。
② 唐渭滨：《中旅二十三年》，《旅行杂志》1946 年第 20 卷第 1 期。
③ 贾鸿雁：《略论民国时期旅游的近代化》，《社会科学家》2003 年第 3 期。

代，朱自清曾提倡“内地描写”，但受各种条件限制，这一口号一直无法真正得到落实，“只有到了40年代，抗日战争和人民解放战争所造成的作家向内地的大迁移，外出的本地人的故土归来，外地人的长期旅居，才给内地描写提供了前所未有的契机”①。从具体创作来看，旅行拉近了作者与现实社会的距离，深化了他们对现实社会的认识，增强了作品的社会内涵。大学毕业后回到四川老家的何其芳，在被“现实的鞭子”抽打后，就放弃了之前的“象牙塔”之梦，其《还乡记》一改《画梦录》飘忽幽思的风格，以真实、沉痛的笔触描绘了家乡的惨况和社会的黑暗。抗战开始后，丰子恺告别了“缘缘堂”弄文作画的闲适生活，一边作“艺术逃难”，一边抒写国仇家恨。整体来看，现代游记社会情怀的激荡虽是多种原因所致，但因旅行带来的体验变更和思想意识的提升无疑具有更为切实的意义。

现代游记“社会相”的生成还与民国“风景”的社会化紧密相关。民国旅游之风的兴盛和资本的介入，引发了社会各界对自然风景的开发和利用，不仅景点被人工改造，景区里与旅游相关的配套设施和商业活动也跟着兴建和开展起来，许多景区甚至成了集避暑、游览、娱乐、宗教、教育、商业等功能于一体的社会活动场所。据考证，1933年，庐山上仅牯岭区域就建有3所学校、1座图书馆、12座教堂、2个游泳池、1家浴池、1处儿童游戏场、18个网球场、1座影戏院，另外还有2家旅馆、2家食用品店、数家医院和疗养所。牯岭现象只是当时自然景区开发热的一个缩影，诸如浙江莫干山、河北北戴河、河南鸡公山等景区都被开辟成了多功能的旅游胜地。② 人类文明的入侵，消解了主体面对自然山水“独往会心”的审美旨趣，使社会性风景频频地被写进现代山水游记中。郑振铎的《山中杂记》以大量的笔墨描绘了莫干山景区里洋人“越俎代谋”组织的“避暑会”等种种社会活动，甚至“操纵着全山的政治大权”；而景区里商贩的狡猾和逐利，则让他感叹“山中人原却并不比都市中人朴无欺诈”。③ 与此相似，郁达夫在《花坞》中一边沉浸于花坞“竹木的清幽，

① 朱德发：《中国现代纪游文学史》，山东友谊书社，1990年，第275页。

② 陈朝晖、陈蕴茜：《1927—1937年南京国民政府对夏都庐山的建设》，《民国档案》2006年第4期。

③ 郑振铎：《山中杂记》，《郑振铎全集》第2卷，花山文艺出版社，1998年，第217—220、256页。

山溪的静妙”，一边感叹十年来花坞的社会化和世俗化：“房屋加多了，地价当然也增高了几百倍；而最令人感到不快的，却是这花坞的住民变作了狡猾的商人了。庵里的尼媪，和退院的老僧，也不像从前的恬淡了。”[①] 只是，社会性因素的嵌入，虽扩大现代山水游记的审美范畴，但后者在相当程度上仍保留了将自然人格化、道德化、哲理化的艺术传统。

相比之下，对广泛城乡世情的热切关注，则使现代游记在题材、主题的开掘上形成了迥异于传统纪游散文的文学风貌。随着近代工商业的发展，民国时期城市化已初具规模。到抗战前，“人口 5 万以上的城市共有大约 2730 万居民”，城市人口的增长“几乎是人口平均增长率的两倍”，而在“中国 6 个最大的城市——上海、北京、天津、广州、南京、汉口——在 30 年代每年以 2—7%的增长率发展”。[②] 城市本是各种社会关系的结合体，民国城市化进程的加快，进一步推动了城市里各种社会关系光怪陆离的演绎。对于城市病的揭露和批判亦成为了现代城市游记的重要主题。对于这一问题，学术界多将其归结于主体的“都市边缘人”心态和对精神家园失落的惶恐，但从创作对象的角度来看，主要还在于民国城市化的新现实进入了现代游记的创作视野。对于这点，20 世纪 30 年代众多以都市困境为主题的“社会旅行记”的兴起即可确证。

而在农村，近代资本主义经济的发展和物质交换的广泛展开，使民国时代的农村承载起了传统农业文明时代所无法比拟的全面而丰富的社群关系。特别是辛亥革命后，民国政府颁布了一系列振兴实业的政策法令，扫除了千百年来重农抑商的陋习，使中国的近代资本主义经济发展到了一个新的水平。在新的经济体系下，传统自给自足的“自然经济”在较大程度上被打破，农村特别是沿海地区和城市周边的农村，已无法再保持传统意义上的宁静和诗意，而是成为现实经济社会中的重要一环。民国农村社群关系的重大变动，为现代农村题材游记提供了丰富的社会性素材。如 20 世纪 30 年代前期以农村和农民破产为主题的“还乡记”“乡村考察记”的规模化创作，尽管与左翼文坛宣传下层苦难和阶级叙事有关，但在更深的层次上，却是折射了 20 世纪 20 年代中期开始的世界性农业经济危机冲击落后的中国农村经济的历史事实。此外，众多农村

① 郁达夫：《花坞》，《郁达夫文集》第三卷，花城出版社，1982 年，第 419 页。

② ［美］费正清编：《剑桥中华民国史》上卷，杨品泉等译，中国社会科学出版社，1993 年，第 40 页。

游记对农民和农村纯朴品质缺失的关注，亦是新的经济关系下农村社会关系异化的真实写照。

如果说民国旅行热潮和风景的“社会化”为现代游记“社会相”的生成创造了主客体对接机会的话，那么民国时期交通条件的改善，则为这一对接提供了物质载体。据不完全统计，1912 年以前，中国铁路干支线总长为 9618.10 公里，而到了 1945 年，这一数字攀升至 15227.42 公里；公路运输方面，自 1913 年中国建成第一条适用于机动车辆行驶的现代公路之后，至 1949 年时中国已修建公路里程 9 万多公里，有汽车约 5 万多辆；在近四十年的时间里，中国的水路运输业也稳步增长，仅从 1913 年到 1933 年，1000 吨以下的船，就从 42577 吨增加 246988 吨。[①] 受益于便捷的交通网络，沿海和内地、北方和南方、城市和农村的联系达到了前所未有的程度。“粤汉铁路全线之完成，使南北呵成一气……陇海铁路则向西延伸，直达宝鸡”，“京杭、沪杭、杭徽、京芜、宣长、苏嘉、西兰、川陕等公路，俱为行旅络绎之地”，航空则“计有京沪、沪汉、沪渝、沪粤、沪平、沪兰、平粤、兰包、渝昆等线，凡南北重要城市，几已遍通。”民国时期的交通建设“或有利于开发，或着眼于国防，要之对于旅游之士，均为一划时代之贡献”[②]。

几乎所有的现代作家都有过搭乘新式交通工具的经历，便利的交通使他们的足迹遍及中国广大的幅员，将他们与现实社会紧密地联系起来，很多社会“旅行记”和“考察记”就是借助近代交通业的发展才得以完成的。如郑振铎《西行书简》和冰心《平绥沿线旅行记》对平绥铁路沿线民情风俗、经济物产等方面的详细记录和报告，就是得益于时任平绥铁路局长沈昌组织的火车旅行。对此，当时就有人意识到：“古人旅行，山轿蹇驴，竹杖芒鞋，时时刻刻都拥在自然的怀抱中，所以感觉最亲切的是自然，体味最深刻的也是自然，游记最好的题材便只有自然风景。现代人的旅行却不同了，凭借轮船火车的便利，走遍各地各国的都市；而在大都会中，人的活动常淹没了自然，于是‘社

① ［美］费正清编：《剑桥中华民国史》（上卷），杨品泉等译，中国社会科学出版社，1993 年，第 109—115 页。

② 唐渭滨：《中旅二十三年》，《旅行杂志》1946 年第 20 卷第 1 期。

会相’又代替了自然风景成为游记最好的题材。”① 这正是对民国交通条件改善与现代游记“社会相”生成之间关系的鲜明揭示。

二

以山水游记为主体的中国古代纪游散文，大多表现为情境交融中主体与客体的自然和谐，即使偶有愤世不平之作，亦多为作者“悲士不遇，忧生之蹉”的身世哀叹，并最终纾解于自然山水的逍遥之游中。相对于古代游记徜徉于个人天地和社会批判的不彻底性，现代游记则怀着超越个人的公共关怀，以整个现代民族国家想象为中心，合化着对内忧外患的祖国和贫穷不幸的人民的热切关注，并由此导向了对广泛社会现实的尖锐批判。在以往的文学史描述中，我们常常将此归于近代以来知识分子的忧患意识和批判品格。这固然不错。但是，作家的社会关怀作为一种悠久的文学传统，是因何现实体验而全面渗透游记文体，并使其凸显批判的一面？这种蕴含着国族意识的批判精神又因何心理机制而发？对于此类问题，一直以来，我们不是疏于回应就是笼统泛论。如果我们重返“历史场景”，结合民国的“国家历史情态”对此问题进行观照，则长期以来被遮蔽的一面有望得以揭示。

辛亥革命的胜利和中华民国的建立，结束了两千多年的封建王朝统治，开始了以法治为基础的现代国家体制的探索和建设。武昌起义后，当时的湖北军政府就颁布了《中华民国鄂州约法》，宣布保障公民权利，人民的权利和义务一律平等；确立了“政务委员会”“议会”“法司”三权分立的原则。② 此约法迅速为宣布起义的各省都督府所仿效。南京临时政府成立后，又相继颁布了《中华民国临时政府组织大纲》《中华民国临时约法》等一系列法律法规，明确规定“中华民国之主权属于国民全体”，“中华民国人民一律平等，无种族、阶级、宗教之区别”，人民享有人身、财产、营业、言论、信仰、出版、集会结社、居住迁徙等自由；“中华民国以参议院、临时大总统、国务员、法院行使其统治权”，大总统或国务委员有“谋叛”、“失职或违法”行为，参议员可作

① 举岱：《游记选·题记》，见俞元桂主编《中国现代散文理论》，广西人民出版社，1983 年，第 392 页。

② 宋教仁：《中华民国鄂州约法》，《宋教仁集》，中华书局，1981 年，第 353 页。

出弹劾，并由法院依法审判。[①] 作为亚洲第一个民主共和国，中华民国宪政体制的理想设计在法理层面上结束了以民为奴的专制统治，民主共和思想从此深入民心，也成为了一代知识分子的精神信仰，“辛亥革命以后，谁要再想做皇帝，就做不成了”[②]。尽管如此，在现实政治生活中，以宪政精神为基础的现代国家体制却遭到了严重的破坏。北洋政府时期，军阀割据、混战，国家元首频繁更迭，国会贿选丑闻不断，甚至出现了帝制复辟的闹剧；南京国民政府成立后，派系斗争持续不断，一党专政、个人独裁趋势逐渐加剧，政治严重腐败，民主共和功能变质。宪政理想与现实政治的矛盾，极大地触动了有良知的知识分子的现实情怀，他们以“护法者”的姿态，对违背宪政原则的政治统治进行了广泛深入的批判。鲁迅先生对民国社会、政治、文化的激烈抨击，恰恰是出于他对民主共和精神的缅怀：“日日偷挖中华民国的柱石的奴才们，现在正不知有多少！”[③]“我希望有人好好地做一部民国的建国史给少年看，因为我觉得民国的来源，实在已经失传了。”[④] 正如李怡先生所说的：“宪政理想，这几乎就是流淌于知识阶层全体的精神信仰，而现代作家则扮演了活跃的角色——他们宣讲、传播、阐发、呐喊、抗争。”[⑤] 如此说来，20世纪上半期中国文坛具有批判倾向的现实主义文学的蓬勃开展，很大程度上正是现代文人对于中华民国最初宪政承诺的记忆和追索。

从现代游记创作的角度来看，游记作者旅行的频繁和广泛，使他们大规模地跨越因地域、民族、文化等因素带来的差异，对于整体意义上的民族国家亦有着更为深切的认同，游记写作也就最大可能地构建起了一个以现代民族国家想象为核心的连续性意义框架。正因为如此，相对于其他文学体式，现代游记对社会现实的关注和批判，也就更为直接地体现了创作主体对民主共和精神沦

① 《中华民国临时约法》，见中国第二历史档案馆编《中华民国史档案资料汇编》第2辑，江苏古籍出版社，1991年，第106—110页。

② 毛泽东：《如何研究中共党史》，《毛泽东文集》第二卷，人民出版社，1993年，第346页。

③ 鲁迅：《再论雷峰塔的倒掉》，《鲁迅全集》第一卷，人民文学出版社，2005年，第204页。

④ 鲁迅：《忽然想到》，《鲁迅全集》第三卷，人民文学出版社，2005年，第17页。

⑤ 李怡：《宪政理想与民国文学空间》，《郑州大学学报》（哲学社会科学版）2012年第5期。

落的失望和愤懑，对民国宪政精神的维护和召唤。

陈望道在《龙山梦痕·序》中谈及现代游记时道："我们的脑中常划然地出现两个系统：一是自然，一是人事；一是高岩深潭，一是方脸圆话，满地的坟头，满桌的臭菜，以至于无尽的粪坑，无尽的牌坊；两者截然的分裂，成为爱和恶的对象，无法使它们相调和。我们酷爱那崇高的自然，同时也痛恶那卑污的人事。"[①] 这正好揭示了经受民主共和思想洗礼的一代知识分子面对"卑污人事"时进退失据的精神困境，以至于旅行中的他们不再有"脚著谢公履，身登青云梯"的闲适心绪，而是带着对现实的失望和无法排遣的忧愤行走在路上。在现代山水游记中，自然美景往往牵连着家国想象，呈现出与现实社会不可调和的姿态。陈建雷在《游西子湖》中道："国事蜩螗，糟到这般田地，吾还有什么闲情逸志，对你明湖谛视？"面对风景秀丽的中山陵园，袁昌英则是感慨当权者的无能："陵园谭墓之美观，我竟牵想到社会国家组织的大问题"，"这里树木配置的匀称，花草铺陈的有致，建筑的壮丽，可谓尽人工之美了。然而这个美的节奏不能代表我们的民族，不是从我们民族性灵深处发扬出来的呀！""政治家若是能有治园者的手腕；我们这丑陋杂乱的社会岂不也能变为一个有秩序有调和性的优美壮健的国家吗？"[②] 对于广泛城乡的描写，游记作者聚焦的是动荡不安时局下的社会乱象和民生的凋敝。在《感伤的行旅》中，郁达夫描绘了军阀统治下南方城乡的萧条景象："车辚辚，马萧萧，这十余年中间，军阀对他们的征收剥夺，掳掠奸淫，从头细算起来，哪里还算得明白？江南原说是鱼米之乡，但可怜的老百姓们，也一并的作了那些武装同志们的鱼米了。"[③] 阿英的《盐乡杂信》揭露了在国民党贪官污吏压榨下盐民的苦难生活：盐务机关设立了"秤放局"，不仅收取高额的税收，还低价收购成盐，盐民几近破产；"盐警"则以"替父母、兄弟、子女、妻子，以及本身"做生日为由敲诈盐民，"盐民们如果得罪了他们，那只有死路一条"，"那懦弱一些的，甚

① 陈望道：《龙山梦痕·序》，见萧斌如编《中国现代文学序跋丛书·散文卷》，海南人民出版社，1998 年，第 579 页。

② 袁昌英：《再游新都的感想》，《袁昌英散文选集》，百花文艺出版社，1991 年，第 40、41 页。

③ 郁达夫：《感伤的行旅》，《郁达夫文集》第三卷，花城出版社，1982 年，第 164 页。

至把自己的女儿给盐警们做义女，想得到他们的帮忙”。[1] 即使是域外游记，作者仍表达出了对国内时局的不满，蕴含着救国兴邦的诉求。如20世纪20年代兴盛一时的旅苏游记，对于苏联欣欣向荣的社会景象的描绘和赞叹，就映衬出了作者对国内现行政体不满，希冀借苏联政权组织模式对之进行改造的政治愿望。

当然，现代游记作者对于现实的不满和批判，并不是针对民国本身，而是指向统治者对民国宪政机制的破坏，失望于民主共和精神没有真正得到落实。正因为如此，对于社会上的卑污人事，他们并不是单一地给予批判，或是冷眼旁观，而是带着相当程度的包容和同情将其推及制度根源。诸如吴组缃《泰山风光》中被“乾隆皇帝封了的”奉旨乞讨的职业乞丐，蹇先艾《渝遵道上》幻想着“真命天子出世”的旅店老板和伙计，艾芜《大佛岩》中在寺庙里“大作饮宴”的军官，作者在否定他们愚昧和恶俗的同时，也悲天怜人地将其置于大时代的背景中加以反思。

李欧梵说：“任何一个民族国家的立国都要有一套‘大叙述’，然后才会在想象的空间中使得国民对自己的国家有所认同。”[2] 现代游记对民族国家的深情关注，对宪政精神的呼唤，对统治者破坏民主共和行为的抨击，最终都贯穿着“大叙述”下的“民国”认同。尽管从思想史的角度来看，现代游记的家国想象及其批判精神与近代知识分子公共关怀不无关系，但这一精神品格的确立却是依托于“民国”这一政权实体，并最终为其所塑形、规约。因此，如果离开了民国的具体历史语境，我们就无法真正理解现代游记批判品格的独特性和丰富性。

三

游记写作是一项与空间体验紧密相关的文学活动。如果说批判性的现实关怀书写的是共通空间下的民国社会，那么民国疆域的破碎性，则使现代游记的“社会相”涵容着不同的空间体验和价值审美。

---

① 阿英：《盐乡杂信》，《阿英全集》第4卷，安徽教育出版社，2003年，第95—96、97页。

② 李欧梵：《中国现代文学与现代性十讲》，复旦大学出版社，2002年，第9页。

从国家疆域的角度来看，民国一直就不是一个有机的整体，而是处于支离破碎的状态。北洋政府时期，大小军阀争相割据地盘，划分势力范围，这些军阀“在形式上大体符合中央政府的统一规定，但实际上却各自为政，割据分权。为使这种割据分权合法化，一些地方军阀又打出‘地方自治’的旗号”[①]。南京国民政府成立后，虽然形式上统一了中国，但各路新旧军阀依然保持了相当程度的独立性，而中国共产党的武装割据，日本帝国主义的入侵，又进一步离析了南京国民政府的统治区域。此外，民国成立后，虽然历届政府通过“废约”和“修约”的努力，从西方列强手中收回了部分领土主权，但西方殖民势力仍然通过续租、续借的方式在中国领土内保留了众多的租界、租借地、居留地和附属地，并拥有行政、军事、司法、警察等多种权利，成为了名副其实的“国中之国”。不同于因民族聚居、风俗文化、中央政府行政规划等历史因素形成的地域差异，民国诸多异质政治区域的共存主要是由外在政治力量的强制切割所造成的，不同的区域板块不仅有自己的行政边界，而且往往还因施行不同的政治、经济、文化政策而承载了迥异的社会形态，形成了列斐伏尔和尼尔·史密斯等人所说的“社会空间”。按照尼尔·史密斯的说法，“社会空间”是由“社会集团或社会群体建构的区域”，“正如数学空间用于表示自然事实的抽象领域一样，社会空间是由社会事实的抽象领域人为构筑的”[②]。因此，民国期间互为异质的政治区域都是相对独立的“社会空间”，或者说，民国的“社会空间”与其国家疆域一样，呈破碎性的状态。

依存破碎性社会空间的文学创作是现代文学史一道独特的“风景线”，如国统区文学、解放区文学、沦陷区文学、租界文学等。但受作者创作视野的制约和意识形态的规训，这一类文学创作对现实社会的观照易趋于单一化的意义指向，诸如解放区文学光明面的歌颂、抗战后期国统区文学黑暗面的暴露，都是依据单一的价值取向看取复杂的现实社会。而游记写作则例外。现代游记大规模的跨地域书写，打破了创作主体体验现实的单一化模式，使破碎疆域下各个独立的社会空间都有可能成为被体验的对象，并经由作者主体情思的剪辑，将各种“社会相”的差异揭示出来。

---

① 张宪文等：《中华民国史》第1卷，南京大学出版社，2005年，第229页。

② Neil Smith. *Uneven Development：Nature，Capital and the Production of Space*. Basil Blackwell，1984. 75.

李辉英的《还乡记》记述了作者从“一·二八”事变后的上海回到已成为伪满洲国的家乡的各种见闻。黄浦码头到处是表情凝重但“亲热忙碌”的“送客的人”，经过炮火摧残的吴淞两岸已没有5年前的繁华，“摆出来的是一片残积——广大的瓦砾场”；到了曾被德国占领过的青岛租借地，展现眼前的却是整齐、干净的街市，马路蜿蜒有致，树林楼台相互映衬，市民从容、悠闲地行走，与几百公里外萧条破败的上海形成鲜明对比；而进入伪满洲国界后，又是一番景象，日本人对下船人员的严格盘诘，与日本本土没有多大分别的大连，城市街面上“中日亲善”的标语，这一切让他却觉得“是和中国作别了”。[①] 三种不同的社会画面和旅行体验，形象地描绘出了一个主权沦陷、四分五裂的民国。在《由香港到宝安》一文中，萧乾描绘了处于抗日前沿的宝安与英属香港殖民地不同的社会景象：宝安全民动员，军民昼伏夜出，随时准备为保卫乡土而战，而一水之隔的香港则依然灯红酒绿、纸醉金迷，与对岸洪流般的难民和紧张的备战形成了强烈的反差。作者对此感慨道：“仅仅相隔一水，这边是英勇，壮烈，与贫匮；那边是酩酊，拥抱，钱如水般流。”[②] 作者写作此文时，日本还未向英国宣战，香港尚能独善其身。尽管这种隔膜和冷漠不能代表整个香港，但无疑与其英属殖民地的社会性质及其培育的市民性格有关。文中两种不同社会画面的展示，正是作者行走于两种不同社会空间的真实体验。

同一空间社会形态的历时性质变也往往引起游记作者的关注。这在众多解放区观光、考察游记里最为明显，作者往往以“忆苦思甜”的方式，将两种不同政权统治下的社会气象作比较。刚到延安的何其芳把新旧延安作了对比：“‘红军’未到的时候，这是一个荒凉的穷苦的城，然而人民的背上压着繁重的捐税”，现在“这个活着的城像一个活着的人，不断地生长，不断地改变她的风貌”，“这里没有失学或者失业的现象。没有乞丐。没有妓女”。[③] 尽管不无带着“乌托邦”的想象，但国统区与解放区截然不同的社会形态，确实使当时众多的解放区旅行记将光明与黑暗作为写作的两轴。

---

① 李辉英：《还乡记》，《李辉英散文选集》，百花文艺出版社，1986年，第22—23、24、26—27页。

② 萧乾：《由香港到宝安》，《萧乾选集》第2卷，四川人民出版社，1983年，第73—74页。

③ 何其芳：《我歌唱延安》，《何其芳散文选集》，百花文艺出版社，1986年，第122、123页。

总之，民国疆域的破碎性，使现代游记的社会空间体验不再是审美表达的量化，而是缩结了不同的社会性质和意识形态，并在互为比照中扬此抑彼，呈现出了层级性和结构性的差异。

民国社会空间的破碎性所体现出来的跨区域差异，还在于每一个被割裂的空间都附着不同的政治力量和意识形态。对于异质空间所承载的意识形态和价值理念的揭示也成了游记作者体认现实社会的重要方式。福柯认为："空间是任何权力运作的基础。"[①] 亨利·列斐伏尔说得更为清楚："空间一向是被各种历史的、自然的元素模塑铸造，但这个过程是一个政治过程。空间是政治的、意识形态的。它真正是一种充斥着各种意识形态的产物。"[②] 仅就外国殖民势力在中国营造的各种殖民空间而论，它们不仅切割、重组了民国时代的物理空间，而且还划出"华"与"洋"的界限，人为地制造了种族对立，形成了某些论者所指的"空间殖民主义"[③]。如果说在晚清时期，西方殖民势力主要集中在领土主权、政治、军事、经济等领域的话，那么进入民国以后，则是进一步向日常社会生活渗透，通过城市规划、公园、度假区等空间载体把殖民主义日常化，这种殖民方式更易为大众所感知，从而形成切实的体验。

因此，现代游记中众多的殖民空间不仅是拥有治外法权的独立区域，而且还被符号化和意识形态化，成为了作者传达民族利益诉求的突破口。李广田的《扇子崖》以白描的手法，描写了中国游客经过"扇子崖"景区外侨度假茅屋时的场景："他们来到这茅屋旁边，这里望望，那里望望，连人家的窗子里也都探头探脑地窥看过，谁也不说话，只是觉得大大地稀罕了。等到从茅屋里走出几个白种妇女时，他们才像感到被逐似的慢慢地走开。"[④] 与游客的纯粹好奇心和对殖民幽灵的淡漠相比，作者通过屋里屋外被反转的主客关系，在看似平静的叙说中揭示了一座普通茅屋所具有的空间权力的殖民性，抒发了对主权丧失和山河破碎的痛惜、无奈之感。同样，赵更媞通过上海法租界"霞飞路"

---

① 福柯、保罗·雷比诺：《空间、知识、权力——福柯访谈录》，见包亚明编《后现代性与地理学的政治》，上海教育出版社，2001 年，第 13—14 页。

② 亨利·列斐伏尔：《空间政治学的反思》，见包亚明编《现代性与空间的生产》，上海教育出版社，2003 年，第 62 页。

③ 吴家烨：《论"空间殖民主义"》，《建筑学报》1995 年第 1 期。

④ 李广田：《扇子崖》，《李广田散文选集》，百花文艺出版社，1982 年，第 85 页。

的命名和空间形式，敏感地喻示了其背后的殖民思维："吾们今日立在平坦的霞飞路上一望这修长的通街，没有一些弯曲，两旁有高大的梧桐，遮去了炙人的阳光，而且车水马龙，其繁华热闹，无可比拟；只要一想到这路的名称，以及吾人现在所处的环境，怕谁也会发生深切的感慨吧!"① 对于殖民空间政治的关注，城市里租界公园等休闲娱乐场所管理的殖民化也成为现代作家难以言表的隐痛。作为租界的附属设施，民国时期许多外侨公园禁止国人随意进出，对华人来说，租界公园不再是简单的游览场地，而是殖民主义空间的物化载体，它的准入规则，严重地伤害了华人的民族情感，租界公园也因此成为民国时代城市娱乐空间殖民化的典型和民族矛盾的交汇点。1923 年，郭沫若与家人游黄埔滩公园时，愤然道："上海几处的公园都禁止狗与华人入内，其实狗倒可以进去，人是不行，人要变成狗的时候便可以进去了。"② 与在公园外的望而却步相比，进入公园后因民族情感受挫带来的认同危机，更使作者时刻感受到"在而不属于"的异类尴尬。成仿吾感慨道："住在上海好像坐牢，孤独的我又没有什么娱乐，在外人庇荫下嘻嘻恣欲的狗男女又使我心头作呕。外国人的几个公园，都红着脸去游过多次。"③ 将娱乐空间符号化和政治化，游园亦不再是个人具体的行为，而是升华为民族共同体的想象，这其中就叠加着历史、种族、民族、阶级等多重社会关系。

当然，现代游记对于异质空间背后权力关系的揭示，不仅表现在殖民空间的主权诉求方面，国统区、解放区、沦陷区等社会空间中的异质因素亦常被意识形态化，本文仅是以租界作为典型例子进行分析论证。

四

古代文人逸士出游多步行或以马车作为交通工具，空间移动能力较弱，但客观上却有利于他们与"风景"进行直面、深入的交流，神与物游、状物言志亦成了古代游记的一大特色。进入民国以后，随着近代工业技术的进步，交通

① 赵更媞：《霞飞路》，《上海生活》1939 年第 7 期。

② 郭沫若：《月蚀》，《创造周报》1923 年第 17 期。

③ 仿吾：《春游》，《创造周报》1924 年第 51 期。

运输业得到了较大的发展，火车、轮船、汽车等亦成为了人们出行的主要交通工具。据不完全统计，1912 年以前，中国铁路干支线总长为 9618.10 公里，而到了 1945 年，这一数字攀升至 24945 公里；公路运输方面，自 1913 年中国建成第一条适用于机动车辆行驶的现代公路之后，仅至 1937 年就已修建公路里程 116000 多公里，汽车 5 万多辆；民国时期的水路运输业也稳步增长，仅从 1913 年到 1933 年，1000 吨以下的船，就从 42577 吨增加 246988 吨。新式交通工具的出现，不仅改变了古代文人跋山涉水、寻幽探奇的文学方式，而且更新了游记作者的感知方式和审美体验。

丹尼尔·贝尔在谈及铁路对西方文化的影响时道："人类旅行的速度有史以来第一次超过了徒步和骑牲畜的速度。他们获得了景物变换摇移的感觉，以及从未经验过的连续不断的形象，万物倏忽而过的迷离"。[①] 这一新的美学体验亦被现代文人所捕捉。傅东华曾在《杭江之秋》中说道："若在火车上看，那风景就会移步环形，供给你一套连续不断的不同景象，使你在数小时之内就能获得数百里风景的轮廓。'火车风景'（如果允许我铸造一个名词的话）就是活动的影片，就是一部以自然美做题材的小说，它是有情节的，有布局的——有开场，有 Climax 也有大团圆的。"尽管傅东华意在赞叹"火车风景"，却无意中揭示了近代工业文明对现代游记审美体验的深刻影响。在《杭江之秋》一文中，作者透过疾驶的火车车窗观览了从尖山站到义乌县城瑰丽、不断变幻的美景。短短的 3000 多字，作者以绘画艺术家的眼光，用蒙太奇的叙事方式组合意象、表现情绪，细腻地描绘了杭江铁路沿线十幅不同的自然美景，以及画面不断转换中带来的强大视觉冲击。特别是当火车从金黄的晚稻田地、红色的荞麦地和绿色的蔬菜种植地快速掠过的时候，面对接踵而来的黄、红、绿三种颜色，作者产生了亦真亦幻的印象主义美学体验："我们自己如飞的奔驶，那三种基本色素就起了三色板的作用，在向后飞驰的过程中化成一切可能的颜色。浓艳极，富丽极了！我们领略着文艺复兴期的荷兰的图画，我们身入了《天方夜谭》里的苏丹的宫殿。"这种奇异的旅行体验是农业文明时代所没有的，它把古代文人托物言志、物我合一的审美表达量化，展示了机械时代旅行

① 丹尼尔·贝尔：《资本主义文化矛盾》，人民出版社，2010 年，第 94 页。

者搭乘马达“以我观物”的过程。

另一方面，近代交通工具的快速行驶，限制了旅行者的游览空间和观光流连，弱化了他们对“风景”的凝视，进而有可能呈示出对其全方位的价值渗透。在《国道飞车记》中，郁达夫先是遗憾于“汽车一出发，就拼命地加紧了速度；所以驶过湖州，驶过烟波浩荡的太湖边上，都不曾下来拥鼻微吟，学一学骚人雅士的流连风景”。但当驶过江浙交界时，作者望着车窗外“江浙交界的界碑”，“莫名其妙地”发了一通关于有限人类与无限时空博弈的感慨：“宇宙之中，最显而易见的‘无限’的观念，是空间与时间；人生天地间，与无限的时间和空间来一较量，实在是太渺小太可怜了；于是乎就得想个法子出来，好让大家来自慰一下。所以国界省界县界等等，就是人类凭了浅薄的头脑，想把无限的空间来加以限制的一种小玩意儿；里程的记数，与夫山川界路的划分，用意虽在保持私有财产的制度，但实际却可以说是我们对于‘无限’想加以征服的企图。”可以想见，汽车行驶的流动性限制了作者的驻足观光，短暂的视觉摄取得到的只能是零碎的风景片段，“流连风景”的审美传统被彻底打破。当摇移变换的风景与文人式的随意散漫得以遇合的时候，主体与客体的对话似乎也就更适合于在文化层面上展开。至此，近代交通工具的飞速行驶为现代游记的文化想象提供了新的触发点。

丰子恺在《车厢社会》中把搭乘火车的经历分成三个阶段：初乘火车的时期，觉得一切“非常新奇而有趣”，不停地观赏窗外旋转不息的风景；老乘火车时期，新鲜感褪去，不再专注窗外的风景，主要以看书消遣无聊；惯乘火车的时期，既不看书也不看风景，而转向观察火车中的人生百态。他进而把火车车厢中发生的种种“人间相”比成“车厢社会”：“凡人间社会里所有的现状，在车厢社会中都有其缩图。故我们乘火车不必看书，但把车厢看作人间世的模型，足够消遣了。”[①] 这里，丰子恺先生指出了“车厢社会”体验生成的两个可能性条件。首先是火车旅行的日常化，它使旅行者褪去乘车时的新鲜感和对窗外风景的兴趣，进而转向对火车中社会关系的审视。其次，火车旅行方式的独特性，使得车厢中的微型社会得以充分地建构：一方面，火车是一种适宜于

① 丰子恺：《车厢社会》，《丰子恺文集》第5卷，浙江文艺出版社，1990年，第331页。

中长途旅行的交通工具，它运行时间较长，容纳空间大，载客量多，乘客的身份复杂，这就为现实社会在火车空间中的比例复制提供了时间和空间上的保障，如民国时代的车厢等级制和座位等级制，都可充分地再现并确证旅客在现实社会关系中的“坐标”。另一方面，火车上临时确立起来的陌生人事关系，少了日常生活中的利益纠葛，使平时“自律”于复杂社会关系网中的乘客暂时抛弃各种顾虑和束缚，将人性中最真实的一面充分地展示出来，正如本雅明所说的：“大众是丑恶人性的避难所，要想在人口稠密的地方保持完美的行为几乎是不可能的，因为，一个人无须在陌生人面前感到惭颜”①，因此，“车厢社会”亦可复制现实社会中的各种善与恶。当然，“车厢社会”体验并不为火车旅行所独有，搭乘轮船、飞机、公共汽车等交通工具都有可能形成类似的行旅体验。只不过受普及程度和空间形式的制约，火车和轮船旅行更容易孕育出微型的社会关系。

民国是一个火车和轮船相对普及的时代。从现有的文献资料来看，民国作家旅行、出游主要以火车和轮船（火轮）为交通工具，车厢和轮舱中发生的种种“人间相”，亦成为了他们管窥现实社会的“西洋镜”。1917 年，李大钊在《旅行日记》中描写了国人火车旅行的“恶劣之相”，并将其置于中日两国的比较视野中加以鞭笞：验票者态度粗鲁，“彼其气焰纯与仗官势之恶差悍役相类”，“车轮轧轧之声与验票者之怪声狂吼，常触耳鼓，最为可厌。盖余尝见日本车中验票者之一团和气，每入一车必鞠躬道歉，……惟恐有所惊扰于人”；而“新登车者互相争嘲，……毫无一种爱敬逊让之情”，“睹此，又令人想起日本人之在电车，少壮者见老幼者，或携重物者来，必起而让之座，以与吾因争座，每致互相怒骂，互相扭打者相较，吾人宁不愧死”?② 不同于李大钊对国族性格的批判和反思，巴金则透过车厢的等级设置洞察到了社会的不平等和阶级的分化：“头二等车厢里没有几个乘客，座位空着，让灰尘占据了那些柔软的皮垫子。隔壁是三等车厢，两扇门分隔了两个世界。三等车厢里的拥挤，叫

---

① 本雅明：《发达资本主义时代的抒情诗人》，张旭东、魏文生译，生活·读书·新知三联书店，2007 年，第 58 页。

② 李大钊：《旅行日记》，《李大钊全集》第二卷，人民出版社，2006 年，第 144 页。

人想象不到。”[①] 民国时期的航运较为发达，轮船（火轮）里的种种“社会相”亦是旅行中的游记作者透析现实社会的窗口。朱自清透过航船中“男女分坐”的“文明规矩”及男女乘客对此的论争，揭示了“五四”以来“男女平等”行动的落空和名教思想在现实社会中的根深蒂固。[②] 茅盾的《故乡杂记》描绘了作者搭乘小火轮回乡的种种见闻：旅客对中日战局的胡乱猜测；茶房的势利和掮客的傲慢跋扈；穿着时髦的女郎却用船窗外“金绿色”的污水“浸去皮的荸荠”；船舱里的小贩为兜售瓜子争相为顾客点烟，让作者不禁感叹“艰难的生活斗争把他们磨炼成这种习惯了”。[③] 这些本都是当时社会中常见的现象，但经作者的笔墨聚焦和叙述调控，看似无关的片段却多侧面地将纷繁复杂的民国社会生动地刻画出来。

火车、轮船旅行所营造的临时性社会关系，往往因旅行者脱离了常规的生活状态及场所的特殊性，形成了类似于吉登斯所说的“抽离化机制”的社会制度，即“社会关系从地方性的场景中‘挖出来’（lifting out）并使社会关系在无限的时空地带中‘再联结’”[④]。车厢、轮舱等“无地空间”正好为此抽离化社会机制的建立提供了空间保障。因此，“车厢社会”不仅仅是现实社会的复制，也有可能通过空间的重组建构起新型的社会关系。蹇先艾在《三等车中——鲁游随笔之一》中认为火车“没有房间的限制，大家都好像坐在一座大厅之中，享受着平等的待遇，打破了一切界限，阶级的观念。……有什么辛苦或快乐，全体都表示着深厚的同情，分别地忍耐或享受，谁也不向谁发出一句怨言”。于是，在蹇先艾的笔下，特殊的邂逅使乘客们从各种不健全的社会关系中剥离出来，确立起了互相信任和宽容的人际关系：“某甲下车去买西瓜，初度谋面的某乙便义不容辞负起给他照看行李的责任来”，而火车上“一位带着不满两岁的小孩去寻找丈夫的弃妇，和一位缺少二十元的资本只得垂头丧气还

① 巴金：《平津道上》，《巴金选集》第八卷，四川人民出版社，1982 年，第 67 页。

② 朱自清：《航船中的文明》，《朱自清全集》第一卷，时代文艺出版社，2000 年，第 21—23 页。

③ 茅盾：《故乡杂记》，《茅盾文集》第九卷，人民文学出版社，1961 年，第 134—135、137、138 页。

④ ［英］安东尼·吉登斯：《现代性与自我认同：现代晚期的自我与社会》，赵旭东译，生活·读书·新知三联书店，1998 年，第 22 页。

乡的草药商人，他们很哀伤地告诉了我他们的苦难”，更是“使我最受感动”。[①] 对此新型社会关系的描绘，不仅是对久违的人性之善的呼唤，在一定程度上也反衬了作者对于糟糕社会现实的不满，有借此“异托邦”浇胸中块垒之意味。

整体观之，车厢或轮舱里的“人间相”都是当时社会中常见的现象，只是近代交通工具所带来的旅行方式的变更，将这些社会现象从习焉不察的日常生活场景中“挖”了出来，使其在独特时空地带中“再联结”，在游记作者的亲切眷注下，其丰富的社会意涵亦被唤醒，由此形成了现代游记一道独特的创作景观。

---

① 蹇先艾：《三等车中——鲁游随笔之一》，《蹇先艾代表作》，华夏出版社，1998年，第307、309页。

“社会相”书写与现代山水游记的审美伦理

中国古代山水游记虽然丰富庞杂，但基本上围绕两种审美思维展开：将自然当作纯粹的审美对象，如六朝的山水游记；抑或在审美的对象化中，将具象的自然与抽象的道德理性相类比，如宋代的山水说理游记。但无论基于何种审美思维，古代山水游记多以自然风景为题材，讲求“自我”（作者）与“自然”的融洽、亲和，倾向于营构物我合一的艺术境界。

就古今山水游记衔接而言，两者在自然风景的精细刻画及主体情思的表达方面显然有相通之处。但另一方面，置身动荡年代的现代作家，在游山玩水中常常搁置“自然”，而频频回首“社会”，涵容着对当时中国政治时局、民情生计、历史文化、风土习俗等社会情状的深切关怀，或者慨叹社会簸弄中自身的多蹇命运。而且，现代山水游记中的“社会相”并非各种社会现实的简单叠加，而是有一个主导的价值取向，其“主旨则是反映人间的不平和下层社会的不幸，以‘灰暗’的社会面影构成其创作的主体”[①]，具有鲜明的批判性、功利性、实效性色彩。“自然”与“社会”两个向度的交叉展开，体现了现代山水游记在题材和审美领域上对古代游记的拓展和超越。特别是，借由“社会相”的介入，“自我”“自然”“社会”成了现代山水游记的三个关键义项，三者的关系亦因各自形而下的具象所指和工具理性充满了驳杂性，既是以“社会相”作为审美的向心力，又互为矛盾和冲突，这在很大程度上改变了古代山水

① 姜振昌：《经典作家与中国现代文学》，中国社会科学出版社，2012 年，第 211 页。

游记和谐圆融的美学取向，形塑了现代山水游记自身独异的审美伦理。

本文拟在古今山水游记的比较视野中，从审美伦理的角度，寻绎现代山水游记“社会相”书写所编织的“自我”“自然”和“社会”三者的美学关系，以及建构这种关系的艺术手法，借此呈示现代山水游记的审美范型及精神品格。

一

古代中国山水意识的发展大概经历了三个阶段：神化阶段、“比德”阶段、审美自觉阶段。在神化阶段，自然山水被视为神秘的超现实力量而受到宗教式的顶礼膜拜，而到了后面两个阶段，山水从神坛走向人间，由异己的力量转化为“悦身”“畅神”的对象。因此，中国古代人与自然的关系经历了一个由对立到统一的过程，即“天人合一”的自然审美观念逐步确立的过程。在这一过程中，孔子“知者乐水，仁者乐山”的“比德说”的提出是一个具有深远影响的关键节点。这一山水观念主要是在儒家的理想人格与自然山水之间建立起类比关系，正如朱熹所说的：“知者达于事理，而周流无滞，有似于水，故乐水。仁者安于义理，而厚重不迁，有似于山，故乐山。”[①] 此外还有道家的自然观，它并不像儒家那样从山水中寻求君子之德，而是看重自然的自在无为，将自我托付于自然山水，即“天地与我并生，而万物与我为一”（《庄子·齐物论》），“相濡以沫，不如相忘于江湖”（《庄子·大宗师》）。但无论是儒家还是道家，审美主体在山水面前都被置于一个圆融的、和谐的审美关系中，儒家是将中庸的君子人格道德外化于山水，而道家则是在自然界里追求逍遥适性和物我齐一。受此影响，中国古代的山水游记多偏爱营构人与自然和谐的美学境界，即使偶有“悲士不遇，忧生之嗟”之作，亦最终在自然山水的逍遥中得到纾解。如柳宗元的《永州八记》虽表现了怀才不遇的愤懑情绪，但荒野山石与被流放的才华道德却得到了异质同构，创造了物我合一的完美意境，从而在很大程度上让作者从政治失意中解脱出来。

儒道两家在人与自然和谐关系上的共识，促成了一种影响深远的道德文

① 朱熹：《四书集注》，岳麓书社，1985 年，第 116 页。

化，即儒家的“无道则隐”“独善其身”和道家的“委运大化”“物我两冥”，使文人回归自然具有了文化的合法性，甚至成为他们自我身份体认的一种方式，以至于有“终南捷径”之说。在这一道德文化的庇护下，传统知识分子可以毫无顾虑地在“自然”与“社会”之间自由穿行，而不会因此被贴上“载道”与“言志”或“进步”与“落后”的标签。

整体观之，现代知识分子部分赓续了儒家的入世情怀和道家的出世哲学，但受时代语境的牵引以及由此而来的身份焦虑，他们在面对“自然”与“社会”时，无法像传统知识分子那样自由和从容，其山水游记中的“自我”亦往往陷入进退失据的彷徨困境。

作为传统思想的两大主流，儒家经常被当作成功者的信条，而道家则被看作失意者的哲学。“如果说孔子儒家满足了中国古代知识分子功名的、人事的、严肃的和现实的需要，那么，庄子道家则满足了他们浪漫的、从容不迫的和悠闲适意的要求。孔子儒家把中国古代知识分子带进秩序之中，使他们满腔热情、经世致用、立功立名；但他们一旦受到挫折和打击，庄子道家就把他们从秩序中接纳过来，消除他们的郁闷和创伤，使他们的心灵得到安慰”[①]。儒道互补的文化传统在现代知识分子身上亦有所体现，只不过，他们还具有传统士大夫所没有的际遇及精神气质。“五四”以后，“自我”意识空前张扬，伴随着主体意识觉醒的是知识分子的职业化和身份的自由化，这在一定程度上使他们具有西方公共知识分子的批判品格，他们不仅寻求自我的解放，还致力于阶级的解放和民族的解放。正如蒋光慈曾所说：“民不聊生，国无宁日，内有军阀之专横，外受列强的侵略，稍有一点知识而不愿做亡国奴的中国人，任何一个都要疾首痛心的。”[②] 但另一方面，则是传统学而优则仕的上升之道被封闭以后，现代知识分子的身份地位日益边缘化。从“五四”时期“人的解放”思潮中“自我”人格的确立，到20世纪30年代因社会矛盾和阶级斗争的需要建立起的“英雄”人格，再到工农兵成为时代主体的40年代建立起的“普通人”

① 张婉霜：《道家与中国古代知识分子》，《文教资料》2013年第33期。

② 蒋光慈：《现代中国社会与革命文学》，《蒋光慈文集》第四卷，上海文艺出版社，1982年，第149页。

人格，[①] 从中心到边缘，从启蒙到被启蒙，这与其说是现代知识分子的主动选择，毋宁是他们在社会时代牵引下的被动回应。在此过程中，他们的理想与现实发生明显冲突，空有满腔抱负和对社会的理性思考，却缺乏改造社会的机会和空间。因此，现代知识分子身上没有绝对的儒家和道家之分，他们大多汲取两者之长用以满足自身需要。在山水游记中，则表现为他们常因这两种思想源流的交叉作用，一方面有着道家逍遥洒脱的情怀，在深山远水、荒野草堂中拉开自我与现实社会的距离，希望借助自然逸趣消解现实压迫带来的不快；但另一方面，儒家“经世致用”的道德理想又时时召唤着他们的社会关怀和历史担当意识，使他们无法完全抛开社会现实，以传统“物我合一”的纯然心态悠游自适。于是，作为审美主体的“自我”在亲近自然与回望社会之间常常陷入进退失据的精神困境。

这在郁达夫的山水游记中表现得尤为明显。郁达夫认为，“欣赏自然山水的心情，就是欣赏艺术与人生的心情”[②]，现代散文“作者处处不忘自我，也处处不忘自然与社会”，“写到了风花雪月，也总要点出人与人的关系，或人与社会的关系来，以抒怀抱”。[③] 事实上，不忘“自我”也不忘“社会”，“自我”就不可能真正融入“自然”，所谓的“处处不忘自然与社会”更多的是“自我”在“自然”与“社会”之间的踟蹰徘徊，映射出作者空有“入世”情怀而又无法改变现实的彷徨苦痛。这也几乎成为20世纪二三十年代郁达夫山水游记中“自我”的情感姿态。在《钓台的春昼》中，作者迫于“中央党帝”的警告，到桐庐钓台“严子陵幽居”倾消胸中块垒。一路上，作者忘情收揽富春江、桐君山、钓台胜景，“看看山，看看水……更做做浩无边际的无聊的幻梦，我竟忘记了时刻，忘记了自身”。但这种适意很快因船家的提醒戛然而止：“先生，我们回去罢，已经是吃点心的时候了，你不听见那只公鸡在后山啼么？我们回去罢!”其实，如作者所言，在山水中忘记“时刻”和“自身”只是一时的

① 龙泉明：《在历史与现实的交合点上——中国现代作家文化心理分析》，陕西人民出版社，1992年，第158—160页。

② 郁达夫：《山水及自然景物的欣赏》，《郁达夫文集》第四卷，花城出版社，1983年，第83页。

③ 郁达夫：《〈中国新文学大系·散文二集〉导言》，《郁达夫文集》第六卷，花城出版社，1983年，第266页。

"幻梦"，现实永远在场，"严子陵"和"钓台"本身就喻示着对现实的反抗，只是这一反抗又带着对现实的挂念，致使作者未能像六朝文人一样，真正摆脱现实的羁绊而走进山水中狂欢。因此，与其说是船家的"突然提醒"导致"幻梦"的终止，毋宁说是作者借机从山水中抽身，在这背后体现的是作者既向往自然而又不能忘怀现实的惆怅彷徨之感。诸如此类的意绪在现代山水游记中比比皆是，作者的情感也往往迂回曲折、缠绵悱恻，甚至内在充满了激烈的交锋，这与古代山水游记在寻幽探奇、渐入臻境中"忘我"的主体性建构大异其趣。

古代山水游记中的"自我"因与"自然"的和谐同构而得以净化、提升，当代山水游记中的"自我"，要么如刘白羽的《长江三日》，在意识形态的规训下成为集体主义的"大我"，要么如1990年代以来的山水游记，面向温柔的家园或粗犷的边地而诗意栖居，它们各自都在寻求精神寄托中获得了归属感。相比之下，现代山水游记中彷徨"自我"的背后充满了孤独的苦吟，体现的是一种既不见容于社会又不甘于在自然中忘怀的情感状态，是一种孤独者的彷徨，甚或对无解的悖论式生存状态的绝望。在《太湖纪游》中，成仿吾面对沿途的风景不断陷入彷徨的心境："我们好像超然物外，独立自在的样子。理智却命令我们离开此处，也不管我们是怎样依依不舍。回到大路上来时，我们还是偷偷地频频回首。"这使他觉得是"在朝雾一般消残了的梦境中搜寻我的营养"，"我眼前的世界忽然杳无痕迹，一片茫漠的'虚无'逼近我来，我如一只小鸟在昏暗之中升沉，又如一片孤帆在荒海之中漂泊"。[①] 在20世纪20、30年代，钟敬文因一度吟咏于自然山水而被称为"隐逸派"，但事实上，他是在自然与社会之间摇摆，无法做出决然的选择，他坦言自己的身心"是一场很不调和的冲突活剧"，几乎使他感到身心疲惫和绝望，"彷徨，我现在的确如日暮途穷的旅人之彷徨"[②]。必须指出的是，这种孤独者的彷徨几乎贯穿于现代文学三十年的山水游记创作中。个中原因，主要在于自然山水的纾解功能被现代作家视为释放焦虑和苦痛的一条渠道，当他们无法在坚硬的现实中突围的时候，只能一头扎进自然山水中"柔软"地抒情。只是走进"自然"的他们，无法像西方

① 成仿吾：《太湖纪游》，《创造周报》1924年第45期。

② 钟敬文：《从西湖谈到珠江南岸》，《钟敬文文集》（散文随笔卷），安徽教育出版社，2002年，第469页。

知识分子那样，完成一场个体与社会剥离的旅行，即赫兹里特所说的："我们出游主要是为了摆脱所有的羁绊和所有的烦扰；把我们自己留在身后，最主要的是为了逃避他人"，而是"把自己也带上"。① 如此循环往复，自然山水于他们心灵的洗礼，一再陷入诸如阮籍"常率意独驾，不由径路，车迹所穷，辄恸哭而反"的精神困境。

二

自魏晋南北朝始，自然山水渐趋成为独立、非功利的审美对象，主要是通过物我生命节律的共振，人与自然融为一体。陶渊明的"少无适俗韵，性本爱丘山"，谢灵运的"夫衣食，人生之所资；山水，性分之所适"，表达的正是山水怡悦性情的功能。与此相应，从这一时期开始，中国古代的山水游记也基本上形成了人、事、情、景合一的审美模式，并逐渐衍生出"意境"这一中国古代重要的美学范畴。物我同化的审美趋向，促使古代山水游记大多以自然景观为题材，而刻意疏离现实社会景观，即便偶有提及，亦多为风土人情的中性描写，其间夹带的社会情怀基本上隐而不发，或与自然山水处于"和解"的状态。

与此不同的是，现代山水游记在题材处理上却沿着"自然"与"社会"两个向度交叉展开。这一方面是作家的社会责任感使然，自然山水被重新植入德性的内涵，使之与现实社会进行深广的勾连。如李大钊的《五峰游记》，以滦河泛滥，人皆知其"破坏"而不知其"建设"的一面，辩证地揭示只有破坏才有创造的革命道理。另一方面，则是因为民国旅游业的兴起和近代资本对自然的开发，导致自然风景大规模"社会化"。比如，1933 年，北平市长袁良首倡北平游览区建设计划，并于 1934 年 9 月制订《北平市游览区建设计划》，提出："整修名胜古迹，建设交通、住宿、娱乐设施，以吸引外国游客，赚取外汇，发展北平经济，同时宣传中国文化，增进国际了解。"② 在此背景下，与

① ［英］赫兹里特：《谈出游》，见《燕谈录》，严辉、胡琳译，上海社会科学出版社，2001 年，第 139 页。

② 转引自朱汉国：《1928—1937 年北平市政建设与市民生活环境的改善》，李长莉编《近代中国的城市与乡村》，社会科学文献出版社，2006 年。

旅游相关的配套设施和商业活动也跟着在自然景区兴建和开展起来，许多景区成为集旅游、避暑、商业、娱乐等功能于一体的社会活动场所。以庐山为例，民国以后，“庐山景物一大革命”，便是由“高人嘉逐痃窟、仙灵来往之地，忽变为五洲群屐环荟杂沓之场”[①]。据考证，至 1933 年，仅庐山牯岭区域就建有 3 所学校、1 座图书馆、12 座教堂、2 个游泳池、1 家浴池、1 处儿童游戏场、18 个网球场、1 座影戏院，另外还有 2 家旅馆、2 家食用品店、数家医院和疗养所。牯岭现象只是当时自然景区开发热和自然风景社会化的一个缩影，诸如浙江莫干山、河北北戴河、河南鸡公山等景区都被开辟成了多功能的旅游区。[②] 自然风景的社会化，使社会景观成为了现代山水游记的重要题材，这进一步消解了传统山水游记“独往会心”的审美旨趣。

基于上述两个原因，现代山水游记虽在某种程度上继承了古代山水游记模山范水和寻求精神寄托的艺术传统，但“社会相”的书写，特别是对“‘灰暗’的社会面影”的嘲讽和批判，使其不仅作为一种新的关系义项改变了传统山水游记的审美格局，而且还因其介入的直接、迫切和鲜明的工具理性，引发了“自然”审美与“社会”审丑的二元对立。特别是，经过传统山水意识的沉淀，自然物象被历代文人赋予了自在性、和谐性的美学内涵，当其与异质而又无序、混乱的社会现实遭遇时，便不可遏制地对后者展开批判。艾芜的《大佛岩》首先展示的是清幽的风景，林木荫翳，凉亭古寺与青山流水相映成趣，“江声隐没在脚下边了，镇日惟闻深林中不知名的小鸟，在轻轻润润地低唤着”。与此极不协调的是，当时军政界对景区的独霸和破坏，“一切名山胜地，都逐渐由诗人名士的手中，化为武人的地盘。所以今日的苏东坡之流，只有躲在‘寒斋’‘吃苦茶’了”[③]。此外，萧乾在《雁荡行》中发出“瑰丽的山水，晦暗的人间”的感叹，郑振铎《山中杂记》山间的“融和的静美”处处被洋人“避暑会”的威权所笼罩，朱自清《潭柘寺》中“简直有海上蓬莱的意味”的潭柘山上却住着几个“满身铜臭，满眼势利”的和尚，凡此种种，皆是将明丽的山光水色与污浊的社会图景两相对照。尽管此中的社会丑相在当时其他文学

① 黄炎培：《庐山·弁言》，商务印书馆，1924 年，第 1 页。

② 见陈朝晖、陈蕴茜：《1927—1937 年南京国民政府对夏都庐山的建设》，《民国档案》2006 年第 4 期；贯鸿雁：《略论民国时期旅游的近代化》，《社会科学家》2003 年第 3 期。

③ 艾芜：《大佛岩》，唐文一编《艾芜》，华夏出版社，1996 年，第 432 页。

品类中亦多有表现，但在山水游记中，当“崇高的自然”与“卑污的人事”并置、比照时，不仅“美”与“丑”的画面差异立现，而且还使其各自蕴含的情感色彩聚集、强化，在互为对抗的同时，呈现出不同于传统山水游记单一铺叙自然物象的审美张力。

长久以来，自然除了作为审美对象，更多地被当作资源的供养者。尤其是工业革命后，这种趋势更为明显，依赖机械动力的近现代工商业活动，在增加社会财富的同时，也在不断地消费着自然资源。如上文所述的自然风景的“社会化”，其背后不仅仅是“社会”对“自然”的侵袭，还体现了近代工业文明对传统农业文明的征服。正是在这个意义上，自然的“社会化”在某些现代作家眼里，不再是文明的进步，反而被他们视为精神家园的沦陷。因为，现代作家有相当大一部分来自农村，他们对传统自给自足的农耕文明有着天然的亲近之感，只是随着近代资本主义经济的扩张，农村已无法再保持传统意义上的宁静和诗意，与农耕文明密切相关的自然山水由此成为他们的补偿和慰藉，并表现出对近代工业文明及其带来的诸多“社会病”的拒斥。或者说，身处“前工业文明”的现代山水游记，已初步具备生态美学意识，即“在对自然的生态审美中，不只是关注自然的‘形式’，而是关心自然的‘存在’；不是把自然当作‘对象’，而是把自然当作‘家园’；不是把自我当作‘观光者’，而是把自我当作‘栖居者’”[①]。这种美学意识无关当时流行的社会担当道义或者爱国情操，而是隐喻着在传统农业文明没落的时代，知识分子对日渐消逝的精神家园的缅怀。

正是如此，这种审美对抗意识往往体现在自由主义作家的笔下。这类作家基本上没有 20 世纪 30 年代左翼作家那种急切的功利意识，“自然”对他们来说，更多具有形而上的本体论意义，能够满足他们追求无限、向往理想世界的愿景。正如徐志摩所言：“自然是最伟大的一部书”，“只要你认识了这一部书，你在这世界上寂寞时便不寂寞，穷困时不穷困，苦恼时有安慰，挫折时有鼓励，软弱时有督责。迷失时有南针”[②]。在《丑西湖》中，徐志摩对十五年来工商业活动给西湖带来的破坏倍感痛惜和愤懑，从官家为谋利在湖里养大鱼，

① 赵奎英：《论自然生态审美的三大观念转变》，《文学评论》2016 年第 1 期。

② 徐志摩：《翡冷翠山居闲话》，《徐志摩全集》第二卷，天津人民出版社，2005 年，第 116—118 页。

“把湖里袅袅婷婷的水草全给咬烂了，水混不用说，还有那鱼腥味儿顶叫人难受”，到清淡宜人的“平湖秋月”边上“开了酒馆，酒馆着实闹忙”，再到“楼外楼”被翻造成“三层楼带屋顶的洋式门面”，“新漆亮光光的刺眼，在湖中就望见楼上电扇的疾转，客人闹盈盈的挤着，堂倌也换了，穿上西崽的长袍，原来那老朋友也看不见了，什么闲情逸趣都没有了！”西湖的一切无不满目疮痍，作者感叹道：“西湖的俗化真是一日千里，我每回去总添一度伤心。”“西湖，西湖，还有什么可留恋的!”① 显然，在作者眼中，西湖遭到破坏，不仅止于物质景观，主要还在于工业文明及其世俗化斫丧了自然的和谐，自然美的“形而上”与世俗丑的“形而下”形成强烈的反差。相比前文所述自然风景与社会丑相在同一时空中的价值对立，此处西湖前后两个文明场景的断裂，更多的是渲染农业文明形态式微抑或精神家园沦落带来的感伤，具有浓烈的“文化乡愁”意味。

当这一比对引入都市视角的时候，两种文明形态的对抗显得更加明显。城市是各种社会关系的结合体，民国时期城市化进程的不断推进②，进一步压迫了人的诗意情怀和精神空间，出现了“都市边缘人”心态和对精神家园失落的惶恐，自然山水由此成为缓解焦虑的清凉剂。宗珏在《湖山梦语》中这样描述自己从都市逃往自然的过程：“浴着清晨的微风，市景是那样沉静，像一只巨兽在角逐后的疲劳的喘息。我厌倦了那繁杂的市声，静悄悄地溜到那幽娴的湖畔”，“我好像不是来鉴赏这湖山的秀色，而是藉着一个新的环境来纾散长期郁积的疲劳；那样使我感到冷漠和平淡”③。外部现实的失衡导致内心和谐状态的消散，这种精神的“逃亡”，伴随着的是对都市生活的厌倦，迫使人们复归自然以求心灵的解脱和释然，“湖山的秀色”和“繁杂的市声”不再具有实体意义，而是分别喻

① 徐志摩：《南行杂纪·丑西湖》，《徐志摩全集》第三卷，天津人民出版社，2005年，第14页。

② 民国时期城市化已初具规模，到抗战前，人口5万以上的城市共有大约2730万居民，城市人口的增长几乎是人口平均增长率的两倍，而在30年代，上海、北京、天津、广州、南京、汉口等当时中国6个最大的城市，人口每年则以2%—7%的增长率发展。见费正清《剑桥中华民国史》上册，杨品泉等译，中国社会科学出版社，1993年，第40、109—115页。

③ 宗珏：《湖山梦语》，《中国新文艺大系》（1937—1949），中国文联出版公司，1996年，第208页。

指着诗意和世俗，在对抗后的取舍中，作者的精神也得以救赎。

阿纳托尔·布罗亚德认为："文化之每一失落都会诱发产生独具一格的文学""游记描述的是悲剧性弧线：以精神振奋、兴旺发达为始，以衰亡泯灭、一落千丈为终"。他进一步指出，当代的游记多表现为"现时为已往而悲叹惋惜"，甚至"最近的旅游者像是去探视病人，去坐在各种行将消亡的文化的病榻之前"，"他们永远专门搜求最坏的东西，去为其焦虑或绝望寻找理论基础，同时用各色各样的标签去贴满其破灭了的幻想"。[①] 布罗亚德的这一结论主要出自对西方游记发展史的检视，但中国游记的现代性进程也有类似的轨迹和症候，只不过，现代山水游记中的"焦虑或绝望"整体上少了文化上的诉求，缺乏诸如卢梭的《圣皮埃尔岛上的欢乐》、萨默塞特·毛姆的《神圣的处女地》、罗兰德·瑟尔梅勒的《加泰罗尼亚来信》等西方游记对历史、人生、道德等一些更深层次问题的沉湎和思索，更多的是基于现实沉沦的体验，以敏锐、峻急的姿态表达对社会的冒犯和冲撞。正是在这一点上，从徜徉"自然"到"自然"与"社会"的二元对立，现代山水游记美学逻辑的建构才显得别具一格。

三

宗白华说："大自然有一种不可思议的活力，推动无机界以入有机界，从有机界以至于最高的生命、理性、情绪、感受，这个活力是一切生命的源泉，也是一切美的源泉。"[②] 从游记创作的角度来看，这种"活力"主要体现为物我对话的充分展开。只是，古今游记在这一对话的方式和手法运用上都有着较大的差别。

古代车马人足的旅行方式虽然限制了空间位移能力，却可使游记作者最大限度地贴近自然，其笔下的游踪、风貌、观感基本上围绕自然风景而展开。与此相关，古代山水游记也大多以自然物象作为寄托情志的载体，即使是那些在山水中抒发抑郁不得志的作品，最终也以主体情志归融于博大的自然为终结。旅行空间的限制和抒情载体的单一化，使古代山水游记无论在画面的描绘还是意义的推

① ［美］阿纳托尔·布罗亚德：《到此一游》，见钱满素选编《我有一个梦想》，中国社会科学出版社，1993年，第311—312页。

② 宗白华：《美学与意境》，人民出版社，1987年，第56页。

进上，都缺乏层级性或流动性的“质变”，形成了静态性的风景审美，这恰与古人追求物我合化的自然观念相一致。主要表现为两个方面：一是以相对固定的视角对自然风景作精描细绘或宏观扫描，如欧阳修的《醉翁亭记》，作者基本上以“醉翁亭”为中心捕捉周围的景色。二是在移步换景中对自然风景的单向度描绘，如《徐霞客游记·游太华山记》一段：

> 出省城，西南二里下舟，两岸平畴夹水。十里田尽，萑苇满泽，舟行深绿间，不复知为滇池巨流，是为草海。草间舟道甚狭，遥望西山绕臂东出，削崖排空，则罗汉寺也。又西十五里抵高峣，乃舍舟登陆。高峣者，西山中逊处也。南北山皆环而东出，中独西逊，水亦西逼之，有数百家倚山临水，为迤西大道。北上有傅园；园西上五里，为碧鸡关，即大道达安宁州者。由高峣南上，为杨太史祠，祠南至华亭、太华，尽于罗汉，即碧鸡山南突为重崖者。盖碧鸡山自西北亘东南，进耳诸峰由西南亘东北，两山相接，即西山中逊处，故大道从之，上置关，高峣实当水埠焉。①

作者在此描绘沿途几十里的风景，且不说每一次逗留，皆以相对固定的视角扫描四周的景致，即使一路过去，也是从风景到风景的单向度展开，或者说是风景的叠加，缺乏意义的滑动，风景在作者视野的预期下成为了静态性存在。

反观现代山水游记，由于“社会风景”的进驻，“自然”与“社会”在审美价值上的落差和博弈，“以我观物”的方式往往充满了动态化。

首先是“自然”与“社会”作为两个价值属性相反的物象系统，它们在文本中所构成的画面形态和凝聚的感情色彩是截然相反的。“自然”代表着宁静、诗意、自由，而“社会”则代表的是喧嚣、世俗、拘限。当游记作者的眼光在这两种物象之间来回打量时，审美的“动态性”亦由此生成。比如石评梅的《武昌的名胜》，作者站在风景秀丽的蛇山上，“由树缝里看见长江如练，烟雾笼罩，凉风过处，心神为之一爽！这是何等舒适逍遥的境界啊”！然而笔锋一转，又是另一种画面：“可惜上去了一大群丘八，我们只得远避。”当她乘坐着轮船在长江“破浪直进”时，“只见风帆上下，浪花飞溅，放眼望去，龟山临左，蛇山旁右”。但随着江边的兵工厂跃入视野，她又不禁忧愤起来：“中国军阀！中国军阀！何其浑昧如斯呵？炮厂现在正为某军阀赶做绿气炮，可知其阴蓄之久，而中国内乱

① 徐霞客：《徐霞客游记·游太华山记》，上海古籍出版社，2010年，第16页。

其有已时吗?”尔后她进入一优雅小园：“过一极小之茅亭，碧波荡漾，游鱼上下，……真神仙佳境。”但此情此景，却使作者突然联想到个人的悲惨身世：“一腔热血，夺眶而出，故人何在？旧影虚幻，所留的仅这点触景的回忆，和我这天涯的飘萍!”[①] 两种画面的不断切换，使“以我观物”的过程充满动态感，这既是两种画面物质形态上的差异所致，也是缘于精神层面上作家个人心志的赋予，体现的是作家在“自然”和“社会”面前的审美落差。

其次，不同社会景观的次第展开也可形成动态化的审美体验。有论者指出，相对于古代游记，“现代游记散文则非常强调描绘游访者的游览或访问踪迹，要求从游踪或访踪的全过程中反映出游访客体对象的相互联系和彼此异同，从而展示出游访者在整个旅游过程中的思想情感和审美兴趣的变化，特别对人文景观、战争景观、流亡景观以及一切游访客体的记叙或描绘更注重从‘运动’中来把握，表现出更多的‘动’的因素”[②]。对于现代山水游记来说，这种“动”的审美体验的生成，一方面在于民国近代交通业的发展和新式交通工具的普及，使游记作者能够搭乘马达进行快速空间位移，为其大规模记取山水间广泛而多样的社会风貌提供了可能。另一方面，还在于现实主义文学创作占主导的年代，游记作者叙写现实社会的自觉性和广泛性达到了前所未有的程度，如 20 世纪 30 年代山水游记对广泛城乡的描写，20 世纪 40 年代山水游记对战争图景的多维观照，皆以蒙太奇的动态方式剪辑接踵而至的各种社会景观。在蹇先艾的《渝遵道上》中，作者除了描绘沿途的自然风光，还缀连以下社会画面：凋敝、原始的山民生活；山间茅店的破败和肮脏，硕大的夜壶置于床下，蚊虫满屋，猪圈比邻；山路两旁节孝牌和节孝坊林立；川军部队穿着草鞋或光着脚板跑山路赶赴前线；黔军拦路盘查；山间小店旅客聚拢谈论日军的侵略暴行，期待着“真龙天子出世”。上述景观几乎涉及当时中国政治、经济、民生、文化、军事等各个方面，这是中国古代游记所没有的。也正是各种互为异质的“社会风景”的交错展开，绘出了一幅多维、立体、流动的战时中国图景。

“社会相”书写也改变了主体与自然对话的艺术方式，主要是“比兴”修

① 石评梅：《武昌的名胜》，《石评梅选集》，山西人民出版社，1983 年，第 217—220 页。

② 朱德发：《中国现代纪游文学史·导论》，山东友谊出版社，1990 年，第 11 页。

辞的创化性运用。“比”是以此喻彼，“兴”是言在此而意在彼。从现代修辞学的角度来看，“比兴”与比拟、象征、联想、想象、灵感等修辞手法具有相通之处。[①] 因此，“比兴”修辞虽源自中国古典诗歌，但它也是古代山水游记物我对话的常用手法，而在具体运用过程中，它又与古代中国的山水观念和散文常用的结构艺术紧密勾连。一方面，正如前文所言，古人的山水观注重主体与客体的圆融和谐，反映在山水游记创作中则是大量运用借景抒情、托物言志等艺术手法。另一方面，古代散文的结构也颇有讲究，佘树森以江南园林的布局譬喻道：“造园者，以筑山、叠石、回廊、漏窗、粉壁、洞门……造成景观的藏、露、对、借、转换，给游人以曲径通幽，步移景换之感。散文作者在结构行文时，也总是力求在有限的篇幅里，写出深邃，写出曲折，给人以长久的回味。”[②] 这一蜿蜒有致的结构方式在古代山水游记中体现得尤为明显，使其情感的表达多萧闲疏散，或含而不露。换言之，古代山水游记一般不直接赋予自然意象具体的意义，而是采用隐晦的方式寄托情志，目的在于使人、景、情、理融为一体，或者借“深邃”“曲折”的结构方式营造能“给人以长久的回味”的意境。如鲍照的《登大雷岸与妹书》，全文除简要交代行程外，多是在铺叙沿途所见的风光景物，很少直接抒情和议论。然而或比或兴，皆委曲婉转，意深旨远，写高山尽显英雄竞逐的豪壮气概，写江水寓有历史茫昧的探索，写平原则暗含游子飘零的寂寥归思，寄怀着一个门阀制度压抑下士子的壮志和不平。

现代山水游记的抒情言志在很大程度上也借助自然的“比兴”功能。只是由于“社会相”的嵌入，传统山水观念的瓦解以及审美的功利化，现代山水游记中的“比兴”往往不再以隐晦的修辞形式出现，而大多是直抒胸臆，通过自然山水直示某种社会性意涵。在《桐庐行》中，柯灵畅然感慨道：“站在山顶，居高临下，看看那幽深雄奇的气势，我想起历史，想起战争，想起我们的河山如此之美，而祖国偏又如此多难。在这次抗日战争中，桐庐曾经几度沦陷，缅想敌人立马山头，面对如此山川，而它的主人却是一个坚忍的、不可征服的民

① 李健：《比兴与中国现代文艺学、美学的建设》，钱中文编《理论创新时代中国当代文论与审美》，知识产权出版社，2008 年，第 527 页。

② 佘树森：《散文创作艺术》，北京大学出版社，1986 年，第 75 页。

族，我不知激动他的是一种怎样的情感。”① 作者由壮美的山河，联想到历史、抗战以及多难的祖国，情思纵横交错，境界开豁，无不体现现代散文“兴之所至，无所顾忌”的美学原则，这与古代山水游记重寄托、象征，用“感兴”手法营构幽深的意在言外之境大异其趣。“比”的手法运用也是如此。在袁昌英的《再游新都的感想》中，自然山水被赋予正面的人格精神，而现实社会则相形见绌：“硕大宏敞的玄武湖满披着蔓延无忌的苇芦及浮萍，表露一种深沉忍毅的闷态，似乎在埋怨始造它的人的没出息，生出不肖的子孙来，让它这样老耄龙钟的身体感受荆芦野棘的欺凌；前面的崇山峻岭也是沉毅不可亲近的在那里咬住牙根硬受着自己裸体暴露的羞辱。只有茶楼上的人却欢天喜地在那里剥瓜子、饮清茶、吞汤面——高谈阔论，嬉笑诙谐，俨然天地间的主宰是他们做定了的。”② 将玄武湖和“崇山峻岭”比拟为崇高的人格，并从现代民族国家的高度贬责统治者的无能和国人的麻木。在这里，无论是由山水联想到现实，还是本体和拟体关系的建立，都是直截了当，愤懑和无奈溢于言表，与传统山水游记寓情于象、以象达情的“托物言志”手法截然有别。

① 柯灵：《桐庐行》，《柯灵散文选集》，百花文艺出版社，2009 年，第 96 页。

② 袁昌英：《再游新都后的感想》，《袁昌英作品选》，湖南人民出版社，1985 年，第 229 页。

论“十七年”山水游记中的“社会主义风景”

自五四以来，社会风物大规模进入山水游记的写作，从而改变后者重在描写“自然风景”的审美格局，以至有“‘社会相’代替自然风景成为游记最好的题材”[①] 之说。但更值得关注的是社会性题材的进驻对于山水游记这一古老文体的冲击，特别是百年来的山水游记作为一种边缘的文体，一直以独特的方式回应现实社会，“自我”“自然”“社会”在此间组建了新的审美关系，围绕其展开的视觉权力及话语场域总显得意味深长。

在此意义上，考察“十七年”的山水游记显得极有必要。一方面，“十七年”的山水游记夹带着诸多社会主义新人新事，其间的人、事、景、情在赞颂基调的黏合下成为政治抒情的统一体，这既不同于现代山水游记中“自然”与“社会”的二元对立，也不同于20世纪90年代以来山水散文的文化沉思或生态诉求。另一方面，更值得注意的是，“十七年”时期散文的创作动向整体上紧跟着文艺政策的调整，但其山水游记一脉却一直以“托物言志”的方式想象社会主义新中国，即使在两次短暂的所谓“散文复兴”时期，它也只是在创作数量上有所增加，整体上仍保持着自己的基调和风貌。遗憾的是，这些山水游记在当时和后来多被当成一般的游记或旅行特写甚至是抒情散文看待，其独特的政治审美和稳固的文体特征都没有引起理论批评界的重视。

---

① 举岱：《游记选·题记》，见俞元桂主编《中国现代散文理论》，广西人民出版社，1983年，第392页。

为此，本文拟抛开以往社会反映论停留于表层“画面”勾描的研究模式，通过“画面”到“风景”的语义转换，将这一时期山水游记围绕自然景物与社会人事展开的“社会主义”书写和想象指称为“社会主义风景”① 话语。“风景”从来都不是独立于主体之外的“物自体”，而是在观看中被生产和建构起来的，在此过程中，诸种价值与意义已被编码进去。就此而言，“社会主义风景”不是“名词”而是“动词”，是意识形态话语的视觉实践。对其加以探究，关注的不是其介入现实的广度和深度（当时的小说、特写、报告文学更具案例价值），而是意图阐明向来被认为具有出世意味的山水游记因何种现实因素而被纳入政治意识形态的统一建构？特别是在那个特殊的年代，流连山水很有可能被贴上逃避现实或没落阶级趣味的标签，当时的游记作者是如何由“山水”而“社会”，展开意味深长的“社会主义”想象的？在“政治审美”之外，这一时期的山水游记是否还存在着疏离统一建制的风景观看，游记作者又是如何处理非政治化的“本体审美”的？如此种种，皆可归结于“社会主义风景”的话语机制问题，而这正是本文所要解决的。

一

1940 年 12 月，本着“把政治寓于风景之中”② 的理念，茅盾根据他在延安短暂停留的见闻感悟，写下了《风景谈》一文。该文通过六个场景，描写了延安边区的风土人情，表面上是写风景，但突出的是主宰风景的“新人”及其平凡而崇高的活动，在人与自然的互相诠释中，把风景政治化，从而上升到对边区政府乃至未来中国的美好想象中。③ 柄谷行人认为，作为一种现代“认识性装置”的“风景”与观景主体的内心状态紧密相连，是被无视外部世界、专

① 朱羽将周立波小说《山乡巨变》中的民俗和山乡风光指称为“社会主义风景”，对本文的写作多有启发，在此致以谢忱。参见朱羽《“社会主义风景”的文学表征及其历史意味——从〈山乡巨变〉谈起》，《文学评论》2014 年第 6 期。

② 茅盾：《在抗战逆流中》，《茅盾全集》第 35 卷，人民文学出版社，1997 年，第 396 页。

③ 参见茅盾：《风景谈》，《文艺阵地》1941 年第 6 期。

注于自己内心的人所发现①。就现代中国文学而言，证之于郁达夫的《屐痕处处》、沈从文的《湘行散记》、冯至的《山水》等长于写景的名家名作，确实多有暗合柄谷行人的论断。但《风景谈》里的“风景”显然不能纳入这样的生产机制中，它属于另一个谱系，呼应的是五四以来“人的文学”到解放区“人民的文学”的审美转向。从个人到集体，观景主体性的更新也重组了风景里主体与客体的关系，由此建构起一种全新的本土风景话语。

在此背景下，新人新事入景以及其风景的政治化作为一种新的视觉秩序和文学经验，经由“延安道路”走进了“十七年”的山水游记，并通过“山水”的中介，表达了新的国家身份和集体想象。当然，在此之前的漫长文化实践史中，中国古代的“山水”从来都不是自足的，无论是置于文人山水画先验的意义场里②，还是与诗文中的“山河”“江山”“神州”等语义的交织，它都缠绕了诸多共同体想象。中华人民共和国成立后，史诗式的时代变局和意识形态的引导，使得这一审美文化在向前惯性滑动的同时，被植入了一种宏大、欢愉的品格：“从古以来，山水怎么看，恐怕是各人各有心胸的。一切既反映了自然真实面貌，又创造了崇高意境的，则无论是绘画、诗、散文，都成为了我国人民的精神财富，为我们伟大祖国的富丽山河，赋予了种种美好的形象和性格，启示了和发展着人们的爱国主义思想情感。”③ 在此，“山水”“山河”“伟大祖国”的意义图景看似与以往无异，但在“十七年”的政治语境中，它们不再是家园和国族的泛泛象征，而是如《风景谈》一样具体化为政治激情的表达，集中指向社会主义的新中国，隐藏着对民族独立和阶级解放的鼓呼。于是，一种新的山水游记观念也被提了出来：

> 我们对山水记的要求，是要通过它来加深我们的爱国主义感情。那不光要能领略山水之美，更要写出我们的祖先和前辈，怎样在这山水上进行艰苦的劳动和斗争，怎样改造自然，征服自然，怎样结合山水来反映人民

① 参见柄谷行人：《日本现代文学的起源》，赵京华译，中央编译出版社，2017年，第19页。

② 柄谷行人认为，在日本传统山水画那里，“画家观察的不是‘事物’，而是某种先验的概念”，他又引宇佐见圭司的观点：“所谓先验的山水画式的场乃是中国哲人彻悟的理想境界”。参见柄谷行人《日本现代文学的起源》，赵京华译，中央编译出版社，2017年，第13、14页。

③ 方纪：《桂林山水》，《人民文学》1962年7月号。

的感情，怎样体会到“换了人间”，来加深我们对祖国的热爱。[①]

这是那个时代特有的语体风格，“人民”“换了人间”“爱国主义”等字眼不断地提醒我们，先辈们的“劳动和斗争”，并不仅仅体现在改造、征服自然上，它还隐喻着中国共产党领导各族人民经过长期斗争推翻旧社会、建立新中国这一历史事实。在不容置辩的语气背后，自然和人事都被纳入了“社会进化”的革命逻辑之中，此时被赋魅的“山水”已不完全等同于传统意义上的“山河”，而是与新中国的成立同时获得了新生，游记作者的任务是重新发现藏匿于山水中的“人民”“祖国”和“爱国主义”，并让它们以一种全新的可见形式呈现出来。也即，借“山水”这一风景载体，把千百年来沉淀在其身上的民族与国家、历史与记忆、理想与信念，变现为对社会主义新政权的歌颂与期许。

正是如此，“十七年”山水游记的政治审美虽可视为五四以来游记“社会风景”书写的延续，但风景的载体却由纷乱扰攘的旧中国变为安定朝气的新中国，“社会主义风景”也由此从社会形态的革新中走了出来。像叶圣陶的《游了三个湖》、宗璞的《西湖漫笔》、墨炎的《骊山纪行》，都是以旧社会为参照系，赞叹新政权治理下风景的焕然一新，并通过对景观携带的旧社会历史记忆的批判和新时代到来的欣喜抒怀，使后者在价值认知上形成对前者的覆盖。这种修辞方式显然是当时“忆苦思甜”政治话语的变体，在具体的展开过程中，承载风景的“地方”成了政治想象的“空间”，风景也从“现实域”进入了“想象域”[②]。在翦伯赞的《内蒙访古》里，他描绘了大兴安岭蒙古段解放前后不同的面相：由于大兴安岭的阻隔，解放前居住在原始森林里的少数民族“还停留在原始社会末期的历史阶段”，几乎过着与世隔绝的生活，“但是解放以后，这里的情况已经大大的改变了。现在，一条铁路已经沿着大兴安岭的溪谷远远地伸入了这个原始森林的深处，过去遮断文明的障壁在铁道面前被粉碎了。社会主义的光辉，已经照亮了整个大兴安岭”[③]。在这里，由大兴安岭建

---

① 振甫：《古代散文中的山水记》，见百花文艺出版社编《笔谈散文》，百花文艺出版社，1962年，第131页。

② W. J. T米切尔：《空间、地方及风景》，见W. J. T. 米切尔编《风景与权力》，杨丽、万信琼译，译林出版社，2014年，第5页。

③ 翦伯赞：《内蒙访古》，《人民日报》1961年12月13日。

构起来的自然空间不再有中立属性，而是被沐浴着社会主义光辉的“铁路”所激活，其中的历史因素和自然因素都向“解放”后的新世界聚集。同时，风景中的“空间”与“人”——作为政治象征的少数民族和幕后的铁路建设者——并没有像巴什拉所认为的那样互为建构和规定[①]，而是由“人”直接单向度生产“空间”，显现出新政治制度的力量和气魄。

这也说明，无论是观看还是想象，“社会主义风景”的出场皆以改造旧社会、创造新世界为前提，在此过程中，自然山水的政治审美又与其作为建设新中国的资源保障联系起来。中华人民共和国成立后，百废待兴，发掘和利用自然资源已成为恢复、发展国民经济的一项重要举措。当时有不少山水题材旅行记就是作者作为自然资源勘探队的随行记者甚至是成员时写成的，如李若冰的《在柴达木盆地》、钟涛的《北大荒踏查记》、华山的《山中海路》等，都是借用身份之便把“祖国瑰丽的风光，辛苦的建设和美好的生活糅杂在一起”[②]。到了1957年社会主义改造基本完成后，毛泽东就提出：“向自然界开战，发展我们的经济，发展我们的文化，使全体人民比较顺利地走过目前的过渡时期，巩固我们的新制度，建设我们的新国家，就是十分必要的了。”[③] 紧接而来的“三面红旗”，以及始于20世纪60年代前期的大小“三线建设”，就是将“向自然界开战”马不停蹄地付诸实施。于是，从大自然中发现经济价值，歌颂自然资源的开发利用和新家园的建设，成为当时山水游记的一个重要内容，从而埋置了一个观看风景的实用性视角。

侯金镜把小五台山里的森林资源比作“绿色的金子”，农民们大规模砍伐松杉、用雷管炸鱼、围猎狍群，都被他认为是“向深山进军，夺取宝贝”[④]。碧野则欣喜地看到解放后阿尔泰山区“原始森林已经开始被采伐，贵重的药材已经开始被采集，珍禽异兽已经开始被捕获驯养”[⑤]。自然资源的开发利用只是经济建设的重要一环，现在看来这些有违生态伦理的行为之所以具有合法

---

① 参见加斯东·巴什拉：《空间的诗学》，张逸婧译，上海译文出版社，2009年，第25页。

② 周立波编选：《散文特写选》，“序言”，人民文学出版社，1964年，第8页。

③ 毛泽东：《关于正确处理人民内部矛盾的问题》，《建国以来毛泽东文稿》第六册，中央文献出版社，1992年，第378页。

④ 侯金境：《漫游小五台》，《新观察》1959年第16期。

⑤ 碧野：《边疆风貌》，《边疆风貌》，作家出版社，1961年，第106页。

性，在于它为当时中国的新农村建设和城市里火热的工业化进程提供了源源不断的生产资料，可为读者召唤出一幅充满诱惑的社会主义远景。在《镜泊湖》里，臧克家从“深碧”的湖水里看到的是“它可以发出大量的电，输送到广大的世界里去”，而面对湖边路上大型柴油卡车满载着木材“烟尘滚滚，呜声呜呜”而来时，他则想象为“它们高兴地离开深林去为社会主义建设事业立地撑天”，甚至这些卡车在坑洼的路面上“蹦蹦跳跳”，发出巨大的声音，也被他诗意化为“像在跳舞”①。如此一来，自然资源的经济价值及其开发利用，在风景中直接参与了社会主义意识形态的生产。也正是在此前提下，自然山水的美才能够彰显出来，就如身处大兴安岭林海的老舍所说的，“兴安岭的可爱，就在于它美得并不空洞。它的千山一碧，万古常青，又恰好与广厦、良材联系起来。……它的美丽是与我们的建设分不开的”②。

风景的政治审美还离不开游记作者这一主观因素，即他们为何选择山水行旅进行自身政治激情的表达。众所周知，中华人民共和国成立后，许多作家既对新社会表现欢迎，又因空前的时代变局显得迷惘不安，即使是何其芳这类从解放区走来的作家也是既“感到甜蜜，又有一些惊恐”③。这种心态反映到文学创作中，则是作家既想跟着赞颂“换了人间”的新社会，又想保持书写“个人”的空间，体现出身份转型和审美抉择的艰难。正如沈从文所说的：“用笔方式，20年30年统统由一个‘思’字出发，此时却必须用‘信’字起步，或不容易扭转。过不多久，即未被迫搁笔，亦终得把笔阁下。”④ 面对从“思”到“信”的转变，虽然有部分作家因此而“被迫搁笔”，但更多的是顺应和积极面对。有论者指出，20世纪五六十年代的散文创作具有“向传统审美风范复归”的倾向，“既要保持颂歌的基调，又要克服艺术上所存在的那种直露、粗疏的弱点，提高审美价值，于是，散文便选择了托物言志、借景抒情的艺术传统作为构思

① 臧克家：《镜泊湖》，《人民日报》1962年10月7日。

② 老舍：《内蒙风光》，《人民日报》1961年10月13日。

③ 见何其芳的《回答》第一节，该诗前五节成文于1952年1月，全诗发表于《人民文学》1954年第4期。参见《何其芳文集》第一卷，人民文学出版社，1982年，第220页。

④ 转自汪曾祺：《沈从文转业之谜》，见吉首大学沈从文研究室编《长河不尽流》，湖南文艺出版社，1989年，第142页。

与表现的格局”[①]。这里的“志”与“情”显然不是个人的情志，而是关乎新的政治教化。作为散文的一个分支，山水游记显然更便于借物言志进行政治抒情。一方面，山水行旅亲近自然和土地，其跨越地域、民族、文化的差异，能够生成更为深切的整体意义上的社会主义国家认同，满足当时文学政治一体化的需求。另一方面，正如林语堂所说的“中国艺术的冲动，发源于山水”，在于它“能尽曲折之妙”[②]。因此寓政治于山水风景之中，可以摆脱抽象概念的拘囿，增强作品的思想张力和艺术感染力。只是同为言志抒情，相较于传统山水游记的超越性和不同流俗的姿态，“十七年”的山水游记作者身在“江湖”却心系“庙堂”，呈示的是由边缘向中心“发声”的主人翁意识，具有“众乐乐”的入世精神和盛世畅想。就此来看，“社会主义风景”书写，也是游记作者在新的文化政治实践背景下做出的审美选择，只是如何消除游山玩水背后的小资产阶级闲适趣味，是需要他们谨慎面对的。进一步说，我们也不能否认，“十七年”山水游记中的“社会主义风景”可以说是游记作者平衡文学与政治的一种话语策略。

二

“风景”的观看和生产本质上都是一种认同，连接着某种共同体意识[③]。雷蒙·威廉斯通过对文艺复兴时期至18世纪英国田园诗的考察指出，彼时的田园诗针对的是金钱主导下的资本主义的农业秩序，是新古典主义作家对地主阶级和封建时代所谓自然经济的缅怀，他们删去了农业劳作的艰苦和乡村社会的黑暗现实，只留下精挑细选的田园风光和乡村景象[④]。虽然雷蒙·威廉斯意在批判被田园诗建构出来的前资本主义的“美好世界”，但他的分析显然已触及风景的阶级认同问题，这为我们考察“十七年”的山水游记提供了一个认知

---

① 佘树森、陈旭光：《中国当代散文报告文学发展史》，北京大学出版社，1996年，第70页。

② 林语堂：《论中西画》，《行素集》，时代图书公司，1936年，第68页。

③ 参见温迪·J.达比：《风景与认同》，张箭飞等译，译林出版社，2018年，第4—5页。

④ 参见雷蒙·威廉斯：《乡村与城市》，韩子满等译，商务印书馆，2013年，第39—50页。

框架，即在工农兵阶级翻身及其作为时代主体的政治语境中，“社会主义风景”的展开实际上也是阶级话语的视觉实践，阶级认同是查探这一风景形态内部机制最为重要的通道。

如果往前追溯，现代山水游记对民国时期底层民众苦苦挣扎和上层社会骄奢淫逸的描写，就带有明显的阶级批判倾向，这与当时知识分子的忧患意识和左翼以来的阶级叙事策略密切相关。新中国的万象更新，见于“十七年”的山水游记，则是旧社会的苦难景观都消失不见，取而代之的是朝气喜庆的新人新事。此外，一些喻指旧社会阶级特权的符号，譬如“会所”“避暑别墅”也被“工人疗养院”“招待所”等所取代。新旧社会人事的更替在此暗指了底层民众的阶级翻身，显示了一种新的阶级视角，风景也在此视角下被重新裁剪。在叶圣陶的《记金华的两个岩洞》中，熙熙攘攘的游人成了被观看的“风景”：

> 我去的那一天是星期日，游人很不少，工人、农民、战士、学生都有，外洞内洞闹哄哄的，要上小船得排队等候好一会儿。这种景象，莫说徐霞客，假如达夫还在人世，也一定会说二十年前决想不到。[①]

饶有意味的是，在“十七年”山水游记中，“游人”基本上是“工农兵学”，但这显然不是游客的全部，突出“工农兵学”而滤去其他游客，更多是出于“阶级地理”的考量。因为“工农兵学”表面上是作为普通的游客出现，但如果联系他们作为时代主体的政治身份，则意味着他们具有某种进入“风景”的权力，而这种权力的获得根本上又是来自于新中国的建立和他们在阶级上的解放。所以“这种景象”是身处旧社会的徐霞客和郁达夫无法见到的，正如竹子在《三访大龙湫——雁荡散记》所感叹的：“解放以前，劳动人民哪有闲情逸致来观赏风景呢？这是只有我们这个时代的人民才有的感情。”[②] 如果联系上下文，也可发现作者对“两个岩洞”风景的赞颂，还与同样翻身解放的“工友”们对景区的悉心维护密切相关，“工农兵学”等新时代主体走进风景，其实是以主人翁的姿态享用本阶级的劳动成果，宣示本阶级的地理主权，更深层次上体现出阶级解放带来的风景解放。

阶级化的视觉机制同样存在于自然景物的观看中，但以更加隐蔽的方式展

---

① 叶圣陶：《记金华的两个岩洞》，《旅行家》1957 年 11 月号。

② 竹子：《三访大龙湫——雁荡散记》，《光明日报》1961 年 6 月 18 日。

开。最常见的是变更自然景物作为无人风景的阶级属性。无人风景不是无意义的风景，而是风景的一种书写方式。中国古代山水画和山水题材诗文对无人风景的观看和描写，无论是发思畅神还是崇尚隐遁，实际上都是在与此前“艺术世界”的对话中完成的，表征着士大夫阶级彼此默认的视觉机制和审美共同体。“十七年”山水游记的破立之道就是让无人风景进入“拟人”的世界里，但所拟之“人”并非抽象的人类，而是阶级翻身的时代主体。比如菡子的《黄山小记》，其笔下黄山的动植物无不充满了生命的跃动：攀山越岭、挤到路边来的花草，热烈鼓舞行人的登高；鸟儿载歌载舞，与游人同乐；即使是云彩，也“骑龙跨凤，有盛装的车舆，随行的乐队”，列队缓缓行进[①]。类此万物和谐欢愉的场景在“十七年”的山水游记中相当常见，“拟人”在此不只是一种“修辞”手法，而是承担着重建“语境”的功能，它模拟了新生中华族群的和谐、朝气、乐观，表达出对没有阶级压迫、人人平等的新型社会关系的渴望，从而将附着于传统无人风景审美中的阶级趣味驱除出去。

另一种方式是从自然景物的恒常性中发现社会实践的历史过程，只是“历史”在此被简化为“劳动人民”的奋斗史，“劳动人民”在当时的政治语境里是相对剥削阶级而言的，风景的阶级认同也就由空间体验向时间经验远溯。如李若冰的《山·湖·草原》，作者通过观看“日月山”两边的山川美景，想象青藏高原人民千百年来聚居于此的生存史：

> 向东看，眼前是农舍、湟水、麦田、青稞和菜子花；向西看，眼前是崇山峻岭，是绿色一片，是茫茫无边的草原。在这八月的高原上，远望起来，一边是金色的天地，一边是绿色的天地，绘成了一幅奇观的画面。千百年来，青藏高原上的各族人民，就在日月山上出入；就在日月山两面，以不同的生活方式，耕田种地，打猎放牧，和大自然进行着斗争，创造着财富、奇迹。[②]

一开始的写景明显是采用绘画中的散点透视法，作者并不试图从单一的景物发现意义，而是通过视线的游走，将它们加以整体性把握，从而显现出千百年来高原人民不断创造美好生活的历史图景。这样的观景方式在20世纪80年

① 菡子：《黄山小记》，《前线的颂歌》，人民文学出版社，1959年，第163—164、166页。

② 李若冰：《山·湖·草原》，《柴达木手记》，作家出版社，1959年，第19页。

代以来的山水游记中也不少见，但作者在此不是为了历史抒怀，而是为了“歌唱高原上朴实、勤劳，强悍的人民。让过路的旅客们，从山、湖、草原汲取力量，更好地创造生活”。此文写于1957年8月，此时“第一个五年计划”的各项指标大多超额完成，举国振奋。有理由认为，作者的历史想象，实际上是在颂赞这一时代伟业中贡献巨大的各族劳动阶级，他们如同千百年来的青藏高原人民一样，所创造的美好生活过后都将成为具有历史必然性和本质性的伟大事迹。这样的阶级认同打破了空间限阈，暗含着马克思主义“历史是由人民群众创造的”这一经典论断，“社会主义风景”也就以一种自然化、规律化的样态显现出来。

现在的问题是，当时游记中的“社会主义风景”都是作家而非工农兵等时代主体发现和建构起来的，甚至工农兵本身就是山水间的一道风景，而风景的发现则意味着审美的优先获取和垄断，带有一定的阶级性。关于这一问题，1950—1960年代的那场美学论争曾有过集中的讨论。李泽厚认为：“历史的发展使剥削阶级在一定短暂的时期内在某些方面占了便宜，他们与自然的社会关系使自然物的某些方面的丰富社会性（即作为娱乐、休息等场所、性质）首先呈现给他们了，使他们最先获得对自然的美感欣赏能力，从而创造了描绘自然的优美的艺术品。”[①] 就山水审美来看，朱光潜以晋宋时代的山水诗为例，指出山水诗是有闲阶级的产品，同样“居山居水”，写得出山水诗的是士大夫阶级而非劳动人民[②]。因此“社会主义风景”的阶级认同，对于游记作者来说，还需要解决自我身份的合法性问题。事实上，在20世纪40年代的“解放区”语境中，被改造后的知识分子就已转型为“文艺工作者”。1949年以后，更有文艺界高层号召在全国范围内“把革命的小资产阶级文艺家真正吸引到无产阶级方面来”[③]，知识分子也和“工人农民”一起获得了解放，成为自食其力的“新人”，但他们要彻底去除个人主义的阶级根性，仍然需要向具有集体主义精

① 李泽厚：《关于当前美学问题的争论——试再论美的客观性和社会性》，见文艺报编辑部编：《美学问题讨论集》第三集，作家出版社，1959年，第172页。

② 参见朱光潜：《山水诗与自然美》，《文学评论》1960年第6期。

③ 周扬：《坚决贯彻毛泽东文艺路线——一九五一年五月十二日在中央文学研究所的演讲》，《周扬文集》第2卷，人民文学出版社，1985年，第50—51页。

神的工农阶级靠拢，“学习工人阶级、劳动人民的思想和立场”[①]。而历史也表明，“无产阶级”立场确实成为他们体认自我和观照现实的重要视角，他们在文化实践中也积极寻求合乎政治道德的阶级话语。现在摆在游记作者面前的是如何以工农兵的代言人而非个体观看者的身份来构设风景。

在沈从文的《新湘行记——张八寨二十分钟》中，作者以仰视的姿态赞美走进风景里的“弄船女孩”：黑中泛红的健康圆脸，神光清莹的眼睛，“内心也必然和外表完全统一，真诚、单纯、素朴，对本人明天和社会未来都充满了快乐的期待及成功信心”。作者将她视为“常见的新农民”的代表，虚心听她讲解湘西农村正在发生的深刻变化，感叹对于社会主义新人的当家做主“知道的实在太少”，认为自己在这位“清明无邪”的女孩看来，“只是个寄生在城市里的‘蛀米虫’”[②]。通过对自我现实认知能力的反思，承认自己不及朴实的“乡村女孩”，相对20世纪30年代的《湘行散记》，沈从文对“乡下人”显然有了重新发现，或者说，这也是作者对风景“内面”之发现。类似的身份体认甚至延及自我与时代主体步履山水间所表现出来的体力和精气神的差异。比如在《香山红叶》中，杨朔惊奇地看到向导“刘四大爷”“爬起山来不急，也不喘，好像不快，我们可总是落在后边，跟不上”[③]。在“雨中登泰山”的李健吾也发现“一位老大爷”和小脚的“老大娘”，稳稳当当地“从我们身边过去，赶到我们前头”[④]。在此，这些上了年纪的长者成为“新人风景”，表面上是对他们老当益壮的赞叹，但在更深的层次上，已转喻为作为知识分子的“我”与翻了身的人民群众的比较，是对自我阶级形状的反思。

三

在风景中发现时代主体，植入合乎意识形态的政治道德，有如传统儒家以自然山水象征理想人格的“比德”观念。但在看待人与自然的关系上，后者追

---

① 周恩来：《关于知识分子的改造问题》，《周恩来选集》下卷，人民出版社，1984年，第67页。

② 沈从文：《新湘行记——张八寨二十分钟》，《旅行家》1957年第6期。

③ 杨朔：《香山红叶》，《杨朔散文选集》，百花文艺出版社，2009年，第73页。

④ 李健吾：《雨中登泰山》，《人民文学》1961年11月号。

求的是物我合一，而前者则从马克思的“人化自然”思想出发，强调人对自然的支配。在此意义上，人（新人新事新风尚都是围绕“人”这一主体展开的）与自然不仅是“社会主义风景”的基本构成要素，两者关系的重建也形塑出了“社会主义风景”的基本面貌。可以说，正是“人化自然”作为一种修辞方式，才完成了“社会主义风景”的建构。

马克思认为，“自然是人的无机的身体”，“被抽象地孤立地理解的、被固定为与人分离的自然界，对人说来也是无”[①]。“单纯的自然物质，只要没有人类劳动物化在其中，也就是说，只要它是不依赖于人类劳动而存在的单纯物质，它就没有价值。”[②] 在马克思看来，自然既是存在着的万物的总体，又是人的实践对象，还未被人类社会实践过的自然是没有意义的，甚至不能算是一种存在。马克思的“人化自然”观念在20世纪五六十年代的美学界得到了进一步阐述。当时的美学家多认为美是一种意识形态，具有社会性，自然的美同样来自于它的社会属性：“凡是不处于人类生活关系中的自在的自然物，因为还不具有社会性（尚不具有事物处于人的一定生活关系中的一定社会意义），也就没有美（或丑）。”[③] 而自然美的社会属性的获取及其推进，则需要人的劳动实践的介入：

> 只有通过劳动实践，人和自然发生了关系，这时，人改造自然，实际创造一个对象世界，改造无机的自然界，这是人作为有意识的类的存在物的自我确证。只有这时，人才和自然发生审美关系，自然成为人的自我确证、自我反映和自我观照，因而自然也才成为人的审美对象。[④]

强调人对自然的支配意义，实际上是要改变旧社会劳动群众对自然的臣属和剥削制度下被“异化”的劳动。在新社会中重建劳动的主体性，将“劳动从

---

① 马克思：《1844年经济学哲学手稿》，《马克思恩格斯全集》第四十二卷，人民出版社，2016年，第178页。

② 马克思：《政治经济学批判》，《马克思恩格斯全集》第四十六卷上册，人民出版社，2016年，第337页。

③ 洪毅然：《略谈美的自然性与社会性》，见文艺报编辑部编《美学问题讨论集》第四集，作家出版社，1959年，第114页。

④ 蒋孔阳：《浅论自然美——学习马克思〈1844年经济学—哲学手稿〉的体会》，见伍蠡甫编《山水与美学》，上海文艺出版社，1985年，第8页。

‘沉重的负担变成愉快’，成为‘生活的第一需要’”[①]，从而为改造、征服自然提供不竭的动力[②]。从中华人民共和国成立初期的土改运动，到第一个五年计划的实施，再到“三面红旗”“三线建设”，以及“大寨精神”和“大庆精神”，整个“十七年”时期的社会主义建设基本上处在一种“生产斗争”的政治叙事中。而按照毛泽东的要求，“为了团结起来进行生产斗争”，必须设置“对立面（自然的，人为的）”[③]，以保持高扬的斗争精神。换言之，围绕自然展开的“劳动实践”和“改造”既是具体的动作行为，还寓意着对自然规律的驯服，隐匿着“人定胜天”的精神意志，最终呼应的是当时国家高层“不断革命”[④] 的政治构想。在此意义上，劳动或者说征服自然才能够创造美：“中国的社会主义建设，使我国的山河大地改变了面貌，我们更加感到‘江山如此多娇’。……我们也要歌唱和描绘伟大的中国劳动人民所‘人化的自然’。”[⑤] 诸如“大跃进”时期的“新民歌运动”和各种集体工程建设中的工地文艺活动，都是在实践这一新型的劳动诗学。

“十七年”的山水游记也遵循着这一修辞方式，旅行不再是为了赏玩，而是征服自然的过程，风景的发现不再建立在逃避单调现实生活的基础上，而是来自于史无前例的对自然的改造和征服。比如冯牧的《沿着澜沧江的激流》，通篇极写江水的狂暴和力量，“我们的小船几乎是随时都有被惊涛急浪撞翻的危险”，并以此衬托两位年轻船工的举重若轻、履险如夷的娴熟技巧。他们以丰富的经验驾着小船经涡流，过险滩，闯乱礁，有时面对险情，甚至还轻声地唱着歌。作者的结论是：这两位身材并不高大的普通傣族青年，有着一种难以

---

① 《关于人民公社若干问题的决议》，《建国以来重要文献选编》第十一册，中央文献出版社，1995 年，第 614 页。

② 参见朱羽《社会主义与“自然”：1950—1960 年代中国美学论争与文艺实践研究》，北京大学出版社，2018 年，第 189—190 页。

③ 毛泽东：《在中共八大二次会议上的讲话提纲》，《建国以来毛泽东文稿》第七册，中央文献出版社，1992 年，第 201 页。

④ 1958 年 2 月 19 日，在以中共中央办公厅名义下发的 84 号文件中，毛泽东将“不断革命”视为一条重要的工作方法：“我们的革命是一个接一个的。……现在要来一个技术革命，以便在十五年或者更多一点的时间内赶上和超过英国。……我们的革命和打仗一样，在打了一个胜仗之后，马上就要提出新任务。”参见毛泽东：《工作方法六十条（草案）》，《建国以来毛泽东文稿》第七册，中央文献出版社，1992 年，第 51 页。

⑤ 宗白华：《关于山水诗画的点滴感想》，《文学评论》1961 年第 1 期。

想象的驯服惊涛急浪的巨大力量。“当我们也能够像这些船工们一样，把自己的对手了解得这样真切和透彻，在我们前面难道还会有什么不可跨越的风浪和不可战胜的困难吗?”[①] 上述船工与激流的搏斗作为“风景”，一直是在作者的紧张观看中呈现出来的，船工对激流的驯服，则隐喻着劳动主体克服了对自然的恐惧，建立起新型的人与自然的关系。颇有意味的是，此文发表于1961年7月，正值“三年困难时期”，文中对青年船工面对澜沧江“惊涛急浪”所表现出的乐观、勇敢、力量、智慧的赞颂，很容易让人联想到当时党中央率领全国人民战胜天灾的时代远景。通过“人化自然”的话语修辞，“近景”与“远景”相互生产，表征出了“十七年”社会主义意识形态的审美结构。

还是回到劳动美学的问题上来。基于历史唯物主义的美学观念，当时的美学家多认为“劳动创造美”并非一蹴而就，而是在人类长期不断地征服自然中形成的。张庚通过对桂林山水历史文化内涵的梳理指出：在原始时代，自然是人的“迫害者、降灾难者”，人对自然只有恐怖畏惧，很少从中发现美感，只有人类社会的生产力逐渐发达，劳动实践能够降服自然，变自然为造福人类社会的力量的时候，自然才能给人予美感[②]。但另一方面，在“十七年”的政治语境里，劳动实践推动自然审美的进阶并不是无限延伸的，因为人对自然的征服已经使“自由王国”近在咫尺——“大跃进”时期的各种标语口号明显地体现了这一点，自然“给予人美感”在社会主义时代已然到了顶峰。当这种审美意识形态形诸山水游记创作的时候，作者就常常在“忆苦思甜”的逻辑展开中，追溯过往景观人化自然史的苦难过程，进而赞颂新中国一劳永逸改造自然的伟力和无与伦比的成就。如季景的《天池探胜》：

> 水从山口下泄，灌溉着阜康、乾德、乌鲁木齐等地的农田。但在旧社会，有时它竟这样的无情：当庄稼久旱，牛羊踟躇在干涸的山溪旁，它往往迟迟地不下山；而在辽阔的绿洲正准备着收获时，它却常常汇成洪峰，滚滚袭来，给人们带来灾难！今天，在党的领导下，天池的水被人民完全制服了。天池成了永远为群众造福的天然水库。

---

① 冯牧：《沿着澜沧江的激流》，《边疆文艺》1961年7月号。见杨滕西编：《中国当代游记选》下册，中国旅游出版社，1982年，第247、249页。

② 参见张庚：《桂林山水——兼谈自然美》，见伍蠡甫编《山水与美学》，上海文艺出版社，1985年，第180页。

天池的美景，使多少游人赞不绝口，它真不愧被称为世界名画，古今奇观。[①]

“水库”作为“十七年”时期集体工程的重要符号在这里被提出，隐晦地指向了景观背后“人民”的劳动实践，而天池“美景”的重新发现，则缘于“在党的领导下”，它已被完全征服，不能再制造灾难，而是“永远为群众造福”，它的美也将如“世界名画”一样芳名永传，这实际上也喻示着社会主义制度的优越性和“红色江山”的永固。“社会主义风景”的这种显影逻辑不仅是史诗式的，还可以通过个体的审美感觉来展开。黄苗子的《华山谈险》，作者在上山前就“听到了一系列关于华山的‘警告’，我心里确实嘀咕起来”，这种犹豫和畏惧感的铺垫，目的在于凸显华山之险。在攀爬的过程中，伴随着“奇妙莫测”风景的是气候条件、山形道路、个人体力带来的重重困难，但这反而激发出“我”征服自然的勇气和信心：“人凭着勇敢和机智，能够战胜敌人也能够战胜自然环境。”登上华山最高峰后，在风景“进入另一境界”的同时，也获得了一种意味深长的启示：“传说和想象中的一切困难要是吓不到你的时候，你已经达到了目的的一半，此外就是在具体实践中如何稳步前进的问题。在今天，我们的社会制度底下更有不可胜数的事例，来说明这个真理。”[②]可以发现，作者攀越华山的过程其实就是一部人类征服自然的微观史，从上山前的畏惧感，到上山过程中需要克服的种种困难，到最后的成功登顶，个人的体力付出实际上是将自然之美慢慢地召唤出来，对应的正是人类征服自然史的劳动伦理，而从中获得的经验启示则意味着确立当下“社会制度”的必然性和正确性。

从审美表达的角度来看，“人化自然”是审美主体以自然为中介展开的社会性想象，涉及自我（作者）、自然、社会三者之间的关系。传统山水游记是将自然当作“悦身”“畅神”的纯审美对象，自然被赋予一种最高的抽象性精神，具有包容、消解自我世俗情志的功能。所以传统文人虽有入世与出世的歧异，但都能够在山水间进退自如，人、事、情、景有机融为一体，营构出一种和谐圆融的美学境界。而在现代山水游记中，随着社会风物大规模的嵌入，再

① 季景：《天池探胜》，《民族团结》1962 年第 3 期。见杨滕西编《中国当代游记选》上册，中国旅游出版社，1982 年，第 272 页。

② 黄苗子：《华山谈险》，《旅行家》1957 年第 7 期。

加上社会的动荡不安，作者在自然山水面前时常陷入进退失据的精神困境，其笔下的自然与社会也呈现为二元对立的价值断裂①。相较而言，“十七年”山水游记中的“社会主义风景”则重建了自我与自然、自然与社会的关系。一方面，在关于“人化自然”的终极想象中，游记作者不断地从自然山水中发现社会主义的新人新事和新气象，虽某种程度上再现了传统山水游记自我与自然的亲和性，但此时的自我并不具有自足性，而是附属于集体性的“大我”，自然也不再是自在之物，而是被实践和征服的“第二自然”，自然之于自我的审美怡悦，既缘于它具有社会主义经济建设的质料价值，也在于它是自我政治认同和展开社会主义想象的载体。所以，有别于传统山水游记物我两忘的审美旨趣和现代山水游记自我的焦虑彷徨，“十七年”山水游记中新型的物我关系具有鲜明的实用理性，充满了热烈的情感底色和昂扬向上的精神进向。另一方面，在“十七年”山水游记中，旧社会的黑暗面影被彻底擦除，社会主义新中国的青春活泼、风调雨顺有如大自然的四季分明、有序运转，自然与社会也不再像现代山水游记那样充满了二元对立，而是互为修辞，和谐共生，最终呈现出来的“社会主义风景”既有大自然的秀美、壮美，也有新社会的人情美、制度美。

四

1957年3月8日，毛泽东在与文艺界代表的谈话中提道：

> 《新观察》上有一篇《惠泉吃茶记》的文章，你们看过没有？就在一月份第二期上，可以看看，作者叫姚雪垠。我对他描写喝茶的人有些兴趣，他的文章说在那里喝茶的群众不会喝茶，可是他们还喝得很有一股劲。他还批评这个茶馆合作社经营得不好，有缺点，这个批评是对的，有很多这样的事情，经过公私合营与合作化以后，把原来的许多优点都丢掉了，这以后应当整顿。但是他轻视那些喝茶的群众是不对的，这就是“君

① 如陈望道在《龙山梦痕·序》中谈及现代游记时道：“我们的脑中常划然地出现两个系统：一是自然，一是人事。……两者截然的分裂，成为爱和恶的对象，无法使它们相调和。”见陈望道《龙山梦痕·序》。参见萧斌如编：《中国现代文学序跋丛书：散文卷》，海南人民出版社，1998年，第579页。

子”“小人”的观点。[①]

结合姚雪垠该文的刊出时间[②]和毛泽东的评价，作者敢于批评喝茶群众和公家茶馆，显然是受此时期“双百方针”的影响。这也提示我们，“十七年”山水游记中的“社会主义风景”并非均匀密实，无论是文艺政策的调整，还是个人的审美选择，作者的视线都有可能疏离意识形态的统一建制。事实上，《惠泉吃茶记》并非个例，诸如丰子恺的《庐山面目——庐山游记之一》对景区内招待所食堂的微词[③]，孙福熙《早看西北》对少数同行的人“只知在旁边观看，不习惯劳动和服务”[④]的批评，表面上看都是针对一些很琐碎的小问题，但实际上却有意无意中溢出了主流话语的边界。当然更为重要的是，毛泽东的评价隐现了他与姚雪垠不同的观景视角，并作为一种意识形态的“观看”规范着“社会主义风景”的构设。正是在疏离与规范中，“风景”的意义结构显现出耐人寻味的张力。秦似的《碧水清峰九十里》，基本上是以传统山水记移步换景的手法欣赏自然风景，但当“船转出了一个碧滩，前头一大群鸭，把河面上上下下都塞满了”的时候，作者却突然转向对社会主义的歌咏：“黑白相间的群鸭，荡漾在镜一般的碧波之中，本来就很美，何况这里是上千的鸭群啊！只有社会主义时代，才能看到这么一个向来未有的景象。”[⑤]这也是全文仅有的一处“社会主义风景”，况且从“黑白相间”的鸭群看到社会主义的“景象”，这一审美逻辑的搭建明显过于突兀。同样，徐迟的《直薄峨眉金顶记》一路聚焦于峨眉山的自然风景和人文景观，直到登顶后才意味深长地说道：“只有到了绝顶，方能言绝顶的景色”，紧接着又补充：“只有到了思想的绝顶，才能看清楚我们的时代。”[⑥]至此，作者的视线才从峨眉山移出，瞥向

---

① 毛泽东：《同文艺界代表的谈话》，《毛泽东文集》第七卷，人民出版社，1999年，第258页。

② 姚雪垠：《惠泉吃茶记》，《新观察》1957年第2期。

③ 丰子恺：《庐山面目——庐山游记之一》，《文汇报》1956年10月4日。

④ 孙福熙：《早看西北》，见中国作家协会编《散文小品选》，人民文学出版社，1957年，第125页。

⑤ 秦似：《碧水清峰九十里》，《秦似文集：散文杂文》第二册，广西教育出版社，1992年，第485页。

⑥ 徐迟：《直薄峨眉金顶记》，《四川文学》1961年第7期。见《徐迟散文选集》，上海文艺出版社，1979年，第264页。

社会主义的远景。上述“风景”结构的失调，显然不仅仅是作者文笔的纰漏，还应与他们试图重新分配政治抒情与自然审美的意义空间有关。

还有来自传统风景范型的冲击。传统山水旅行基本上采用车马人足的方式，游记作者的空间迁移能力较为有限，其笔下的风景也基本上围绕自然物象展开，无论是画面的转换还是意义的推进，都少有明显的波动或落差，形成沉潜静默的美学取向。与此相反，“现代游记散文非常强调描绘游访者的游览或访问踪迹，要求从游踪或访踪的全过程中反映出游访客体对象的相互联系和彼此异同，从而展示出游访者在整个旅游过程中的思想情感和审美兴趣的变化，特别对人文景观、战争景观、流亡景观以及一切游访客体的记叙或描绘更注重从‘运动’中来把握，表现出更多的‘动’的因素”①。及至“十七年”时期，为反映“激变与进展的现实生活”②，山水游记作者基本放弃了“凝视”的观景方式，其笔下的风景更是涌动着政治激情和革命的力量，展现出生机盎然的动态性；但与此同时，古代山水游记沉淀下来的静态风景审美传统在“十七年”时期也得到了顽固的延续，并于无形中影响了政治话语主导下一体化风景的建构。在沈从文的《春游颐和园》中，游人把整个园林“挤得满满的”，“各处都可听到健康快乐的笑语和歌声”，作者将颐和园分成“五个大单位”逐一介绍，风景的次第展开充满了动态感，显现出新中国成立后颐和园的生机和活力。但游踪所及，园里那些幽静的角落却常被作者所驻足，比如他发现后山一带“有几条曲折小山路，清静幽僻，最宜散步。还有好几条形式不同的白石桥和新近修理的赤栏木板桥，湖水曲折地从桥下通过”，在介绍霁清轩时又说道：“小院落主要部分是一座四面明窗当风的轩，一株盘旋而上的老松树，一个孤立的亭子，以及横贯院中的一道小小溪流。”③ 无论是路溪桥、松轩亭等景观的发现，还是体味其中的气氛，都可明显见出传统山水风景的静穆意境。张恨水的《陶然亭》也流露出对这一意境的偏爱。作者虽意在赞颂陶然亭的新旧之变，但却对亭西角那片幽静的小树林充满了向往：“远望四围一片苍翠，仿佛是绿色屏障，再要过了几年，这周围的树，更大更密，那园外尽管车水马龙，

① 朱德发：《中国现代纪游文学史》，“导论”，山东友谊出版社，1990 年，第 11 页。
② 北京出版社编：《雪浪花——1961 年散文选集·序》，北京出版社，1962 年，第 1 页。
③ 沈从文：《春游颐和园》，《旅行家》1956 年第 4 期。

一概不闻不见，园中清静幽雅，就成为另一世界了。”[①] 联系上下文，沈、张二人描写静态风景，并非有意疏离意识形态，而是传统审美结构无意识的表征。这虽没有整体上改变风景的政治化审美，但静态景观的嵌入以及他们的“凝视”，明显与风景展开过程中的喧嚣性及其意识形态动员不协调，减缓甚至暂停了“社会主义风景”的动态性，显现出一种别有意味的审美变奏。

“社会主义风景”的宏大、崇高及其严肃的政治意义，大多来自于游记作者对新社会日常生活和凡人凡事的提炼和上扬，上文所述的疏离和审美变奏，主要缘于游记作者有意无意地绕过意识形态，以非政治化的眼光打量旅行中遇见的日常风景。莫里斯·布朗肖认为，日常的本质特征是“四处逃逸”，“它不容许任何约束力的存在”，具有反理性、反规范性的功能[②]，换言之，“理性主义思想不可能适当地为日常提供空间，日常恰恰就是在理性主义千方百计地试图穷尽世界的意义之后残留下来的那些东西”[③]。社会主义文学实际上一直存在着理性的意识形态和感性的日常审美的紧张关系，这一点在“十七年”时期的小说创作里尤为突出。比如已有很多研究者注意到，某些小说里的英雄人物不及中间人物或反面人物生动饱满，就在于前者的形象展示必须符合意识形态的宣导，理念大于形式；而涉及后者的描写大多采用生活化的视角，日常的衣食住行、七情六欲都得到了如实展示，更有烟火味。[④] 虽然物质化和欲望化的描写有违当时的意识形态禁忌，但因其本身带有否定和批判的意味，这一逾矩行为自然也就得到了赦免。

散文的写实性，使其具有关注日常人生的价值取向。作为散文的一个分支，“十七年”山水游记中的“社会主义风景”基本上也是展示常见的物象和社会主义的日常生活。但有别于同一时期的小说，日常性对于“社会主义风景”来说不是批判的工具，而是素材本身的质地，游记作者在书写日常景观的

---

① 张恨水：《陶然亭》，《北京日报》1956年8月20日。

② 转引自本·海默尔：《日常生活与文化理论导论》，王志宏译，商务印书馆，2008年，第4页。

③ 本·海默尔：《日常生活与文化理论导论》，王志宏译，商务印书馆，2008年，第36页。

④ 见徐刚《想象城市的方法——大陆“十七年文学”的城市表述》，方北新锐文创，2013年，第205年；参见郭冰茹《十七年（1949—1966）小说的叙事张力》，岳麓书社，2007年，第92—93页。

时候，需要努力填补其“四处逃逸”之于意识形态所留下的空间，阻止它对意识形态规训功能的消解。有论者指出，“十七年”时期记物写景的抒情散文多采用“先写景物，再借喻比人，最后点明哲理、抒发情感的‘物—人—理’的‘三段结构’”[①]。这一模式在“十七年”山水游记中体现得尤为明显，像吴祖光的《雾里峨眉》、袁鹰的《井冈山翠竹》、邓拓的《令人怀念的漓江》等，都是从预设的时代精神出发，思索、炼化山水间的日常景观和凡人凡事，并最终上扬到对社会主义新成就和新风貌的赞颂。尽管这种创作模式后来遭到了学界的批评，但其规整的文本结构本身就意味着审美的理性化，可通过对日常景观的“理性殖民”，有效压制其对政治话语的挑战。

但正如前文所说的，游记作者也意识到这种理性的功利审美是不能直露地表达出来的，而必须采用托物言志的方式加以呈现，其结果是酿造出一种诗意，并将之涂抹在一切的人、事、物、景之上，让政治话语显得含蓄而又富有感染力。关于这一时期散文的“诗化”现象，学界已有过大量的研究，但“诗化”同时作为一种防卫机制，却还未引起足够的重视。黑格尔认为，诗所用的是类似于哲学的“凭理性的玄学思维方式”，而散文的思维方式是一种单凭“知解力”的日常意识，“诗不仅要摆脱日常意识对于琐屑的偶然现象的顽强的执着，要把对事物之间联系的单凭知解力的观察提高到理性，而且为着达到这些目的，还要把散文意识的寻常表现方式转化为诗的表现方式”[②]。尽管黑格尔所谓的“诗”和“散文”不全然是文类概念，但从散文到诗歌，确实有感性思维到理性思维的转换。“十七年”山水游记的“诗化”，根本上也是为了抵抗“日常意识”对严整的“社会主义风景”的冲击。即借助诗歌“理性的玄学思维方式”过滤、消解景观的日常性，完成从日常的形而下到意识形态的形而上的跃升，或者说，后者是对前者的升华和扬弃。或许这也是当时“诗化”散文集中在山水行旅记的一个重要原因。

结　语

列文森认为，中国共产党的文化形态是一种不同于古典中国传统（地主的

① 沈义贞：《中国当代散文艺术演变史》，浙江大学出版社，2000年，第89页。

② 黑格尔：《美学》第三卷下册，商务印书馆1981年，第23—24、25页。

或封建的）和西方传统（资产阶级的）的“人民大众的传统”[1]。在中国历史上，相对于士大夫文化和资产阶级文化的“大传统”来说，大众文化是一种“小传统”，但在“十七年”时期，随着“新的人民的文艺”在全国范围内的推广，以及封建文化和资产阶级文化的没落，“大传统”与“小传统”的位置已颠倒了过来。“十七年”山水游记的“社会主义风景”书写显然属于“人民大众的传统”，通过风景的阶级认同和“人化自然”的风景修辞，它以图消除寄生于山水中的士大夫趣味，摆脱西方式风景对个人“内面”的关注，此一过程实际上也是对大、小传统位置转换的微观展示。缘于这种暧昧性，“社会主义风景”及其“托物言志”成了一个缓冲地带，政治与文学的结合以一种相对有机的方式展开，为文学的审美留下较为可观的空间。这也是“十七年”山水游记能够保持相对稳固的文体风貌的缘由之一。

① 约瑟夫·列文森：《儒教中国及其现代命运》，郑大华、任菁译，中国社会科学出版社，2000年，第123—124页。

“反观光”旅行与20世纪90年代以来的“类游记”写作

就词源来看，无论中外，“旅行”概念的原初意涵皆与辛劳、痛苦密切相关。中文“旅”的本意是军队编制单位，由于军队经常出征，所以又引申为“旅行”。而在前工业时代，中国式旅行（出征、贬谪、迁徙、流寓）往往与苦难联系在一起。英文的“travel”在中世纪意指为劳动而行走于各地，而其拉丁文字源“trepalium”甚至还含有酷刑之义。20世纪以来，随着消费主义的兴起，旅行不再只有苦难，它还意味着对于异地风景的猎奇，成为一种具有欢愉性质的大众观光。但观光式旅行很快引来文化界的批评。1961年，美国文化史学家丹尼尔·布尔斯廷在其《形象：美国伪事件指南》一书中，对肤浅的“大众观光”进行批判，认为它实质上是旅行者借庸俗的集体行动而获得个人的虚无快感。据此，1980年，美国文化批评家保罗·福塞尔的《到国外去：两次世界大战期间的英国旅行文学》一书，专门论述了两次世界大战期间英国的“反观光”旅行书写。他认为因着便利的旅行设施（交通接驳系统、旅馆预约系统、旅行社及导游系统等），当时的旅行者多不可避免地成为“观光客”；但另一方面，文人的精英意识和非庸众的自我认同，反而由此生发出一种耻于观光行为的“观光客的焦虑”，他们试图去除旅行的猎奇和怡悦追求，或者通过复归传统旅行的辛痛意涵，深度展示个人化的观看和表达，以此超离同质化的观光。[①] 到了20世纪下半叶，消费主义在全球的扩散，进一步刺激了“反观光”的旅行写作。80年代中期以来台湾地区的“反观光”旅行文学运动就是在此背景下展开的，余光中、舒治国、张让、蔡文芳、汤世铸、林志豪等人在理论和创作上皆给予积极响应。

如是观之，20世纪90年代以来中国大陆纪游型文化散文的兴起，也可视为对这一创作思潮的初步回应。这类散文淡化传统游记怡情悦性的文体功能，而以“精神苦旅”的方式，思索山川风物背后的历史与记忆、地域与文化、民族与政治、个人与身份等方面问题，从而发掘出风景背后的深层意义，显现出鲜明的“反观光”色彩。尽管学界对此少有相关的理论宣导，但多年来“反观光”的旅行观念却一直存在于纪游散文的创作中，而且这一审美思维还不断地向多种散文体式渗透。一个不争的事实是，近30年来，在最能反映文坛基本创作动向的期刊报纸上，传统模山范水式的游记愈见稀少，反而是其文体边界不断地向文化散文、生态散文、探险记、调研报告乃至近年来颇具热度的“非虚构写作”敞开，形成一种在文体上与传统游记有所粘连却又难以归并的旅行散文范式，可称之为“类游记”。

一、主体与旅行的互塑

在观光型的纪游散文中，主体（作者）是被动的或自足的、已完成的存在，他们印证早已有之的名胜景点，以导览的姿态记录旅行的表象经验，即使所抒发的观感，也大多来自预设的“集体视线”，因此他们笔下的风景多为以往风景的复制。这犹如中国古代的山水画家，他们笔下的风景都是某种先验概念的折射，是在与此前“艺术世界”的对话中生成的。柄谷行人从日本传统文人的创作中也看到了这一点，他认为后者看待“物”，不能纯粹依据“客观对象”加以思考，而是必须回到过往文人认知世界的象征系统里。所以，柄谷行人把“风景”当成一种“认识装置”，亦即如何描写观察对象、如何观看风景的方法。他认为日本文学作品历经明治时代“写实主义”的洗礼后才把传统观

① 关于丹尼尔·布尔斯廷和保罗·福塞尔的旅行观念，参见苏硕斌：《旅行文学之诞生：试论台湾现代观光社会的观看与表达》，《台湾文学研究学报》2014年第19期。

景方式颠倒过来，从而出现“现代风景”的观看方式。[①] 在柄谷行人看来，“现代风景”得以发现须有两个条件：一是主体不再借助先验的理念来书写风景，而是能够直接观察客观的风景；二是主体可以从个人的视角自由表达观景感受，通过自身的情感结构对风景进行选择、记忆。柄谷行人的理论被译介到中国后，学术界常以其来阐释五四以来文学作品中的风景描写，这固然提供了新的方法论，但对于后者来说其实并不太合适。以游记而论，现代游记中的“风景”充满了对当时中国社会政治的批判，而这种批判意识实际上赓续了传统文人身在江湖、心在庙堂的儒家入世精神，即使是沈从文笔下那种牧歌式的风景，也带有传统山水画的美学因素，其内在意涵具有预设性，根本上还不是作者直接从客观风景中提炼出来的；而20世纪50年代至80年代游记的风景书写，基本上也是政治意识形态的话语实践，作家不是以一个独立个体而是以集体性主体在观察风景。概言之，1990年之前，中国新文学中的风景更具有观光性质，至少不是柄谷行人所说的“现代风景”。

这种情况自90年代起有所改变，这主要跟旅游行业的崛起、交通的日趋便利等因素有关，因为它们使旅行常态化，成为“上车睡觉，下车拍照”的庸俗行动和快餐式消费，甚至成为日常生活的一部分。而作为一种反拨，“反观光”旅行也随之而起，特别是随着国内知识阶层对“观光”旅行的不满，反观光的旅行书写愈加风行，它拒绝“到此一游”的走马观花和对著名景点的跟风书写，反对制造欢愉的气氛。余秋雨在述及自己创作“文化苦旅”散文的时候，就表示对“旅行社”和“扬旗排队的旅游”的反感，他要的是一个人的“边想边走”，“自己笔下的文字能有一种苦涩后的回味，焦灼后的会心”[②]。这一观点显然是暗合“反观光”的旅行文学观念的。在此情况下，旅行主体从“集体视线”中解放出来，他们努力超越一般观光客的心理，凭着自身的文化素养和所携带的意识形态，积极寻求与“他者”（异域的地理、文化等）的对话，赋值或改写各种景观符码，寻找现代工业文明挤压下流失的生命本真，从不为人所注意的风景中发现“意义”，旅行不再是庸俗的集体行动，而是主体心路历程的展示。比如李娟的“羊道”系列行旅散文少了对边疆风光的猎奇，

① 柄谷行人：《日本现代文学的起源》，北京三联书店，2003年，第9—15页。

② 余秋雨：《文化苦旅·自序》，见《文化苦旅》，知识出版社，1992年，第2、4、5页。

更多的是通过人与自然的对话，将旅行当作自我的精神修炼，完成生命形式的升华，或在面向风景的独语中，发现另一个自我。① 所以，“反观光”旅行一般充满了对现实、历史、文化的苦苦思索，具有辛痛的思想情感内涵。而这种辛痛的内涵在没有“观光客”的年代，实际上并不重要，反而是1990年代以来随着“观光”旅行的加剧——每年节假日中各地景区人满为患即为例证，刺激了“类游记”写作对于深度旅行和辛痛内涵的书写。近年来颇具热度的“非虚构”写作也应作如是观。

另一方面，不同于“观光”旅行满足于跨域经验带来的快感，“反观光”旅行更加重视内在的苦思，发现“自我”与“他者”的差异，或者说是旅行主体借由外在的刺激而重新定义“自我”，由此建构出不同于旅行前的自我主体性。在此情况下，旅行照见的不是异地风景，而是主体内心的世界，此时旅行中“此处”与“彼处”的界限消失，旅行成为主体确证自我存在的过程。如刘亮程的《一个人的村庄》②，“他”走走停停，没有起点和终点，也没有旅行的日常起居，“他”借旅行寻找自我，又借由自我的思考延伸旅行的意义。最后，“他”对生活的重新发现甚至大多来自旅行，旅行变成了生活本身。也就是说，不只是主体塑造着旅行，旅行也塑造着主体。

二、“风景”书写的转向

游记中的“风景”无非包括“自然风景”和“社会风景”两种。“自然风景”书写在中国古代山水文学里有着悠久的历史和丰厚的审美积淀。“社会风景”是晚清以来才开始大量进入游记的写作。现代作家举岱曾指出：“古人旅行，山轿蹇驴，竹杖芒鞋，时时刻刻都拥抱在自然的怀抱中……游记最好的题材便只有自然风景。现代人的旅行却不同了，凭借轮船火车的便利，走遍各地各国的都市；而在大都会中，人的活动常淹没了自然，于是‘社会相’又代替了自然风景成为游记的最好的题材。”③ 认为“社会风景”替代“自然风景”

① 李娟：《羊道》，上海文艺出版社，2012年。

② 刘亮程：《一个人的村庄》，春风文艺出版社，2006年。

③ 举岱：《游记选·题记》，见俞元桂主编《中国现代散文理论》，广西人民出版社，1983年，第392页。

显然是片面的，但两者在近百年来的中国游记中并置展开确是不争的事实。

从“自然风景”的书写来看，20世纪90年代以前的游记大多描写名山大川的自然风光，虽然视角和游感各不相同，但正如前文所说的，还不具有发现“现代风景”的意义。而90年代以来“类游记”中的“自然风景”书写则有一大转变，那就是随着“反观光”旅行的兴起，特别是探险热的带动，许多旅行者不再满足于名胜风景的观看，而是向着偏僻、苦寒、惊险而又壮美的边地乃至极地出发，以一种强烈、稀有的方式对抗大自然的险恶，体验生命的极限，铸造自信自强的勇者之风。这其中又以余纯顺、刘雨田、肖长春、孙心圣等人的探险纪游散文最具代表性。

转变更为明显的是“社会风景”的书写。现代游记中的“社会风景”主要涉及当时中国的政治时局、民情生计，反映各种不平和不幸，具有鲜明的批判性色彩，且与“自然风景”呈二元对立的姿态。1949年以后，游记中的“社会风景”更多的是表现出对新中国和社会主义建设的歌颂。比较而言，90年代以来“类游记”中的“社会风景”，除了摹写“社会主义市场经济中国”以外，还拓向了历史文化的纵深之处。后者既无晚清旅外游记对异域社会风情的猎奇，亦非民国时代游记对黑暗社会面影的批判，或20世纪50至80年代游记的政治认同与想象，而是乘90年代以来文化散文的大潮，从历史文化的高度来俯瞰当下中国的高速发展和深刻变化，试图对现实种种问题作出回应和反思，具有以古照今的透视、认知及总结，凝聚了新时代知识分子的责任意识与人格担当。这一脉从余秋雨的《文化苦旅》起，至今延绵不断，只是在时代政治语境的牵引下会偶有微调。如张抗抗的《云和梯田》[①]从稻田文化写起，最终显影出的则是农业技术革命、保护环境等时代主旋律，这显然与近年来国家层面强调生态文明建设的战略决策密切相关。

必须指出的是，“类游记”中“风景”的这种现实关怀虽然表面上回到了1990年代以前游记中的“社会风景”书写模式，但两者却不可同日而语。因为正如前文所说的，后者的“社会风景”虽然也是建基于作家个体的旅行经验，但奉行的却是“集体视线”的观景视角，是一种先验的结构化的“风景”。所以我们可以发现，现代游记对民国黑暗社会面影的批判，当代游记中的“社

① 张抗抗：《云和梯田》，《人民日报》2014年6月4日。

会主义风景”，基本上呈现同质化的特征。而在“类游记”中，“社会风景”不是不言自明的，而必须由作者拨开层层迷障，或者经过艰辛的走访、调查、探索，通过与历史文化、社会时代、民族国家的对话和互动来显现。因此，他们走在别人不易也不愿行走之地，笔下的“社会风景”都是平凡无奇但又散落在社会历史各个角落，都是去“结构化”的，它们等待着被一颗火热的心灵去烛照、打磨，被重新赋予价值。可以说，它们被发掘的过程也是“反观光”旅行展开的过程。此时的“社会风景”既是作者观察、思考的对象，也内化为他们掌握现实的一种方式，体现的既是公共关怀，也是自我灵魂的拷问，这与许多文化散文把历史和现实当成一种文献资料，进而作出泛泛而谈的评论是大不相同的——这也是文化散文被学界诟病的原因之一。如阿来的《瞻对：终于融化的铁疙瘩——一个两百年的康巴传奇》，作者十几次深入藏地，钩沉了瞻对两百余年与中央王朝的关系及战乱沉浮，讲述了一段惊心动魄的川属藏地传奇，同时也展现了当地藏民独特的生存境况。[①] 在此期间，他在历史与现实之间不断地穿行，既呈示了个人的心灵探险，也传达出对藏族文化的现代反思。某种程度上说，阿来不仅重新发现了瞻对，也“发明”了瞻对，“两百年康巴传奇”就是他的心灵秘史。

从名山大川到壮美边地，从日常社会情状、政治想象到以个人视角从寻常的历史文化与现实社会中发现意义，百年来纪游散文“风景”书写的每一次转向，其实都是在形而上的向度不断地上扬的一种姿态。而这最近的一次，因着知识分子群体对“观光”旅行书写的有意反拨，颇具有文学自律的意味，这是难能可贵的。

三、新的文体规范

任何艺术都离不开内容与形式的有机结合。就文学的创作规律来看，一种文体的确立，很多时候来自于其形式与内容的互为预期和规训，而其中一方的失控则往往引起文体的变异。“反观光”旅行观念兴起后，游记写作力图改变

① 阿来：《瞻对：终于融化的铁疙瘩——一个两百年的康巴传奇》，四川文艺出版社，2014年。

停留于表层的感官经验的滑动，越来越多的意义赋值，使得内容最终挣脱了传统游记的形式规范。在传统游记中，游踪、风景、观感是三个常有的因素，三者的关系大体表现为：以游踪为线索，移步换行，通过风景的转换，传达作者的观感。与此不一样的是，90 年代以来的“类游记”重在观感的抒发，旅行的终极意义只不过是一种心境，游踪、风景仅是观感的触点，成为前者的附属。如此一来，就打破了传统游记的结构形式。传统游记多沿着“启程—目的地—回程”的叙述结构展开，旅行因此具有一往一返的圆形结构。但无论“启程”的起点和“回程”的终点在哪里，它们对于游记作者来说都是“家”的隐喻，作者到达“目的地”，是暂时“离家”的空间抽离，最终还要“回家”。就文化属性来看，这一圆形结构本质上是俗世的，带有娱乐的调节功能，而这正是“反观光”旅行所要超越的。因此许多“类游记”大多直接切入“目的地”，突出观感，从而省去“家”与“目的地”的循环。南帆的《濂江林浦》即是一典型的例子，作者通过时间的折叠，把近八百年来发生在闽江边上林铺村的历史陈迹、文化风流、社会变迁一一串起来，没有表层的趣味、新奇和特异，只有面向历史与现实的思考，所有的观感都内化为作者的“内心风景”，在无限的时空畅想中，往与返的辩证亦随之消失，目的地既是旅行的起点也是旅行的终点，旅行的意义也在此过程被慢慢地耗尽。①

重于个人观感的抒发和“内心风景”的发现，也引发了一个问题，那就是“类游记”写作中的“纪实”与“虚构”的边界在哪里？由此引发的文体变异是否会导致其脱离散文的类属？对于“类游记”来说，如果是侧重于纪实，那就与传统的观光游记没有差别，但如果过于依赖想象和思考，则有可能坠入漫无边际的虚幻之中，甚至成为虚构性的文体。这一两难的问题曾困扰过许多作家和批评家。像近年来“非虚构性写作”概念的提出，本身就含有对虚构因素消解文类规范的隐忧和防范，以及在如何处理虚构与非虚构的问题上显示出不确定性。与“非虚构写作”密切相关的“类游记”在文体规范上也存在着相似的暧昧性。特别是，这类散文本身就不是对旅行现场的再现，而是对旅行经历的深加工，最后还要诉诸文字表达出来。如此一来，从现场到文字，至少经过了两层的过滤：一是作者以自己的方式把现场经历转化为独特的旅行体验，以

① 南帆：《濂江林浦》，《雨花》2019 年第 6 期。

此摆脱“观光”的嫌疑；二是这种体验被作者表达出来的时候，由于“言”不能尽为“心声”，必然导致体验所蕴含的意义的流失。而这两个步骤都有可能使“类游记”在纪实与虚构中摇摆。这也是胡锦媛所说的，旅行的地点是“直接现场”，而旅行写作以文字表达旅行行为是“间接现场”，后者必然是对前者的修改。[①] 当然，这也是文学创作的基本规律，但对于“类游记”来说尤为明显，因为它的成文经过了作者主体的充分酝酿和发酵，作者为了摆脱“直接现场”如实记录导致的“观光”化，甚至想象了一个“间接现场”。余秋雨的《道士塔》就是一典型的例子，作者虽身处实地，却以想象的笔法和戏剧性的场景，渲染出了王道士的愚昧无知。如何看待这两者的关系呢？克里斯蒂娃认为罗兰·巴尔特所谓的“写作”是既非主观也非客观，而是同时成为二者，成为它们的“他者”。就此来看的话，“类游记”写作也是处于这样的一种状态中。所谓的“非客观”当然是如前文所述的拒绝蜻蜓点水式的风景观光和记录。而“非主观”则意味着它也不像同一时期的一般文化散文或思想性随笔那样，直接进入冰冷的理性思考或者孜孜于材料的阐发，而是延长旅行的感性经历到理性经验的转化过程，在描写的辗转腾挪中散发出亲切的感抒，从而起到平衡客观写景和主观说理的作用。在这方面，“类游记”写作有着自觉的意识。譬如梁鸿的《中国在梁庄》在讲述河南穰县、梁庄近30年来的变迁时，既有冷静的论说，又有贴近现场的感怀，既有超拔的站位和透过表象的深邃思考，又有翔实的口述实录、现场调查和日常片段，缜密却不失舒缓，凝重中透出亲切，作者由此将客观实证与主观分析结合起来，从而生动地展示了梁庄在城市化进程中面对的挑战和机遇。[②]

结　语

当然，传统游记在时下报刊上的逐渐退出，并不意味着它就此走向消亡，相反，它仍继续以母文体的形式，不断向各种散文写作敞开，孕育着更多的“类游记”写作，只是后者目前还未能引起理论界的充分关注。至于“类游记”

---

① 罗兰·巴尔特：《符号学原理》，生活·读书·新知三联书店，1988年，第214页。
② 梁鸿：《中国在梁庄》，江苏人民出版社，2011年。

写作将走向何方，还有待于进一步跟踪，不过基本可以肯定的是，在西方中心主义渐趋退场，本土文学话语崛起的当下，以一种更加自信的姿态讲述“中国故事”、发掘“中国意义”将是它的重要主题进向，这既是对“反观光”旅行观念的回应，也是“文章合为时而著”传统的延续。

第三辑

面向“大众”的“立人”

——鲁迅的文学教育思想及实践

从广义的角度来看，一切关于艺术的审美接受都属于教育。鲁迅虽然不以教育家名世，但其驳杂而庞大的文学创作体量，经一代代读者的接受与传播，已成为一种丰富的文学教育资源，几乎重塑了现代中国人的精神结构。在20世纪的中国，没有一位作家能够像鲁迅那样，凭借丰富的创作对中国的社会与文化产生持续而深刻的影响。更为重要的是，鲁迅的文学事业从来都不是“为艺术而艺术”的，而是有着深切的现实关怀，他关于“国民性”的批判以及现代民族国家的想象与建构，都使他的文学具有鲜明的“警世”功能和教育意义。事实上，他也以实际行动践行着他的文学教育理念，比如，对“大众语”的探索，提倡汉字的拉丁化，“直译”外国文学名著，都在宣示着他那不为人所关注的文学教育家身份。

但是，无论是文学创作还是文学教育，它们都在鲁迅身上共享着一个精神支点，那就是“立人”思想。在鲁迅丰富的精神遗产中，“立人”观念无疑是其中最为核心的部分，对它的探索几乎贯穿了作为“精神界之战士”的鲁迅的一生。无论是早年对西方科学史、文明史的考察和反思，还是“五四”时期的以文艺改造国民性的努力，以及20世纪30年代的“革命文学”行动，鲁迅都从未放弃基于“立人”的种种思考及实践。就此而言，“立人”思想也是鲁迅展开文学教育的原点，从“弃医从文”开始，他就孜孜不倦于通过现代文学教育，培育一种健全的现代人格。不够，对于所立之“人”，在鲁迅那里并不是一个模糊的概念，而是有着具体所指，即他笔下“哀其不幸，怒其不争”的

"庸众"。鲁迅曾提出"任个人而排众数"，但"任个人"并不是提倡极端、狭隘的个人主义，其最终目的在于通过"个人"的觉醒而革除"众数"之弊，挽救沉睡的"大众"，这也是胡适所说的"健全的个人主义"，也是鲁迅文学教育的终极目的。

一、"人"的问题及"立人"

早在留日时期，鲁迅在其系列文言论文中，就洞察了中国语境下"人"的问题及疗救的可能和方向。在《人之历史》中，青年周树人通过对进化论的学术史梳理，发现生物进化过程中的能动作用，斥责了"彷徨于神话之歧途"[①]的人类起源学说，提出人类"自卑而高，日进无既，斯益见人类之能，超乎群动，系统何昉"[②] 的科学观念。在《科学史教篇》中，进一步提出精神领域内的"神思""道德""圣觉"之于科学和社会发展的重要性，认为科学与美育应该并行，"盖使举世惟知识之崇，人生必大归于枯寂，如是既久，则美上之感情漓，明敏之思想失，所谓科学，亦同趣于无有矣"，"故人群所当希冀要求者"，不唯牛顿、波尔、达尔文等科学家，还需要莎士比亚、拉斐尔、贝多芬、卡莱尔等艺术家，"凡此者，皆所以致人性于全，不使之偏倚"[③]。由是，引出了《文化偏至论》中"个人"与"众数"，"物质"与"精神"之辩，批评了中国维新人士重"物质"与"众数"的"偏至"，因为这两者"根史实而见于西方者不得已，横取而施之于中国则非也"[④]，"欧美之强，莫不以是炫天下者，则根柢在人，而此特现象之末，本原深而难见，荣华昭而易识也"。于是，正式提出"立人"的主张："是故将生存两间，角逐列国是务，其首在立人，人立而后凡事举；若其道术，乃必尊个性而张精神。"[⑤] 到了《摩罗诗力说》中，鲁迅开始立足于文学艺术强调"立人"的重要性和迫切性，针对当时中国"诗人绝迹"，"伟美之声，不震吾人之耳鼓者，亦不始于今日"[⑥] 之现状，呼唤中

① 鲁迅：《人之历史》，《鲁迅全集》第一卷，人民文学出版社，2005 年，第 9 页

② 鲁迅：《人之历史》，《鲁迅全集》第一卷，人民文学出版社，2005 年，第 8 页。

③ 鲁迅：《科学史教篇》，《鲁迅全集》第一卷，人民文学出版社，2005 年，第 35 页。

④ 鲁迅：《文化偏至论》，《鲁迅全集》第一卷，人民文学出版社，2005 年，第 47 页。

⑤ 鲁迅：《文化偏至论》，《鲁迅全集》第一卷，人民文学出版社，2005 年，第 58 页。

⑥ 鲁迅：《摩罗诗力说》，《鲁迅全集》第一卷，人民文学出版社，2005 年，第 71 页。

国的“精神界之战士”或“摩罗诗人”。在《破恶声论》中，鲁迅有感于中国一方面“伪士”横行，“狂蛊中于人心，妄行者日昌炽”，而另一方面“举天下无违言，寂漠为政，天地闭矣”①，“心声内曜，两不可期”的境况，呼唤士人“白心”，“荡涤秽恶，俾众清明，容性解之竺生，以起人之内曜。如是而后，人生之意义庶几明，而个性亦不至沉沦于浊水乎”②，以此捍卫精神信仰的重要，彰显“人性”之于“奴性”“兽性”的可贵。如上所述，鲁迅早期的思想言论，已系统地阐述了“立人”思想，并赋予其鲜明的启蒙意涵，这使鲁迅后来的文学创作不仅仅是一种艺术行为，而是在更大程度上具有了那个时代经久不衰的“美育”建设意味。

那谁是鲁迅的“立人”对象呢？回答这个问题，仍然必须回到鲁迅早期的言论中寻找。这里必须指出的，在五四所谓“人的发现”的思想史背景中，“人”常常是一个宽泛、模糊的范畴，诸如“自我”“个性”“人性”“现代人格”“日常人生”皆被含纳其中。就鲁迅而言，其所“立”之“人”，大体可以分成两类，一类是“精神界之战士”，如《摩罗诗力说》《破恶声论》中所给予极高评价的叔本华、尼采、拜伦、雪莱、普希金、莱蒙托夫、裴多菲等特立独行的思想者和文人，这类人充满了反抗精神，“立意在反抗，指归在动作”。他们思想深刻，能发出最雄壮伟大的声音，激发每个人心中本有的“诗力”，激起国人的“内曜”。他们皆为“不和众嚣，独具我见之士”，“洞瞩幽隐，评骘文明，弗与妄惑者同其是非，惟向所信是诣，举世誉之而不加劝，举世毁之而不加沮，有从者则任其来，假其投以笑傌，使之孤立于世，亦无慑也”③。因此，他们虽“外状至异，各禀自国之特色，发为光华；而要其大归，则趣于一：大都不为顺世和乐之音，动吭一声，闻者兴起，争天拒俗，而精神复深感后世人心，绵延至于无已”④。鲁迅对这类“精神界之战士”赞颂并非出于“英雄崇拜”的情结，而是想通过“别求新声于异邦”，凭他们“无不刚健不挠，抱诚守真；不取媚于群，以随顺旧俗；发为雄声，以起其国人之新生，而

① 鲁迅：《破恶声论》，《鲁迅全集》第八卷，人民文学出版社，2005年，第25页。
② 鲁迅：《破恶声论》，《鲁迅全集》第八卷，人民文学出版社，2005年，第29页。
③ 鲁迅：《破恶声论》，《鲁迅全集》第八卷，人民文学出版社，2005年，第27页。
④ 鲁迅：《摩罗诗力说》，《鲁迅全集》第一卷，人民文学出版社，2005年，第68页。

大其国于天下。求之华土，孰比之哉”①？亦即，鲁迅早年一再推崇此类精神“立法者”，最终指向的是启蒙和救亡的终极目的。我们不能苛求青年鲁迅究其根本，站在社会制度的高度切入时弊，开出“革命”的药方，而且他对理想人格的呼唤亦深受尼采“超人哲学”的影响，具有狭隘性和片面性，但他对国人亟需“摩罗诗人”“伟力”的引导和启蒙，改造自身思想意识与价值观念这一点来看，则是相当准确和深刻的，甚至在某种程度上开启了五四新文化运动的基本主题，这显然远远超出了同时代先驱者的探索。因此，如果将“摩罗诗人”群体置换到当时的中国语境中，他们其实就是先知先觉的启蒙者，也可说是鲁迅早年的精神映像，参与了鲁迅自我人格和启蒙主体性的建构。

在柏拉图的“洞穴”寓言中，率先走出洞穴的“囚徒”见到了阳光和真实的世界，但他又回到“洞穴”，重新习惯黑暗，试图解救那些浑浑噩噩的其他囚徒，却招来了后者的不解与讥笑，直至最后被杀死。② 这个寓言说明，启蒙并非是单向度的，而是一个对话与互动的过程，在此过程中充满了困难和曲折。鲁迅虽然充分肯定了启蒙者的作用和重要性，但也指出了与被启蒙者的博弈关系，他的“铁屋子”譬喻未尝不是基于这样的关系提出来的，因此鲁迅对“英哲”之士与“凡庸”之众的紧张关系，一直有着深刻的警醒。但这并没有妨碍他对被启蒙者的眷注，他西西弗斯般地一次次走进黑暗的“洞穴”，在对后者几近无效又无望的救赎中慢慢消耗自己。或者，启蒙的终极意义也就在于此。

这就涉及鲁迅“立人”的第二种对象：与“精神界之战士”相对立、无处不在的庸众群体。“英哲”之士，从来都只能是极少数，所以一旦出现在败坏了的社会环境之中，就必然面临着数量巨大的凡庸之徒的扼困和侵蚀。因为庸众的肤浅、自私、势力、妒忌，使他们往往不能容忍思想深刻、才华卓绝的“英哲”，并对后者展开无端的攻击和迫害，“自尊至者，不平恒继之，忿世嫉俗，发为巨震，与对趾之徒争衡。盖人既独尊，自无退让，自无调和，意力所如，非达不已，乃以是渐与社会生冲突，乃以是渐有所厌倦于人间”③。对于世人对拜伦的迫害，鲁迅无不痛惜地指出：“顾窘戮天才，殆人群恒状，滔滔

① 鲁迅：《摩罗诗力说》，《鲁迅全集》第一卷，人民文学出版社，2005 年，第 101 页。
② 柏拉图：《国家篇》，《柏拉图全集》第二卷，人民出版社，2003 年，第 510—513 页。
③ 鲁迅：《摩罗诗力说》，《鲁迅全集》第一卷，人民文学出版社，2005 年，第 81 页。

皆是，宁止英伦。中国汉晋以来，凡负文名者，多受谤毁，刘彦和为之辩曰，人禀五才，修短殊用，自非上哲，难以求备，然将相以位隆特达，文士以职卑多诮，此江河所以腾涌，涓流所以寸析者。东方恶习，尽此数言。然裴伦之祸，则缘起非如前陈，实反由于名盛，社会顽愚，仇敌窥覗，乘隙立起，众则不察而妄和之；若颂高官而厄寒士者，其污且甚于此矣。"[1] 更为可悲的是，庸众的敌对和孤立，使这些精神引导者失去了施展才华的空间，进而陷入孤独的精神困境，直至最终走向毁灭。在鲁迅看来，雪莱早年虽然因为叛逆，遭到家人的驱逐和社会的仇视，使他陷入"顾已孤立两间，欢爱悉绝，不得不与社会战矣"[2] 的困厄，但最终打垮他的主要还是精神上的孤独。雪莱"对天物之不伪，遂寄之无限之温情"，"晨瞻晓日，夕观繁星，俯则瞰大都中人事之盛衰，或思前此压制抗拒之陈迹；而芜城古邑，或破屋中贫人啼饥号寒之状，亦时复历历入其目中。其神思之澡雪，既至异于常人，则旷观天然，自感神閟，凡万汇之当其前，皆若有情而至可念也。故心弦之动，自与天籁合调，发为抒情之什，品悉至神，莫可方物，非狭斯丕尔暨斯宾塞所作，不有足与相伦比者"。但他周围却遍布愚蠢的凡众。"若至下者，乃自春徂冬，于两间崇高伟大美妙之见象，绝无所感应于心，自堕神智于深渊，寿虽百年，而迄不知光明为何物，又奚解所谓卧天然之怀，作婴儿之笑矣。"[3] 最终，他只能"冀自达其所崇信之境；复以妙音，喻一切未觉，使知人类曼衍之大故，暨人生价值之所存，扬同情之精神，而张其上征渴仰之思想，使怀大希以奋进，与时劫同其无穷。世则谓之恶魔，而修黎遂以孤立；群复加以排挤，使不可久留于人间，于是压制凯还，修黎以死，盖宛然阿剌斯多之殒于大漠也"[4]。令人惊叹的是，对西方"摩罗诗人"遭遇的描述几乎成为了鲁迅对自我命运的"预言"。在此后的几十年里，鲁迅以"摩罗诗人"般的高瞻和深邃，远远地走在了同时代人的面前，但也遭受了来自多方的诘难和攻击。从现在来看，这些不同的声音虽然不尽来自于鲁迅所说的"庸众"，但在鲁迅眼里，他们确实组成了一个"无

---

① 鲁迅：《摩罗诗力说》，《鲁迅全集》第一卷，人民文学出版社，2005 年，第 78—79 页。

② 鲁迅：《摩罗诗力说》，《鲁迅全集》第一卷，人民文学出版社，2005 年，第 86 页。

③ 鲁迅：《摩罗诗力说》，《鲁迅全集》第一卷，人民文学出版社，2005 年，第 88 页。

④ 鲁迅：《摩罗诗力说》，《鲁迅全集》第一卷，人民文学出版社，2005 年，第 87—88 页。

物之阵"，时刻包围着他，他的一生也都是在为此而战斗，即使在他生命终结之际，对于这些庸众，他仍然是"一个也都不宽恕"。显然，我们不能认为是鲁迅为此以"摩罗诗人"自居，而把他的论敌推定为"庸众"。相反，是鲁迅自身的命运证实了这一"预言"。而事实上，鲁迅已深邃地洞察到了中国语境下的庸众之恶，当他发出"今索诸中国，为精神界之战士者安在"的呼唤时，他又不无悲观地发现："非彼不生，即生而贼于众，居其一或兼其二，则中国遂以萧条。"① 可见，在他看来，尽管中国当时还没有像拜伦、雪莱、裴多菲那样追求自由、特立独行的"英哲"之士，却有大量同样的"凡庸"之众，但他们却以另一种方式在挤压、破坏着中国的精神界。这就是鲁迅一直反思的"众数"之害。

鲁迅主要在"西学东渐"的历史变局中发现中国的庸众之恶的。当时的中国，整体上陷入一种"言非同西方之理弗道，事非合西方之术弗行，掊击旧物，惟恐不力，曰将以革前缪而图富强也"② 的狂热，特别是一些"辁才小慧之徒"，"近不知中国之情，远复不察欧美之实，以所拾尘芥，罗列人前，谓钩爪锯牙，为国家首事，又引文明之语，用以自文，征印度波兰，作之前鉴"③。而实际上，这些人"不根本之图，而仅提所学以干天下；虽兜牟深隐其面，威武若不可陵，而干禄之色，固灼然现于外矣！计其次者，乃复有制造商估立宪国会之说。前二者素见重于中国青年间，纵不主张，治之者亦将不可缕数。盖国若一日存，固足以假力图富强之名，博志士之誉；即有不幸，宗社为墟，而广有金资，大能温饱，即使怙恃既失，或被虐杀如犹太遗黎，然善自退藏，或不至于身受；纵大祸垂及矣，而幸免者非无人，其人又适为已，则能得温饱又如故也。若夫后二，可无论已。中较善者，或诚痛乎外侮迭来，不可终日，自既荒陋，则不得已，姑拾他人之绪余，思鸠大群以抗御，而又飞扬其性，善能攘扰，见异已者兴，必借众以陵寡，托言众治，压制乃尤烈于暴君"④。"至尤下而居多数者，乃无过假是空名，遂其私欲，不顾见诸实事，将事权言议，悉

① 鲁迅：《摩罗诗力说》，《鲁迅全集》第一卷，人民文学出版社，2005 年，第 102 页。

② 鲁迅：《文化偏至论论》，《鲁迅全集》第一卷，人民文学出版社，2005 年，第 45 页。

③ 鲁迅：《文化偏至论论》，《鲁迅全集》第一卷，人民文学出版社，2005 年，第 45—46 页。

④ 鲁迅：《文化偏至论论》，《鲁迅全集》第一卷，人民文学出版社，2005 年，第 46 页。

归奔走干进之徒，或至愚屯之富人，否亦善垄断之市侩，特以自长营搰，当列其班，况复掩自利之恶名，以福群之令誉，捷径在目，斯不惮竭蹶以求之耳。”[①] 因此，那些所谓的“有识之士”“有志之士”，在鲁迅看来，都是肤浅、自私而又善于投机倒把之徒，“是故今所谓识时之彦，为按其实，则多数常为盲子，宝赤菽以为玄珠，少数乃为巨奸，垂微饵以冀鲸鲵”[②]。他们即使高谈阔论，众声喧哗，但仍改变不了中国社会在溃烂的泥淖里挣扎、轮回的常态：“灵府荒秽，徒炫耀耳食以罔当时。故纵唱者万千，和者亿兆，亦绝不足破人界之荒凉；而鸩毒日投，适益以速中国之隳败，则其增悲，不较寂漠且愈甚与。”[③] 这样一来，鲁迅眼中的中国庸众与拜伦、雪莱等人所面对的又有所不同。首先，他们几乎都是当时中国的统治者或各个阶层的精英，可以左右那个时代中国社会、政治的发展动向，也就是鲁迅后来文学作品中不断给予讥讽和批判的“正人君子”“领头羊”“奴隶总管”。其次，因为他们有相当的话语权，所以他们所妨害的不是一二“摩罗诗人”，而是整个国家和民族。再次，因着“领头羊”身份，他们把各种“精神疾病”传染至底层各个领域的民众。《风波》中惊慌失措的村民、“高老夫子”的虚伪、阿 Q 式的革命都可从当时的上层社会中找到摹本。可以说，鲁迅终其一生所要改变的，就是由“庸众”推动起来的“众数”之害，以及整个中国社会由此陷入溃烂这个令人绝望的生存景观，他的文学创作，基本上也是对这一生存景观的书写和反抗。

从鲁迅后来的文学世界中可知，他对“众数”的批判，并不像叔本华、尼采那样，以高高在上的精英姿态藐视庸众，夸大天才的作用。相反，面对愚昧的“庸众”，他更多的是体现出“衷悲所以哀其不幸，疾视所以怒其不争”[④] 的复杂心态，具有广博的人道主义和爱国主义情怀。这也是 1903 年 6 月，他在《斯巴达之魂》中对斯巴达人“不欲亡国而生，誓愿殉国以死”和“为国民死！为国民死”[⑤] 爱国豪情大加赞赏的缘由。由此亦可得知，鲁迅早年所批判的“众数”，虽然主要指向当时中国的精英阶层，但实际上已经开始了他对中

① 鲁迅：《文化偏至论论》，《鲁迅全集》第一卷，人民文学出版社，2005 年，第 47 页。
② 鲁迅：《文化偏至论论》，《鲁迅全集》第一卷，人民文学出版社，2005 年，第 47 页。
③ 鲁迅：《破恶声论》，《鲁迅全集》第八卷，人民文学出版社，2005 年，第 27 页。
④ 鲁迅：《摩罗诗力说》，《鲁迅全集》第一卷，人民文学出版社，2005 年，第 82 页。
⑤ 鲁迅：《斯巴达之魂》，《鲁迅全集》第七卷，人民文学出版社，2005 年，第 11、13 页。

国整体“国民性”这一命题的思考，这也使他的批判更多地具有了拯救和建构的意义。据许寿裳回忆，鲁迅早年的“立人”思想，常常伴随思考以下三个问题：“一、怎样才是最理想的人性？二、中国国民性中最缺乏的是什么？三、他的病根何在？”[①] 可以说，鲁迅“立人”的构想正是从这三个方面展开的，“国民性”也是“立人”问题的逻辑起点。或者说，鲁迅的“立人”主要面向的不是“精神界之战士”，而是广大“庸众”，他所要取消的是由“凡庸”之士推动形成的“众数”之害，而不是“庸众”本身。正是如此，在鲁迅后来的文学实践中，早年被否定和批判的“庸众”的负面意义慢慢消退，最终成了一个他始终关怀乃至休戚与共的群体：“大众”。就此而言，我们甚至可以认为，鲁迅始终将面向“大众”的“立人”与“国民性”改造做同一性的思考。

正是在此意义上，我们认为，鲁迅的文学教育思想及实践路径同样可以从中找到答案。无论是他为大众代言的文学立场，偏重启蒙和功利的文学观念，还是他在汉字拉丁化、“直译”方面的主张和实践，都是一种面向“大众”考量的文学教育。

二、“觉世之文”：为大众代言

众所周知，“幻灯片事件”后，鲁迅弃医从文，开始了他“国民性”改造的文学之路。但这只是一个带有偶然性的直接动因而已，为何选取“文学”进行“大众”的教育，以及以什么姿态将之付之行动，却远比这复杂得多。

鲁迅弃医从文之后，在日本主要从事翻译和创办杂志的工作，但《域外小说集》反应的寂寥和《新生》的夭折，使他的文学事业甫一开始就遭受打击。回国后，因为“法文不能变米肉也”[②]，他为了生计，又不得不在某种程度上弃文从教。于是，在近10年的时间里，他不仅辗转于多地进行实际的学校教育，还在教育部门任职，参与设计、制定教育制度和政策。在此期间，他深刻体会到了自晚清以来教育界的混乱和教育救国的无效性。“教育救国”是晚清以来改良运动的一个重要组成部分。从张之洞的“中学为体，西学为用”、康

① 见许寿裳：《亡友鲁迅印象记》和《怀亡友鲁迅》，北京鲁迅博物馆编《鲁迅回忆录》上册，北京出版社，1999年，第226页、第443页。

② 鲁迅：《致许寿裳》，《鲁迅全集》第十一卷，人民文学出版社，2005年，第344页。

有为的“百业千器万技，皆出于学”[①]、梁启超的“亡而存之，废而举之，愚而智之，弱而强之，条理万端，皆归本于学校”[②]，到陈独秀、胡适等所提倡的家庭教育和女子、儿童教育，无不以救亡图存为本义，这本不应成为问题，但因社会时局羁绊和教育配套设施建设的滞后，这些急切的教育改良理念付诸实施时往往流于急功近利。

鲁迅后来在回忆晚清范源廉所提倡的“速成师范”时说道：“但我个人所叹服的，是在他当前清光绪末年，首先发明了‘速成师范’。一门学术而可以速成，迂执的先生们也许要觉得离奇罢；殊不知那时中国正闹着‘教育荒’，所以这正是一宗急赈的款子。半年以后，从日本留学回来的师资就不在少数了，还带着教育上的各种主义，如军国民主义，尊王攘夷主义之类。在女子教育，则那时候最时行，常常听到嚷着的，是贤母良妻主义。”[③] 鲁迅之所以对此极为不屑，除了“速成教育”的急功近利，还在于各种“主义”导致的教育均等化，而后者正是他所批判的“众数”在教育上的危害：“盖自法朗西大革命以来，平等自由，为凡事首，继而普通教育及国民教育，无不基是以遍施。……社会民主之倾向，势亦大张，凡个人者，即社会之一分子，夷隆实陷，是为指归，使天下人人归于一致，社会之内，荡无高卑。此其为理想诚美矣，顾于个人殊特之性，视之蔑如，既不加之别分，且欲致之灭绝。更举黮暗，则流弊所至，将使文化之纯粹者，精神益趋于固陋，颓波日逝，纤屑靡存焉。”[④] 由此可见，鲁迅更为重视的是个性化的教育及其个体的精神启蒙。而这一重任显然只能由他所说的“撄人心”的文学教育才可以承担得起。另一方面，鲁迅也发现了当时教育主体的普遍性缺失。在《破恶声论》中，他就发现“教师常寡学，虽西学之肤浅者不憭，徒作新态，用惑乱人”[⑤]。后来又进一步发现，当时的“教育家”是“尽力施行各种麻痹术”的“治人者”[⑥]，他们只许学生

① 康有为：《请开学校折》，童富勇等编《中国近代教育史资料汇编·教育思想》，上海教育出版社，2007年，第56页。

② 梁启超：《学校总论》，罗炳良编《变法通议》，华夏出版社，2002年，第40页。

③ 鲁迅：《寡妇主义》，《鲁迅全集》第一卷，人民文学出版社，2005年，第278页。

④ 鲁迅：《文化偏至论》，《鲁迅全集》第一卷，人民文学出版社，2005年，第51—52页。

⑤ 鲁迅：《破恶声论》，《鲁迅全集》第八卷，人民文学出版社，2005年，第31页。

⑥ 鲁迅：《春末闲谈》，《鲁迅全集》第一卷，人民文学出版社，2005年，第215页。

"埋头读书"，而不能有自己的独立思考，"主张学校应该教授看假洋，写呈文，作挽对春联"[①]，他们"膜拜'活佛'，绍介国医"[②]，或者忙于"谋做校长"，在"杯酒间谋害学生"[③]。如此一来，鲁迅可悲地发现，这些"教育家"正是他早年所批判的"凡庸"之众，他们不仅不是合格的教育主体，而且还是应该被启蒙的教育受体。

面对中国教育界的紊乱和黑暗，鲁迅极为失望和愤怒。1921 年，在致宫竹心的信中说："看中国现在情形，几乎要陷于无教育状态，此后如何，实在是在不可知之数。"[④] 此后，他走厦门、广州，又进一步发现，之前对南方教育界的期待"可谓妄想，大沟不干净，小沟就干净么？"[⑤] 这使他对"教育救国"产生了根本的怀疑："教界这东西，我实在有点怕了，并不比政界干净"[⑥]。于是最终离开广州到上海定居，彻底回归他的文学"志业"。当然，鲁迅作为一名教育工作者的经历远比上文所述的丰富，但不可否认的是，长期的文学家和教育工作者的双重身份，形成了他对文学与教育的切身体认和独特思考。在他看来，教育虽然重要，但如果没有进行更深层次上的精神启蒙，那么所有的学校教育都可能因"众数"和"凡庸"之士的介入而流于功利主义和形式主义，这实际上是对他早年提出的"掊物质而张灵明，任个人而排众数"理念在教育层面上的延伸思考。而"张灵明""任个人"是一种基于感性和具体的教育行为，只有文学教育才可充当此任。事实上，鲁迅很早就发现了这点，并提出了"与热带人语冰"这一命题，即要让热带人知道"冰"为何物。"虽喻以物理生理二学，而不知水之能凝，冰之为冷如故；惟直示以冰，使之触之，则虽不言质力二性，而冰之为物，昭然在前，将直解无所疑沮。"[⑦] 因此，鲁迅更注重的是"撄人心"的文学家身份，这既是因为文学具有直观、形象的教育功能，更易于启人灵魂，涵养神思；也因为文学教育的施行较为注重受体个性

① 鲁迅：《〈死魂灵〉第二部第一章译者附记》，《鲁迅全集》第十卷，人民文学出版社，2005 年，第 453 页。

② 鲁迅：《谚语》，《鲁迅全集》第四卷，人民文学出版社，2005 年，第 557 页。

③ 鲁迅；《"碰壁"之后》，《鲁迅全集》第三卷，人民文学出版社，2005 年，第 77 页。

④ 鲁迅：《致宫竹心》，《鲁迅全集》第十一卷，人民文学出版社，2005 年，第 411 页。

⑤ 鲁迅：《两地书》，《鲁迅全集》第十一卷，人民文学出版社，2005 年，第 171 页。

⑥ 鲁迅：《致章廷谦》，《鲁迅全集》第十二卷，人民文学出版社，2005 年，第 33 页。

⑦ 鲁迅：《摩罗诗力说》，《鲁迅全集》第一卷，人民文学出版社，2005 年，第 74 页。

而主体又相对主动和自由，可以免去“众数”的危害和庸众的困恼。这是促使他最终离开教育界，而用文学来表达、实践教育理想的根由。而且，鲁迅的文学实践中也有很大一部分是为了唤醒和培育教育主体而作的。他晚年不顾病体，翻译童话，就是“要将这样的崭新的童话，绍介一点进中国来，以供孩子们的父母，师长，以及教育家，童话作家来参考”①。总之，鲁迅在教育上从不停留于各种“主义”和“口号”，而是始终以精神层面上的“立人”为终极目的。这成了他选择文学作为启蒙教育的根本出发点。

但另一方面，由于对社会整体的绝望，鲁迅对文学教育的启蒙意义同样也产生过怀疑，疑心自己所谓的文学启蒙不过是“做醉虾的帮手”，弄敏了老实而不幸青年的脑子，使他们更加痛苦而已。鲁迅的这一怀疑，与他作为一位新旧交替时代或者过渡时代的知识分子，身上纠葛着众多文化矛盾有关。

从语文的修习与探索的角度来说，鲁迅一生都是在传统与现代之间穿行。鲁迅 6 岁就进入家塾，在其叔祖周玉田和周介孚的教导和影响下，接受的是最正统的开蒙教育，此后进入“三味书屋”，师从寿镜吾。在这一时期，鲁迅接受了习字、对课、“十三经”、八股文、试帖诗等旧学的系统训练。在南京新式学堂时期，鲁迅醉心阅读的仍是以古文翻译的新学著作。留日时期，除了师从章太炎学习文字学之外，还写了系列文言文论文。回国后，在教学和公职之余，他还致力于辑录、校勘古书和会稽史地文献，收集金石拓本，研究佛学典籍。尽管鲁迅与旧学的亲密关系是新旧时代交替使然，但也不可否认，旧学积淀对他的文学实践产生了深刻的影响。鲁迅一生未曾中断文言文写作。除了留日时期的撰写的文言论文，五四以后，鲁迅的许多私信也用纯正的文言文书写，他的旧体诗在数量上不仅超过新诗，影响也不逊于后者；他的学术代表作《中国小说史略》和《汉文学史纲要》也是用文言文立论。即使是白话文写作，鲁迅也善于将文言文的简练语法融入其中，呈隐晦曲折的风格，以至在“革命文学论争”中，这成为了他的一个“罪状”。此外，他对古文字学也有着深入的修学。留日期间，曾师从章太炎研究《说文解字》；在藏书方面，古文字学的著作也相当丰富，且“大部分是线装书，可分为训诂、文字和音韵三类，共

① 鲁迅：《〈表〉译者的话》，《鲁迅全集》第十卷，人民文学出版社，2005 年，第 437 页。

297卷，119册。其中训估101卷，29册；文字171卷，71册；音韵25卷，19册”[①]。但另一方面，鲁迅却大力批判旧文学，反对古书和文言。他认为古书充满了各种毒害人的思想观念：“中国古书，页页害人”，“我以为要少——或者竟不——看中国书，多看外国书”[②]，甚至说：“汉文终当废去，盖人存则文必废，文存则人当亡，在此时代，已无幸存之道。”[③] 在他看来，古书的危害很大程度上在于文言载体的作怪，“我总要上下四方寻求，得到一种最黑，最黑，最黑的咒文，先来诅咒一切反对白话，妨害白话者。即使人死了真有灵魂，因这最恶的心，应该坠入地狱，也将决不改悔，总要先来诅咒一切反对白话，妨害白话者”。[④] 因此，鲁迅曾力主废除汉字和汉字拼音化，早在1913年，他就与马裕藻、许寿裳等共同提议采用章太炎的记音字母方案；到了30年代，他更是坚决主张汉字拉丁化，认为“汉字和大众，是势不两立的”[⑤]，“汉字是愚民政策的利器”，“汉字也是中国劳苦大众身上的一个结核，病菌都潜伏在里面，倘不首先除去它，结果只有自己死”[⑥]，“要推行大众语文，必须用罗马字拼音”[⑦]，因为拉丁化文字，“只要认识二十八个字母，学一点拼法和写法，除懒虫和低能外，就谁都能够写得出，看得懂了。况且它还有一个好处，是写得快”[⑧]。事实上，类似于鲁迅身上的这种文化矛盾，在胡适、陈独秀、郁达夫、周作人、林语堂等从旧时代走过来的新式知识分子身上都存在着，但鲁迅表现得尤为明显。个中原因，主要在于，无论是对传统文化、文学的认识，还是对现代性的回应和理解，鲁迅都是以上诸人所无法比拟的，他对两者的认知越是深刻，越是能够发现它们的差异和对立。因此，二者在他身上

① 见陈漱渝主编《世纪之交的文化选择——鲁迅藏书研究》，湖南文艺出版社，1995年，第317页。

② 鲁迅：《青年必读书——应〈京报副刊〉的征求》，《鲁迅全集》第三卷，人民文学出版社，2005年，第12页。

③ 鲁迅：《致许寿裳》，《鲁迅全集》第十一卷，人民文学出版社，2005年，第369页。

④ 鲁迅：《二十四孝图》，《鲁迅全集》第二卷，人民文学出版社，2005年，第258页。

⑤ 鲁迅：《答曹聚仁先生信》，《鲁迅全集》第六卷，人民文学出版社，2005年，第78页。

⑥ 鲁迅：《关于新文字》，《鲁迅全集》第六卷，人民文学出版社，2005年，第165页。

⑦ 鲁迅：《答曹聚仁先生信》，《鲁迅全集》第六卷，人民文学出版社，2005年，第78页。

⑧ 鲁迅：《门外文谈》，《鲁迅全集》第六卷，人民文学出版社，2005年，第99页。

的并存几乎组成了无解的悖论式的矛盾，他的焦虑、彷徨乃至尼采式的孤独、寂寞，无疑与这种深刻的矛盾密切相关。不过，就鲁迅的文学教育思想而言，这对矛盾体无法和平共处，直至“现代”压倒“传统”，主要还在于他急切为大众代言的启蒙意识。

梁启超曾把文章分成“觉世”与“传世”两种不同的形态：“传世之文，或懿古茂，或务沉博绝丽，或务瑰奇奥诡，无之不可；觉世之文，则辞达而已矣，当以条理细备，词笔锐达为上，不必求工也。”[①] 文学的“觉世”分工，是“新民”启蒙语境下的一种修辞策略，它与传世之文在功能上的区别正如刘师培所说的：“一修俗语，以启瀹齐民；一用古文，以保存国学。”[②] 整体观之，前者与中国文人的“立言”情结有关，即所谓的“藏之名山，传之后世”。后者则与近代以来知识分子的启蒙和救亡意识有关。虽然，鲁迅曾多次声言他的写作不是为了“藏之名山”，甚至认为自己那些攻击时弊的文章，应同时弊一同死亡；但作为从传统走过来的知识分子，他在潜意识里仍无法挣脱“立言”的诱惑。在《汉文学史纲要》中，他以几近于迷恋的态度肯定汉字的“魔力”：“诵习一字，当识形音义三：口诵耳闻其音，目察其形，心通其意，三识并用，一字之功乃全。其在文章，则写山曰崚嶒嵯峨，状水曰汪洋澎湃，蔽芾葱茏，恍逢丰木，鳟鲂鳗鲤，如见多鱼。故其所函，遂具三美：意美以感心，一也；音美以感耳，二也；形美以感目，三也。”[③] 这虽是对汉字功能的描述，但汉字博大精深的美感，显然已让他倾倒。这也就不难理解，在《汉文学史纲要》《魏晋风度及文章与药及酒之关系》等论著中，他对屈原、庄子、阮籍、嵇康等人的击节叹赏，因为他们清峻、通脱、华丽、壮大、慷慨的文质兼美之作，本身也是鲁迅所追求的。他曾说自己的文章“写完后至少看两遍，竭力将可有可无的字、句、段删去，毫不可惜”[④]。但另一方面，他却坚执地站在为大众代言的立场上进行文学创作。1925 年 5 月，在致许广平信中写道：“我所说的话，常与所想的不同，至于何以如此，则我已在《呐喊》的序上说过：

① 梁启超：《湖南时务学堂学约》，《梁启超全集》第一卷，北京出版社，1999 年，第 109 页。

② 刘师培：《论文杂记》，见《中国中古文学史》，人民文学出版社，1984 年，第 110 页。

③ 鲁迅：《汉文学史纲要》，《鲁迅全集》第九卷，人民文学出版社，2005 年，第 354 页。

④ 鲁迅：《答北斗杂志社问》，《鲁迅全集》第四卷，人民文学出版社，2005 年，第 373 页。

不愿将自己的思想，传染给别人。何以不愿，则因为我的思想太黑暗，而自己终不能确知是否正确之故。……但我对人说话时，却总拣择光明些的说出，然而偶不留意，就露出阎王并不反对，而小鬼并不乐闻的话来。总而言之，我为自己和为别人的设想，是两样的。”[①] 因此，鲁迅是坚持“觉世”的写作，他的这一立场，并非为了所谓的做“文坛领袖”的欲望，更非为了“卢布”，而是缘于他希望自己“肩住了黑暗的闸门”，放别人“到宽阔光明的地方去”。[②] 正是这种为大众代言的文学姿态，鲁迅身上虽然存在新旧文化的矛盾，但这种矛盾并没有使他像某些现代文人一样，陷入两难的选择，而是促使他更加决绝地践行“‘为人生’，而且要改良这人生”[③] 的写作理念。

这样看来，鲁迅那些为大众代言的文学观念，比如废除汉字和“直译”“硬译”的主张，都在于面向和介入实际的文学教育问题，即使是激进的，也是应对现实的一种策略，从审美的角度来看，并非其本意。正如他所说的：“中国人的性情是总喜欢调和，折中的。譬如你说，这屋子太暗，须在这里开一个窗，大家一定不允许的。但如果你主张拆掉屋顶，他们就会来调和，愿意开窗了。”[④] 对于别人冠于“杂感家”的蔑称，他无奈地说道：“自有悲苦愤激，决非洋楼中的通人所能领会”，“这病痛的根柢就在我活在人间”，“救小创伤尚且来不及，那有余暇使心开意豁，立论都公允妥洽，平正通达”。[⑤] 所以，他一再回绝别人的劝告或攻击，始终坚持杂文写作，“也有人劝我不要做这样的短评。那好意，我是很感激的，而且也并非不知道创作之可贵。然而要做这样的东西的时候，恐怕也还要做这样的东西，我以为如果艺术之宫有这么麻烦的禁令，倒不如不进去”，“还是站在沙漠上”，“即使被沙砾打得遍身粗糙，头破血流”，“也未必不及跟着中国的文士们去陪莎士比亚吃黄油面包之有趣”。[⑥]

---

① 鲁迅：《两地书·二四》，《鲁迅全集》第十一卷，人民文学出版社，2005年，第80—81页。

② 鲁迅：《我们现在怎么样做父亲》，《鲁迅全集》第一卷，人民文学出版社，2005年，第135页。

③ 鲁迅：《我怎么做起小说来》，《鲁迅全集》第四卷，人民文学出版社，2005年，第526页。

④ 鲁迅：《无声的中国》，《鲁迅全集》第四卷，人民文学出版社，2005年，第14页。

⑤ 鲁迅：《〈华盖集〉题记》，《鲁迅全集》第三卷，人民文学出版社，2005年，第3页。

⑥ 鲁迅：《〈华盖集〉题记》，《鲁迅全集》第三卷，人民文学出版社，2005年，第3页。

直到晚年，鲁迅还强调：“现在是多么切迫的时候，作者的任务，是在对于有害的事物，立刻给以反响或抗争，是感应的神经，是攻守的手足。潜心于他的鸿篇巨制，为未来的文化设想，固然是很好的，但为现在抗争，却也正是为现在和未来的战斗的作者，因为失掉了现在，也就没有了未来。”① 鲁迅认为嵇康阮籍之所以反礼教，主要在于“他们生于乱世，不得已，才有这样的行为，并非他们的本态”②，而实际上，他们“是相信礼教到固执之极的”③。因此，鲁迅反对进入“艺术之宫”，提倡通俗的大众文学，坚持写时代性极强的富有战斗性的杂感，并非是他不重视文学的审美；相反，他对文学有着深沉的热爱，《野草》的面向自我以及在取象、造境、构思上的独创性，《朝花夕拾》的理性批判和回忆的乌托邦抒情，都说明他即使不是有意地创作“不朽之作”，也是在不自觉地走向这一境界。他之所以坚持写“觉世之文”，主要是怕“失掉了现在”④，是“为别人的设想”⑤，即为那些他“哀其不幸，怒其不争”的国民大众着想。

三、在启蒙与审美之间

“觉世”的写作立场，使鲁迅的文学教育具有鲜明的工具理性。从他早年的文学救国理想，到后来对革命文学、大众文学的积极回应，都是立足文学的启蒙功能。当然，正如上文所述，这种启蒙始终都是面向大众，也因此曾使鲁迅提出一些趋向于通俗化的文学变革观念。正是如此，无论是同时代的知识分子，还是后来的研究者，特别是一些海外学者，都在这点上对鲁迅有所批评甚至否定。显然，这是对鲁迅文学教育思想的误读。因为，鲁迅虽然重视文学介

---

① 鲁迅：《〈且介亭杂文〉序言》，《鲁迅全集》第六卷，人民文学出版社，2005 年，第 3 页。

② 鲁迅：《魏晋风度及文章与药及酒之关系》，《鲁迅全集》第三卷，人民文学出版社，2005 年，第 537 页。

③ 鲁迅：《魏晋风度及文章与药及酒之关系》，《鲁迅全集》第三卷，人民文学出版社，2005 年，第 537 页。

④ 鲁迅：《〈且介亭杂文〉序言》，《鲁迅全集》第六卷，人民文学出版社，2005 年，第 3 页。

⑤ 鲁迅：《两地书・二四》，《鲁迅全集》第十一卷，人民文学出版社，2005 年，第 81 页。

入现实、服务大众的启蒙功能，但对于二者联姻的方式和路径，他从来不将其看成是简单的对接，而是基于审美的怡悦功能来看取文学的价值。因此，他也很重视“寓教于乐”文学教育方式。

鲁迅对于文学的价值属性有着清醒的认识，他并没有像某些工具论者那样，把文学的价值过度拔高。在《拟播布美术意见书》，他援用英国文艺评论家科尔温的观点，将“美术”分为两类：“致用美术”与“非致用美术”，并认为“美术之中，涉于试用者，厥推建筑。他如雕刻，绘画，文章，音乐，皆与实用无所系属者也”[①]。在《摩罗诗力说》中，他说得更为清楚：“文章为美术之一，质当亦然，与个人暨邦国之存，无所系属，实利离尽，究理弗存。故其为效，益智不如史乘，诫人不如格言，致富不如工商，弋功名不如卒业之券。”[②] 这更多的是对文学概念内涵的阐述，主要是对于本体意义上的文学价值的认知，但也基本上奠定了鲁迅非功利性的文学观念。以至于在后来，当他的文学事业遭遇严酷现实的时候，他常常感到绝望。“三·一八”惨案和“四·一五”惨案发生后，鲁迅深刻体会到了“这非人间的浓黑的悲凉”[③]，也让他感叹文学的无效：“当我写出上面这些无聊的文字的时候，正是许多青年受弹饮刃的时候。呜呼，人和人的灵魂是不相通的。”[④] “泪揩了，血消了；屠伯们逍遥复逍遥，用钢刀的，用软刀的。而我只有‘杂感’而已。连‘杂感’也被‘放进了应该去的地方’时，我于是只有‘而已’而已！”[⑤] 在《答有恒先生》一文中，他甚至坦陈“我恐怖了”，打算“沉闷”，不再发表议论。因为“我现在发见了，我自己也帮助着排筵宴”，“中国的筵席上有一种‘醉虾’，虾越鲜活，吃的人越高兴，越畅快。我就是做这醉虾的帮手，弄清了老实而不幸的青年的脑子和弄敏了他的感觉，使他万一遭灾时来尝加倍的苦痛，同时给憎恶他

---

① 鲁迅：《拟播布美术意见书》，《鲁迅全集》第八卷，人民文学出版社，2005 年，第 51—52 页。

② 鲁迅：《摩罗诗力说》，《鲁迅全集》第一卷，人民文学出版社，2005 年，第 73 页。

③ 鲁迅：《记念刘和珍君》，《鲁迅全集》第三卷，人民文学出版社，2005 年，第 289 页。

④ 鲁迅：《无花的蔷薇之二》，《鲁迅全集》第三卷，人民文学出版社，2005 年，第 278 页。

⑤ 鲁迅：《〈而已集〉题辞》，《鲁迅全集》第三卷，人民文学出版社，2005 年，第 425 页。

的人们玩赏这较灵的苦痛，得到格外的享乐”，“所以，我终于觉得无话可说”[①]。显然，作为一个抱有文艺救国理想的作家，鲁迅的以上言论并不是在否定文学的价值，也不是主张“为艺术而艺术”，而是从文学“非致用”的观点出发，指出文学不能制造物质财富，不能与现实发生直接的联系，甚至现实还可能挤压文学的生存空间。但这其实也隐含了鲁迅的另一层意思，即文学的作用不是在物质层面上，而是在精神层面上，所以他才又说：“所以我们的第一要著，是在改变他们的精神，而善于改变精神的是，我那时以为当然要推文艺，于是想提倡文艺运动了。”[②] 至于他对文学的绝望，主要是源于现实，是现实太残酷了，而非文学本身。而他的文学创作，正如汪晖所说的，是在反抗绝望，这种反抗也从另一方面说明，鲁迅对于文学的独特功能仍有着坚执的信念。这也就是他在《摩罗诗力说》中所说的“不用之用”，他的文学教育思想也是基于这种理念而确立起来的。这就是涉及鲁迅对文学价值的另一种认知。

对于文学在精神层面上的价值，鲁迅则寄予了厚望。他援引英国道·登的观点道：“美术文章之桀出于世者，观诵而后，似无裨于人间者，往往有之”，认为文学可以在某种程度上满足人的精神需求：“文章之于人生，其为用决不次于衣食，宫室，宗教，道德。盖缘人在两间，必有时自觉以勤勉，有时丧我而惝恍，时必致力于善生，时必并忘其善生之事而入于醇乐，时或活动于现实之区，时或神驰于理想之域；苟致力于其偏，是谓之不具足。严冬永留，春气不至，生其躯壳，死其精魂，其人虽生，而人生之道失。文章不用之用，其在斯乎？约翰穆黎曰，近世文明，无不以科学为术，合理为神，功利为鹄。大势如是，而文章之用益神。所以者何？以能涵养吾人之神思耳。涵养人之神思，即文章之职与用也。”[③] 而且，文学还有一种很独特的功能，即它“能启人生之閟机，而直语其事实法则，为科学所不能言者”。因为“所谓閟机，即人生之诚理是已。此为诚理，微妙幽玄，不能假口于学子”。而文学“缕判条分，理密不如学术，而人生诚理，直笼其辞句中，使闻其声者，灵府朗然，与人生即会。如热带人既见冰后，曩之竭研究思索而弗能喻者，今宛在矣”。“此其效

① 鲁迅：《答有恒先生》，《鲁迅全集》第三卷，人民文学出版社，2005年，第473—474。

② 鲁迅：《〈呐喊〉自序》，《鲁迅全集》第一卷，人民文学出版社，2005年，第439页。

③ 鲁迅：《摩罗诗力说》，《鲁迅全集》第一卷，人民文学出版社，2005年，第73页。

力，有教示意；既为教示，斯益人生；而其教复非常教，自觉勇猛发扬精进，彼实示之。凡苓落颓唐之邦，无不以不耳此教示始。”[①] 在《拟播布美术意见书》中，鲁迅甚至认为，包括文章在内的美术可以“长留人世，故虽武功文教，与时间同其灰灭，而赖有美术为之保存，俾在方来，有所考见。他若盛典侅事，胜地名人，亦往往以美术之力，得以永住”。此外，还“可以辅翼道德”，因为“物质文明，日益曼衍，人情因亦日趣于肤浅；今以此优美而崇大之，则高洁之情独存，邪秽之念不作，不待惩劝而国又安”[②]。在这里，鲁迅不仅指出了文学具有“撄心”的功能，而且还指出“撄心”是一种独特的教育方式，即“教复非常教”。而这种教育方式又是与文学“不用之用”紧密联系在一起的，或者说是文学审美的独特功能，决定了必须采取独特的教育方式。应该说，鲁迅这一独特的教育理念，对于我们反思目前程式化、“拆解式”的语文教育仍具有重要的警醒意义。当然，对于文艺这一功能的理解并非鲁迅独创的，从康德的“无目的的合目的性”，到王国维、朱自清等人所提出的“无用之用”，皆与此观念有相似之处。但以上诸人主要还是立足于文学的审美，对于审美“之用”及其“教示”，他们并无将其引向现实考量作更深入的思考，或者说并无赋予具体的目的，而鲁迅则是始终如一地强调文学可通过审美熏陶发挥启蒙大众的教育功能。

现在，需要追问的是，鲁迅“不用之用”的文学教育思想又是基于何种审美机制而展开的？在此，鲁迅以“游泳”作为譬喻，即：“吾人乐于观诵，如游巨浸，前临渺茫，浮游波际，游泳既已，神质悉移。而彼之大海，实仅波起涛飞，绝无情愫，未始以一教训一格言相授。顾游者之元气体力，则为之陡增也。”[③] 可见，在鲁迅看来，文学教育的“不用之用”不是外在宣教，而是基于内在的“神质悉移”。因此，文学的教育是潜在的、感性的、直观的，而非直接的、理性的、生硬的，所以在《中国小说史略》和《中国小说的历史的变迁》中，鲁迅高度赞扬了唐传奇和宋话本，以及《三言》《二拍》《聊斋》《阅微草堂笔记》《儒林外史》《红楼梦》等作品，而对于宋传奇、《阅微》后的众

---

① 鲁迅：《摩罗诗力说》，《鲁迅全集》第一卷，人民文学出版社，2005年，第74页。

② 鲁迅：《拟播布美术意见书》，《鲁迅全集》第八卷，人民文学出版社，2005年，第52页。

③ 鲁迅：《摩罗诗力说》，《鲁迅全集》第一卷，人民文学出版社，2005年，第73页。

多笔记、《官场现形记》《二十年目睹之怪现状》等作品的整体评价并不高。个中原因，主要在于前者少教训、多述事描摹，“所有叙述”，“皆现身纸上，声态并作，使彼世相，如在目前”，[①] 而后者则具有浓厚的政治、道德意识，“诰诫连篇，喧而夺主”，不是“溢善”就是“溢恶”，“盛陈祸福，专主劝惩，已不足以称小说。”[②] 他认为：“文艺之所以为文艺，并不贵在教训，若把小说变成修身教科书，还说什么文艺。”[③] 因此，鲁迅虽认同革命文学，赞成文学的通俗化写作，但并没有为迁就大众的审美品位而让文学成为空洞的“标语”和“口号”，他在那个著名的关于文学与宣传关系的论断中指出：“一切文艺固是宣传，而一切宣传却并非是文艺”，“革命之所以于口号，标语，布告，电报，教科书……之外，要用文艺者，就因为它是文艺”。[④] 因此，对于那些“发抒自己的意见，结果弄成带些宣传气味了的伊孛生等辈的作品”，他“并不发烦”，“但对于先有了‘宣传’两个大字的题目，然后发出议论来的文艺作品，却总是有些格格不入，那不能直吞下去的模样，就和雒诵教训文学的时候相同”[⑤]。由此可知，在鲁迅眼里，文学创作是一种精神行为，文学教育也应遵循文学的本体特性，即教育受体通过阅读体验和感悟深入作品的内核，使自身思想情感受到熏陶和浸润，精神境界得到提升。即使他所面对的是文化水平比较低的“大众”，他也不愿放弃这种教育方式，“成为大众的新帮闲”[⑥]。

基于这种原则，鲁迅很重视文学教育的娱乐性。鲁迅所说的文学娱乐功能，不是指自娱自乐，即像“那些了不得的作家”那样，以“谨严入骨，惜墨如金”的做作姿态，“要把一生的作品，只删存一个或者三四个字，刻之泰山顶上，‘传之其人’”[⑦]，而是“寓教于乐”。鲁迅认为：“诗歌起于劳动和宗教。其一，因劳动时，一面工作，一面唱歌，可以忘却劳苦，所以从单纯的呼叫发展开去，直到发挥自己的心意和感情，并偕有自然的韵调；……至于小

---

① 鲁迅：《中国小说史略》，《鲁迅全集》第九卷，人民文学出版社，2005 年，第 229 页。
② 鲁迅：《中国小说史略》，《鲁迅全集》第九卷，人民文学出版社，2005 年，第 224 页。
③ 鲁迅：《中国小说史略》，《鲁迅全集》第九卷，人民文学出版社，2005 年，第 329 页。
④ 鲁迅：《文艺与革命》，《鲁迅全集》第四卷，人民文学出版社，2005 年，第 85 页。
⑤ 鲁迅：《怎么写》，《鲁迅全集》第四卷，人民文学出版社，2005 年，第 20 页。
⑥ 鲁迅：《门外文谈》，《鲁迅全集》第三卷，人民文学出版社，2005 年，第 104 页。
⑦ 鲁迅：《“题未定”草（六至九）》，《鲁迅全集》第六卷，人民文学出版社，2005 年，第 444—445 页

说，我以为倒是起于休息的。人在劳动时，既用歌吟以自娱，借它忘却劳苦了，则到休息时，亦必要寻一种事情以消遣闲暇。这种事情，就是彼此谈论故事，而这谈论故事，正就是小说的起源。——所以诗歌是韵文，从劳动时发生的；小说是散文，从休息时发生的。”[①]这虽然是鲁迅关于文学起源的一种学说，但认为文学起源于劳动中的作乐和休息，本身就暗指文学生产与大众娱乐有着莫大关系，也说明文学面向大众的启蒙教育不应是教条化的宣传和扫盲式的灌输，而应立足于发掘其中的乐趣。沿着这样的逻辑，鲁迅对于革命文学、大众文学，并没有像其他的革命作家和左翼作家那样，忽略文学的趣味性，而是指出“文学总是一种余裕的产物”，文艺必须讲趣味。但他之所以不怕被别人攻击为“趣味中心”派，是因为他对文学趣味的追求，跟林语堂提倡幽默，周作人提倡闲适和性灵有所不同，不是借此“将屠夫的凶残化为一笑”，或者躲在象牙塔里喝茶、吃点心。文学教育的娱乐性和趣味性之于鲁迅，更多是一种手段而非目的。在文学大众化的年代，鲁迅将文学教育的娱乐性喻为劳作前的“休息”，在《小品文危机》中，他如此说道：“生存的小品文，必须是匕首，是投枪，能和读者一同杀出一条生存的血路的东西；但自然，它也能给人愉快和休息，然而这并不是‘小摆设’，更不是抚慰和麻痹，它给人的愉快和休息是休养，是劳作和战斗之前的准备。”[②] 从进化论转向阶级论后，鲁迅几乎停止了小说的创作，而把大量精力用于杂文的写作上，对此，鲁迅的解释是：“写新的不能，写旧的又不愿”，如果强行向“新的文学的潮流”靠拢，就有可能“邯郸学步”，结果是“竟没有学好，但又忘却了自己原先的步法，于是只好爬回去了”[③]。李长之说得更直接，认为是乡土题材的枯竭迫使鲁迅不得不从小说创作转向杂文的写作。但联系鲁迅将小品文（杂文）说成是匕首和投枪，又认为它是“劳作和战斗”之前的准备和休息的说法，我们认为，他更多的是看重杂文在面向大众进行文学教育时，凭借其特殊的文学体式和功能，

① 鲁迅：《中国小说史略》，《鲁迅全集》第九卷，人民文学出版社，2005 年，第 312—313 页。

② 鲁迅：《小品文的危机》，《鲁迅全集》第四卷，人民文学出版社，2005 年，第 592—593 页。

③ 鲁迅：《英译本〈短篇小说选集〉自序》，《鲁迅全集》第七卷，人民文学出版社，2005 年，第 412 页。

在娱乐性和启蒙教育合二为一方面，具有的更大灵活性和可行性。正如瞿秋白所说的："鲁迅的杂感其实是一种'社会论文'——战斗的'阜利通'（Feuilleton）。……急遽的剧烈的社会斗争，使作家不能够从容的把他的思想和情感溶铸到创作里去，表现在具体的形象和典型里；同时，残酷的强暴的压力，又不容许作家的言论采取通常的形式。作家的幽默才能，就帮助他用艺术的形式来表现他的政治立场，他的深刻的对于社会的观察，他的热烈的对于民众斗争的同情。"① 从这个角度来看，鲁迅在20世纪30年代大量创作杂文，与其大众化的文学教育取向有着紧密的关联。有论者指出："鲁迅说希望自己的文字与他所抨击的那些痼疾一起速朽，却又极认真地编定自己的每一本文集。这两者看似矛盾，其实却都合乎鲁迅对'文'的期待。"② 因为正是杂文的因时而作，使其作为一种教育资源具有更鲜明的针对性和有效性。因此，他谦虚地说其文"不敢说是诗史"，他"只在深夜的街头摆着一个地摊，所有的无非几个小钉，几个瓦碟"，"但也希望，并且相信有些人会从中找出合于他的用处的东西"③。在这里，鲁迅显然已超越了创作纯文学或"伟大作品"的精英构想，而专心致志于耕耘最适合大众启蒙教育的文学体式。

四、"大众语文"与新语言的创设

"言为心声"是一个古老的命题。语言是文学最为重要的质料，也是进入文学最重要的通道。就此而言，作家创作的意义就在于探索通过"言"抵达"心"的无限可能。而当这种表达"心声"的创作指向"启蒙"的时候，其意义已不仅是呈示自我的"心声"，而是在为被启蒙者代言。鲁迅认为："凡人之心，无不有诗，如诗人作诗，诗不为诗人独有，凡一读其诗，心即会解者，即无不自有诗人之诗。无之何以能解？惟有而未能言，诗人为之语，则握拨一弹，心弦立应，其声澈于灵府，令有情皆举其首，如睹晓日。"④ 而鲁迅笔下

---

① 瞿秋白：《〈鲁迅杂感选集〉序言》，《瞿秋白文集》第三卷，人民文学出版社，1989年，第96页。

② 何英：《鲁迅语文观及其实践》，南开大学博士学位论文，2013年。

③ 鲁迅：《〈且介亭杂文〉序言》，《鲁迅全集》第六卷，人民文学出版社，2005年，第4页。

④ 鲁迅：《摩罗诗力说》，《鲁迅全集》第一卷，人民文学出版社，2005年，第70页。

的“大众”，不仅“无不有诗”，而且常常是“失语”的，彻底沦为了“愚民”。他们脱口而出的往往是统治者话语的嵌入。比如，华老栓店里的茶客认为革命者夏瑜“发了疯了”；孔乙己腿被打折的时候，酒客们说他是“自己发昏，竟偷到丁举人家里去了。他家的东西，偷得的么”[①]。泼辣的爱姑不由自主地说出：“我本来是专听七大人吩咐。”[②] 这些话从小说人物的立场来看，合情合理，但却非说话者独立思考的结果，而是源于统治者的愚民思维，或者说是统治者制定的“话语”在表述，而非他们“心声”的传达。鲁迅对此有着深刻的警醒，在他看来：“人是有的，没有声音，寂寞得很。——人会没有声音的么？没有，可以说：是死了。倘要说得客气一点，那就是：已经哑了。”[③] 正是从这个认识出发，鲁迅在思考大众语文的时候，特别关注语文的现实性、普适性问题，即如何打破广大国民失语的状态，从而摆脱权力话语的控制，摆脱被压迫和被奴役的命运。

而造成中国广大民众几千年来“失语”和被奴役的根源，主要在于他们被剥夺了识字的权利。这一点，鲁迅已深刻认识到。在《风波》中，村民们面对“三十里方圆以内的唯一的出色人物兼学问家”[④]，赵太爷引经据典地逼问，“村人们呆呆站着，心里计算，都觉得自己确乎抵不住张翼德”[⑤]，因为“他有十多本金圣叹批评的《三国志》，时常坐着一个字一个字的读；他不但能说出五虎将姓名，甚而至于还知道黄忠表字汉升和马超表字孟起”[⑥]。可以说，正是失去识字的能力，村民们才无力“发声”，只能受赵太爷的欺骗和蛊惑。因此，鲁迅认为，“文明人和野蛮人的分别”，首要就表现在“文明人有文字，能够把他们的思想，感情，藉此传给大众，传给将来”[⑦]。而统治者对民众识字权利的剥夺主要是通过“言文分离”的手段来实现的。虽然晚清有过“言文一致”运动，但成效和影响并不大。五四以后，白话文虽然获得了长足发展，但

① 鲁迅：《孔乙己》，《鲁迅全集》第一卷，人民文学出版社，2005年，第460页。

② 鲁迅：《离婚》，《鲁迅全集》第二卷，人民文学出版社，2005年，第156页。

③ 鲁迅：《无声的中国》，《鲁迅全集》第四卷，人民文学出版社，2005年，第12—13页。

④ 鲁迅：《风波》，《鲁迅全集》第一卷，人民文学出版社，2005年，第494页。

⑤ 鲁迅：《风波》，《鲁迅全集》第一卷，人民文学出版社，2005年，第497页。

⑥ 鲁迅：《风波》，《鲁迅全集》第一卷，人民文学出版社，2005年，第494页。

⑦ 鲁迅：《无声的中国》，《鲁迅全集》第四卷，人民文学出版社，2005年，第12页。

在公文等应用文中，文言的使用还相当普遍。同时，白话文的使用也基本上停留书面层面上，并没有真正在广大民众中普及开来，也没有形成预期的启蒙效果，所以又有了后来的革命文学和左翼文学运动。上文所提及的鲁迅提倡少读中国书，倡导大众语、汉字拉丁化，都是在归还民众识字权和培育识字能力这一背景下提出来。

1934 年，得益于普罗大众文化的提倡，陈望道等发起“大众语”运动得到了广泛响应。鲁迅对此积极回应，连续写了《答曹聚仁先生信》《门外文谈》《汉字和拉丁化》《中国语文的新生》《关于新文字》等文章。鲁迅首先要做的是打破统治阶层对“文字”的垄断。他认为，文字本来“在人民间萌芽”[①]，后来却“为特权者所收揽”[②]。特权者为了控制民众的思想、保持自己的统治地位，竭力把文字和文章弄得晦涩难懂，使大众难于掌握。虽然，“将文字交给大众的事实，是从清朝末年就已经有了的”[③]，“但那主意，是只要大家听得懂，不必一定写得出。《平民千字课本》就带了一点写得出的可能，但也只够记账，写信。倘要写出心里所想的东西，它那限定的字数是不够的。譬如监牢，的确给了人一块地，不过它有限制，只能在这圈子里行立坐卧，断不能跑出设定了的铁栅外面去”[④]。因此，他提出：“必须有一批人，立刻做浅显的文章，一面是试验，一面看对于将来的大众语有无好处。”[⑤] 鲁迅虽然没有直接用大众语进行创作，但却很关注当时文坛运用“大众语”的写作，只不过他对此并不满意。他批评《民众文艺》“到现在印行的为止，却没有真的民众的作品，执笔的都还是所谓‘读书人’。民众不识字的多，怎会有作品，一生的喜怒哀乐，都带到黄泉里去了”[⑥]。为此，他特地到民间去寻找大众自己的文字和文章。

在《匪笔三篇》《某笔两篇》《一个“罪犯”的自述》等文中，鲁迅积极推介了他从报刊上摘抄来的“民间语文”，并说明“原文本有圈点，今都仍旧；

---

① 鲁迅：《门外文谈》，《鲁迅全集》第六卷，人民文学出版社，2005 年，第 94 页。

② 鲁迅：《门外文谈》，《鲁迅全集》第六卷，人民文学出版社，2005 年，第 94 页。

③ 鲁迅：《门外文谈》，《鲁迅全集》第六卷，人民文学出版社，2005 年，第 97 页。

④ 鲁迅：《门外文谈》，《鲁迅全集》第六卷，人民文学出版社，2005 年，第 97—98 页。

⑤ 鲁迅：《致曹聚仁信》，《鲁迅全集》第十三卷，人民文学出版社，2005 年，第 188 页。

⑥ 鲁迅：《一个“罪犯”的自述》，《鲁迅全集》第七卷，人民文学出版社，2005 年，第 288 页。

错字也不少，则将猜测出来的字用括弧注在下面”[①]。对于这类文字的价值，他认为，“在我的估计上，这类文章的价值却并不在文人学者的名文之下”，“要夸大地说起来，则此类文章，于学术上也未始无用”。[②] 仅就这几篇文章的水平和价值来看，鲁迅显然有点高估，但对于当时大众语写作的普遍失望，使他不得不另辟蹊径，这对于一个长期受文言文和精英式白话浸染的作家来说是非常难能可贵的。这也另外一个侧面说明，鲁迅对底层民众具有深入的体察与理解，少有启蒙者的优越感。

但鲁迅也认识到了大众语推广的困难。对于当时有人以地方性“土话”写文章的做法，鲁迅指出：“每一个方块汉字，是都有它的意义的，现在用它来照样的写土话，有些是仍用本义的，有些却不过借音，于是我们看下去的时候，就得分析它那几个是用义，那几个是借音，惯了不打紧，开手却非常吃力了。”[③] 从汉字的音义关联可能造成的歧义来审视大众语推广可能存在的困难，可以见出鲁迅对汉字的特性有着深刻的认识，也说明鲁迅对于中国文字改革的思考始终立足于是否有助于推进民众的学习、表达与交流。正是如此，他才不无偏激地提出废除汉字：“大众语文的音数比文言和白话繁，如果还是用方块字来写，不但费脑力，也很费工夫，连纸墨都不经济。为了这方块的带病的遗产，我们的最大多数人，已经几千年做了文盲来殉难了，中国也弄到这模样，到别国已在人工造雨的时候，我们却还是拜蛇，迎神。如果大家还要活下去，我想：是只好请汉字来做我们的牺牲了。”[④] 汉字不仅是一种语言工具，还承载着中华民族独特的审美心理思维，废除汉字事实上也意味着根绝母体文化。对此，鲁迅显然不是没有考虑过，但为了“最大多数人”，他仍坚定地支持这一运动，充满了休戚与共的沉重和悲壮。

虽然废除汉字的主张并不可行，最后也没有付诸实施，但鲁迅对汉字得失的分析以及国人在识字能力缺失方面的深刻洞察，无疑对于后来大众语文改革

---

① 鲁迅：《一个“罪犯”的自述》，《鲁迅全集》第七卷，人民文学出版社，2005 年，第 288 页。

② 鲁迅：《一个“罪犯”的自述》，《鲁迅全集》第七卷，人民文学出版社，2005 年，第 288 页。

③ 鲁迅：《汉字和拉丁化》，《鲁迅全集》第五卷，人民文学出版社，2005 年，第 585 页。

④ 鲁迅：《汉字和拉丁化》，《鲁迅全集》第五卷，人民文学出版社，2005 年，第 585 页。

及教育具有方法论意义，20 世纪 30 年代以来的历次汉字简化运动基本上就是依据鲁迅等文人的语言文字学观念而展开的。另外，虽然鲁迅因过分强调降低识字难度而一度走入误区，但对于我们今天普及“识字”教育也具有重要的参考价值。

在进行本土语文改造的同时，鲁迅也注意吸取异域的语文资源，其设想是通过“直译”的方式输入新词汇和新句法，改造中国语言的表达方式及其承载的民族思维。

留日时期，鲁迅就开始运用雅驯的文言文从事翻译，其翻译方法基本追随严复、林纾、梁启超一路。严复虽然提倡翻译要“信、达、雅”，但基本上还是偏重于“达”和“雅”，而忽视了“信”，这就是鲁迅所说的：“严又陵自己却知道这太‘达’的译法是不对的，所以他不称为‘翻译’，而写作‘侯官严复达恉’。”[①] 严复如此，遑论林纾的“曲译”。总之，晚清民初的翻译相对倾向于“顺而不信”，受此影响，鲁迅早年的翻译不仅求“顺”，而且重“雅”。但后来通过对中国古代佛经翻译方法的关注和思考，他对严复所代表的翻译方法有了更深的认识：“他的翻译，实在是汉唐译经历史的缩图。中国之译佛经，汉末质直，他没有取法。六朝真是‘达’而‘雅’了，他的《天演论》的模范就在此。唐则以‘信’为主，粗粗一看，简直是不能懂的，这就仿佛他后来的译书”，“看得‘信’比‘达雅’都重一些。”[②] 显然，鲁迅开始对早年所追崇的翻译方法有所反思，并逐渐将之抛弃，确立起“信而不顺”的翻译取向和翻译方法，即后来被广为争论的“直译”。

所谓的“直译”就是翻译过程中绝对尊重原作，不仅要尽量还原原作的内容，而且不改变原文的句式和表达方式，即译者要严格按照原作的话语逻辑及其情感逻辑来进行翻译。对此，鲁迅在谈及《“题未定”草》（一至三）中有较为详细的阐释：“动笔之前，就先得解决一个问题：竭力使它归化，还是尽量保存洋气呢？日本文的译者上田进君，是主张用前一法的。他以为讽刺作品的翻译，第一当求其易懂，愈易懂，效力也愈广大。所以他的译文，有时就化一

① 鲁迅：《关于翻译的通信》，《鲁迅全集》第四卷，人民文学出版社，2005 年，第 390 页。

② 鲁迅：《关于翻译的通信》，《鲁迅全集》第四卷，人民文学出版社，2005 年，第 390 页。

句为数句，很近于解释。我的意见却两样的。只求易懂，不如创作，或者改作，将事改为中国事，人也化为中国人。如果还是翻译，那么，首先的目的，就在博览外国的作品，不但移情，也要益智，至少是知道何地何时，有这等事，和旅行外国，是很相像的：它必须有异国情调，就是所谓洋气。其实世界上也不会有完全归化的译文，倘有，就是貌合神离，从严辨别起来，它算不得翻译。凡是翻译，必须兼顾着两面，一当然力求其易解，一则保存着原作的丰姿，但这保存，却又常常和易懂相矛盾：看不惯了。不过它原是洋鬼子，当然谁也看不惯，为比较的顺眼起见，只能改换他的衣裳，却不该削低他的鼻子，剜掉他的眼睛。我是不主张削鼻剜眼的，所以有些地方，仍然宁可译得不顺口。”[①]鲁迅之所以提倡“直译”，主要缘于他对中国语言缺陷的深刻认知。首先，他认为中国语言在词汇上较为贫乏：“中国的言语（文字）是那么穷乏，甚至于日常用品都是无名氏的。中国的言语简直没有完全脱离所谓‘姿势语’的程度——普通的日常谈话几乎还离不开‘手势戏’。自然，一切表现细腻的分别和复杂的关系的形容词，动词，前置词，几乎没有。”[②] 其次，他又指出中国语言在句式和表达方式上的不足：“中国的文或话，法子实在太不精密了，作文的秘诀，是在避去熟字，删掉虚字，就是好文章，讲话的时候，也时时要辞不达意，这就是话不够用，所以教员讲书，也必须借助于粉笔。这语法的不精密，就在证明思路的不精密，换一句话，就是脑筋有些胡涂。倘若永远用着胡涂话，即使读的时候，滔滔而下，但归根结蒂，所得的还是一个胡涂的影子。要医这病，我以为只好陆续吃一点苦，装进异样的句法去，古的，外省外府的，外国的，后来便可以据为已有。这并不是空想的事情。远的例子，如日本，他们的文章里，欧化的语法是极平常的了，和梁启超做《和文汉读法》时代，大不相同；近的例子，就如来信所说，一九二五年曾给群众造出过‘罢工’这一个字眼，这字眼虽然未曾有过，然而大众已都懂得了。”[③] “这种情形

① 鲁迅：《“题未定”草（一至三）》，《鲁迅全集》第六卷，人民文学出版社，2005年，第364—365页。

② 鲁迅：《关于翻译的通信》，《鲁迅全集》第四卷，人民文学出版社，2005年，第380页。

③ 鲁迅：《关于翻译的通信》，《鲁迅全集》第四卷，人民文学出版社，2005年，第391—392页。

之下，创造新的言语是非常重大的任务。”[①] 而要完成这个任务，鲁迅认为需要依靠翻译：“翻译——除出能够介绍原本的内容给中国读者之外——还有一个很重要的作用：就是帮助我们创造出新的中国的现代言语”，“可以帮助我们造出许多新的字眼，新的句法，丰富的字汇和细腻的精密的正确的表现”。[②] 先不说鲁迅对于中国语言语法的批评是否公允，但不同的语言文字在句法和表达思维上确实有互补的可能，正如本雅明所认为的，单一的语言中的意义从来不是相对独立的，而是处于与别种语言的互补中。“语言的不完满表现在它的多元性中；……世上习语的多样性阻止人们说出那原本会一下子具体化为真理的语言。”翻译就是指向这种真理的语言，使原作和译作作为一个更大的语言的部分相互体认，如同一个容器的碎片可以完全拼合成一个整体。这样，翻译指向的就不是单一语言的独特性，而是语言的互补性和普遍性。[③] 鲁迅的翻译观显然是看到了欧洲语言在语法建设上对于汉语所具有的修正意义。

当然，就文学性而言，鲁迅所提倡的硬译确实有很多不足之处，正如梁实秋所说的：“读这样的书，就如同看地图一般，要伸着手出来寻找句法的线索位置。”[④] 对此，鲁迅当然很清楚：“但因为译者的能力不够和中国文本来的缺点，译完一看，晦涩，甚而至于难解之处也真多；倘将仂句拆下来呢，又失了原来的精悍的语气。在我，是除了还是这样的硬译之外，只有‘束手’这一条路——就是所谓‘没有出路’了，所余的惟一的希望，只在读者还肯硬着头皮看下去而已。”[⑤] 因此，鲁迅仍然坚持“直译”，有其不得已的苦衷，主要是想通过翻译“创造中国现代的新的言语”，把“绝对的正确和绝对的中国白话文”和“新的文化的言语介绍给大众”。[⑥] 所以，他对于异域语文资源的借鉴，其

① 鲁迅：《关于翻译的通信》，《鲁迅全集》第四卷，人民文学出版社，2005年，第380页。

② 鲁迅：《关于翻译的通信》，《鲁迅全集》第四卷，人民文学出版社，2005年，第380页。

③ 本雅明：《翻译者的任务》，陈永国译，陈永国编《本雅明文选》，中国社会科学出版社，1999年，第283—285页。

④ 梁实秋：《论鲁迅先生的“硬译”》，《新月》1929年第二卷第六、七号合刊。

⑤ 鲁迅：《〈文艺与批评〉译者附记》，《鲁迅全集》第十卷，人民文学出版社，2005年，第329—330页。

⑥ 鲁迅：《关于翻译的通信》，《鲁迅全集》第四卷，人民文学出版社，2005年，第381页。

目的并不是从学术的角度纯化、提升中国的语言文字，而是站在大众的立场，力图创造一种活的、能为普通民众所使用的语言工具，使文字变革真正惠及大众，或者说，这仅仅是他文学启蒙理想在语言文字方面的延伸。因此，对于赵景深提出的“宁错而务顺，毋拗而仅信”观念，鲁迅认为这是“明明白白的欺侮中国读者，信口开河的来乱讲海外奇谈。第一，他的所谓‘顺’，既然是宁可‘错’一点儿的‘顺’，那么，这当然是迁就中国的低级言语而抹杀原意的办法。这不是创造新的言语，而是努力保存中国的野蛮人的言语程度，努力阻挡它的发展。第二，既然要宁可‘错’一点儿，那就是要朦蔽读者，使读者不能够知道作者的原意。所以我说：赵景深的主张是愚民政策，是垄断智识的学阀主义，——一点儿也没有过分的”①。但必须指出的是，正是基于创设大众语文的立场，鲁迅更多的是将“信而不顺”的翻译方法看作是一种更新民族语文的手段，而不是终极目的。所以他又追加说明：“这情形也当然不是永远的，其中的一部分，将从‘不顺’而成为‘顺’，有一部分，则因为到底‘不顺’而被淘汰，被踢开。”②

正是如此，鲁迅认为翻译这事，必须由“无产阶级必须继续去彻底完成这个任务，领导这个运动”③。而且，“我们的译书，还不能这样简单，首先要决定译给大众中的怎样读者”④，因为同为大众，文化水平也参差不齐，翻译文学只能为他们其中能够识字的、文化水平较高的一部分而作。在鲁迅看来，大众可分成三类：“甲，有很受了教育的；乙，有略能识字的；丙，有识字无几的”，但只有甲类才可以读得懂“直译”文学。⑤ 而对于“为乙类读者译作的方法”，鲁迅则认为，因为他们文化水平比较低，必须采取一种“特别的白话”的翻译语言，即：“采说书而去其油滑，听闲谈而去其散漫，博取民众的口语

① 鲁迅：《关于翻译的通信》，《鲁迅全集》第四卷，人民文学出版社，2005 年，第 381 页。

② 鲁迅：《关于翻译的通信》，《鲁迅全集》第四卷，人民文学出版社，2005 年，第 392 页。

③ 鲁迅：《关于翻译的通信》，《鲁迅全集》第四卷，人民文学出版社，2005 年，第 380 页。

④ 鲁迅：《关于翻译的通信》，《鲁迅全集》第四卷，人民文学出版社，2005 年，第 390—391 页。

⑤ 鲁迅：《关于翻译的通信》，《鲁迅全集》第四卷，人民文学出版社，2005 年，第 391—392 页。

而存其比较的大家能懂的字句，成为四不像的白话。这白话得是活的，活的缘故，就因为有些是从活的民众的口头取来，有些是要从此注入活的民众里面去。”[①] 在这里，鲁迅并没有像其他左翼作家那样，直观地将“大众”看成是一个无差别的群体，而是注重实际分析，“因材施教”，因此他的翻译理念及实践，对于文学大众化的推进更具有建设性意义。

有人曾将周氏兄弟的翻译方法加以比较，认为：“周作人不但在语言上找到一种口语化的崭新的工具，在翻译理论上也趋于成熟。他在翻译上倾注很大功夫，译希腊神话，译日本古典作品等等，都是很艰难的工作，而他取得了卓著的成绩。在这方面，应该说周作人比鲁迅的成绩大一些。鲁迅虽也不间断地致力于翻译，但他不像周作人那样顺利地完成了从文言向白话的转变。这种情况一方面给鲁迅带来一种奇特的风格，另一方面也造成了不良影响，特别是在翻译方面。一些文言词句加上欧化的句式使译文读起来夹缠不清，意义晦涩，其最致命的缺点是不圆润，不平易，因此不大受欢迎。”[②] 这一论断显然没有区分周氏兄弟从事翻译的出发点和落脚点。因为语言作为一种交流工具，不仅是为了表达思想内容，还承载着一个民族思考和表达世界的方式，整体来看，前者是可以翻译的，而后者在翻译过程中需要被转换，而这种转换，虽然具有本雅明所说的互补之意义，但也使原著和译本有了一定的隔阂。周作人的翻译更多的是从文化传承的角度出发，不必过多考虑翻译过程中表达方式转换带来的负面影响，因此可以“圆润”。而鲁迅的翻译目的在于通过汲取异域语文资源，更新民族语言的表达方式，为大众创设一种新的白话文，因此他更加重视保存被译语种的语文资源，两种语言的碰撞，也就导致他的译文“不大受欢迎”。

① 鲁迅：《关于翻译的通信》，《鲁迅全集》第四卷，人民文学出版社，2005年，第393页。

② 万晓：《鲁迅收藏的周作人译作简述》，见孙郁、黄乔生主编《回望作人：周氏兄弟》，河南大学出版社，2004年，第160页。

反传统的焦虑与调适

——论郁达夫小说集《沉沦》的“审美辩护”

一、反传统与文本外的抗辩

关于文学上的传统与反传统问题向来聚讼纷纭。艾略特指出，“假如我们研究一个诗人，撇开了他的偏见，我们却常常会看出：他的作品中，不仅最好的部分，就是最个人的部分也是他前辈诗人最有力地表明他们的不朽的地方”，而对于诗人来说，“在一个特殊的意义中，他也会知道他是不可避免的要经受过去的标准所裁判”。[①] 而哈罗德·布鲁姆则不那么悲观，他认为，当代诗人一直有着面对“诗的传统”影响的焦虑，最终他们通过“误读”和“修正”前驱诗人及其经典诗歌，来树立自己的风格与之抗衡。[②] 两者的立论虽各有所指，但都涉及传统与反传统的关系。作家虽然会因为“影响的焦虑”而急于摆脱传统，但文学史一再表明，当作家真正走向反传统的时候，因为“要经受过去的标准所裁判”，他同样也会感到焦虑，这在过渡时代的文学中表现得尤为明显。就此来看，如果不把传统仅仅视为经典的艺术风格，而是一个由作家的思想观念、作品的内容形式、接受群体的审美取向及出版审查机制构成的力

① ［英］T.S. 艾略特：《传统与个人才能》，见《卞之琳译文集》中卷，安徽教育出版社，2000 年，第 276、277 页 。

② ［美］哈罗德·布鲁姆：《影响的焦虑》，生活·读书·新知三联书店，1989 年，第 1—2 页。

场，那么，在今天我们一再宣扬的五四文学的反传统向度中，传统实际上从未退场，而是从不同方面牵制着作家的创作，导致他们在反传统的过程中形成一种挥之不去的焦虑，迫使他们在文本中调动各种技巧对两者的关系加以调适。当然，这一调适最终并非为了回归传统的秩序，毋宁说是为保证反传统得以畅行所采用的修辞策略。郁达夫小说集《沉沦》[①] 就是一典型的例子。

《沉沦》面世后，以其激烈的反传统倾向，“把一些假道学、假才子们震惊得至于狂怒了”[②]。也正是如此，评论界历来多只看到它的叛逆，少有关注它在传统面前的妥协与避让，以致很长一段时间，郁达夫常遭受不公平的批评乃至人身攻击。或许是考虑到《沉沦》在阅读接受上的毁誉参半及其之于自己不同寻常的意义，郁达夫曾多次在创作自述中对其作出回应。1927 年，他在回顾《沉沦》出版时道：

> 记得《沉沦》那一篇东西写好之后，曾给几位当时在东京的朋友看过，他们读了，非但没有什么感想，并且背后头还在笑我说：“这一种东西，将来是不是可以印行的？中国哪里有这一种体裁？”因为当时的中国，思想实在还混乱得很，适之他们的《新青年》，在北京也不过博得一小部分的学生的同情而已，大家决不想到变迁会这样的快的。[③]

现在看来，之所以被质疑“是不是可以印行”，显然不仅仅是因为“体裁”，还与小说中的情欲描写和无处不在的颓废感伤有关。如果抛开此时郁达夫对《沉沦》出版后意想不到的成功的喟叹，彼时的他是否也如“东京的朋友”那样，对小说集中不合时宜的内容有过顾虑，而且这一顾虑在《沉沦》各篇创作之时已萦绕其心，并为此作出叙事调控？这是值得深究的问题。

与此相关的是如何看待小说集中的“灵肉冲突”主题。“灵肉冲突”是《沉沦》接受史上的一个重要话题，其反传统、反礼教的意义向度一直受到时

---

① 因小说集《沉沦》与收入该集的短篇《沉沦》同名，为叙述方便起见，本文的“《沉沦》”一律指小说集《沉沦》，而以“《沉沦》篇”指称文集中的短篇《沉沦》。另外，本文有关小说集三个短篇的引文皆出自浙江师范大学出版社 2007 年版的《郁达夫全集》，下文不再一一注释。

② 郭沫若：《论郁达夫》，见陈子善、王自立编《回忆郁达夫》，湖南文艺出版社，1986 年，第 3 页。

③ 郁达夫：《五六年来创作生活的回顾》，《郁达夫全集》第十卷，浙江大学出版社，2007 年，第 311 页。

人和后来诸多研究者的肯定。但也有疑义者。如苏雪林就毫不客气地指出：“郁达夫的《沉沦》只充满了‘肉’的臭味，丝毫嗅不见‘灵’的馨香。”① 苏雪林的文学批评多有偏激之论，她这一论断主要依据的是道德伦理而非文学审美，显得简单粗暴，但也代表了当时一部分批评者的观点。有意思的是，与郁达夫私交颇深、对《沉沦》整体持肯定态度的成仿吾也对“灵肉冲突”说提出质疑。他认为，“灵肉的冲突，应当发生于肉的满足过甚的时候……然而《沉沦》的主人公，我们很知道他是因为肉的要求没有满足，天天在那里苦闷的”，而且“《沉沦》于描写肉的要求之外，丝毫没有提及灵的要求；什么是灵的要求，也丝毫没有说及”。令成仿吾不解的是：“我这种观察，记得在东京时，曾与达夫谈过，达夫似乎也首肯。后来出这部书的时候，不知道怎么把自己在序文上又说是描写灵肉的冲突与性的要求了。是故意装聋呢？还是他自己作序当时真的是这般想？我可不知道。不过我这种观察，我想现在都还可以得他的同意的。”② 作为郁达夫的好友和创造社的元老，成仿吾几乎见证了《沉沦》创作、出版的全过程，他这一立足于文本的观点明显较为理性、有说服力。遗憾的是，他没有进一步解释为何他的观点“现在都还可以得他的同意”。不过值得注意的是，“灵肉冲突”是西方文学的一个重要主题，很多有限度的情欲描写多由其庇护得到升华，并以此与低俗的色情文学区隔开来。因此，无论《沉沦》是否以“灵肉冲突”为主题，郁达夫修正自己此前的观点，将其郑重拈出，在那个西方小说范型备受追捧的年代，不能排除有借它为小说中的病态描写开脱的可能。

事实上，郁达夫虽然以大胆暴露的风格走进五四文坛，但并非我们想象的那样不惮时评。比如，他多次宣扬一切文学创作都是作家的“自叙传”，或以“骂我无耻，骂我发牢骚，都不要紧，我只求世人不说我对自家的思想取虚伪的态度”③ 回应批评，未尝不是借此将《沉沦》等小说中的叛逆和病态描写，纳入五四时期写实求真的写作伦理和个性解放的话语谱系里，以期在新的文学

---

① 苏雪林：《郁达夫论》，《文艺月刊》1934 年第 3 期。

② 成仿吾：《〈沉沦〉的评论》，见王自立、陈子善编《郁达夫研究资料》，知识产权出版社，2010 年，第 270、271、272 页。

③ 郁达夫：《写完了〈茑萝集〉的最后一篇》，《郁达夫全集》第十卷，浙江大学出版社，2007 年，第 71 页。

场域里获得合法性位置，这实际上与周作人、郭沫若等人为《沉沦》的辩护逻辑如出一辙。此外，他在《施笃姆》《自我狂者须的儿纳》《集中于〈黄面志〉（*The Yellow Book*）的人物》《卢骚的思想和他的创作》《怎样叫做世纪末文学思潮》等文中，对西方浪漫主义作家和颓废文学的介绍，既是同病相怜式的认同，也是借此发掘西方文脉和镜像主体，为自己小说中的大胆取材和感伤情调寻求外援。

种种迹象表明，《沉沦》隐现着作者反传统的焦虑，并为此作出迂回的辩护。现在的问题是，与文本外的抗辩相应，郁达夫是否也在文本内，为《沉沦》的颓废感伤、情欲描写作合法性的辩护？当然，这种辩护是在循照小说文类基本规范的前提下，通过艺术技巧的征用来完成的，是审美层面上的辩护。这正是本文所要解决的问题。

二、自白机制：忏悔即辩解

论及《沉沦》的"审美辩护"，首先要面对的是小说中的自我暴露问题，即在作者赤裸裸的自白中，是否还存在审美辩护的可能及空间？这事实上涉及如何看待这一文笔风格的问题。以往的研究多将其归因于郁达夫"一切创作都是作家的自叙传"的文学观念，或如郭沫若所说的与郁达夫本人有着不可解的暴露癖相关。[①] 问题显然不是那么简单。因为郁达夫的大胆暴露还常伴有基督徒般的忏悔，有着"向善的焦躁与贪恶的苦闷"[②] 的内在张力。对此，虽也有学人作了卓有成效的研究，但仍有继续探讨的空间，比如福柯关于性史与自白关系的梳理，可为重审这一问题提供新的视角。

福柯认为，性自白曾经长期属于宗教忏悔的范围，由于肉体被视为万恶之源，"从基督教的忏悔产生至今，性始终是自白的独占内容"，在中世纪及其之前的教本中，"完整的忏悔必须包括对性行为本身的细致描绘"，此外，"遐想中的幻影，难以忘记的形象，身体的活动与精神的自娱之间的不和谐，所有的这些都应该讲出来"。因此，当时的"教士守则与文学，尤其是'暴露'文学

① 郭沫若：《论郁达夫》，见陈子善、王自立编《回忆郁达夫》，湖南文艺出版社，1986 年，第 8 页。

② 郁达夫：《茫茫夜》，《郁达夫全集》第一卷，浙江大学出版社，2007 年，第 144 页。

有着直接的联系”。随着新教的产生、天主教反改革运动的展开、18世纪教育及19世纪医学的发展，性自白逐渐失去往日独一的宗教色彩，取而代之的是，司法、医学、教育、文学、心理学乃至社会学、经济学等领域将性作为管理的对象，对其进行分析、计算、说明，使人们通过“自白”的形式，“无休止地、尽可能经常地对自己和他人诉说一切可能与肉体享乐有关的事情，诉说难以数计的、通过灵肉与性密切相关的感觉和想法”。与此同时，文学也“转向用文字无休止地探求个人内心真实”。这种自白在福柯看来是一种权力关系下展开的演说形式，它有潜在的对话人。这对话人不仅是交谈的对象，而且是要求、强迫人们进行自白的权力机构，它对自白给予肯定并且有权评判、惩罚、宽恕、安慰或治疗。如福柯所言，包括与文学有关的性自白经过一个从面向上帝到面向俗世的过程，而面向俗世的自白因被置于话语的权力关系中，具有自我辩护的可能，即它“能给陈述主体带来本质性的变化；它为陈述主体辩护，减轻他的罪过，使他纯洁，使他摆脱自己的错误获得解放，使他的灵魂得到拯救”①。

如果我们认同福柯的观点，那么《沉沦》中关于性苦闷的自我告白及其感伤笔调，就显得意味深长。众所周知，郁达夫早年曾就读于杭州的美国教会学校，“一起床就是祷告，吃饭又是祷告；平时九点到十点是最重要的礼拜仪式，末了又是一篇祷告”②。虽然这些都被郁达夫视为“信神的强迫”，他在此学校也只待了两个月，但这段经历还是影响到他的文学创作，《南迁》《胃病》《马缨花开的时候》《迷羊》等小说都具有基督教的色彩。在《迷羊》中，他还直接谈及基督教的忏悔：“只有赤裸裸地把我们所负担不了的危险恐惧告诉给这一个牧人，使他为我们负担了去，我们才能够安身立命。教会里的祈祷和忏悔，意义就在这里。”③《沉沦》中的大胆暴露亦可视为一种基督教式的忏悔。关于这一点，以往研究者只注意到主人公在自渎、偷听、偷窥、宿妓等行为后的直接忏悔，却没有注意到对这些行为的缘起及过程的详细描写本身也是一种

① ［法］福柯：《求知之志》，见杜小真编选的《福柯集》，上海远东出版社，1998年，第298—309、324—328页。

② 郁达夫：《孤独者——自传之六》，《郁达夫全集》第四卷，浙江大学出版社，2007年，第290页。

③ 郁达夫：《迷羊》，《郁达夫全集》第二卷，浙江大学出版社，2007年，第141页。

忏悔。因为这一描写是对原罪（人的原始欲望）和本罪（主人公以不健康的方式放纵欲望）的剖白，它虽将作者推向了道德的边缘，但“罪”也因此被想象的“牧人”“负担了去”，自我由此得到救赎。而且作者对这些行为描写得愈细致，忏悔也愈加深切。但另一方面，在充满交互性的现代文学场域里，《沉沦》中的忏悔不再具有传统基督徒面向上帝时的私密性，而是必须接受各种“潜在对话人”的质询和评议，如何处理小说所涉及的性、道德、政治和种族，如何应对当时的公序良俗乃至出版审查机构，显然都是作者必须考虑的问题。这样一来，《沉沦》中的忏悔就具有了福柯所言的现代自白的特征，即“陈述主体”通过自白进行自我辩护。比如在《银灰色的死》《沉沦》两篇里，作者在描写主人公放浪形骸的同时，小心翼翼地平衡着传统与现代、个人与国家的伦理关系——这一点下文将详细展开，很明显是为了使小说不至于沦为色情文学。可以说，《沉沦》自白式忏悔的过程也是“审美辩护”展开的过程。

在《阅读的寓言》一书中，保尔·德·曼以卢梭《忏悔录》中卢梭偷窃主人家丝带却诬陷玛丽永这一事件为例，考察了作家的忏悔如何转化为“自我辩解”的问题。他认为，卢梭的“辩解相信或装作相信，偷窃小丝带的行为既是作为确凿事实的这个行为（他将它从原来的地方取走并放在他的口袋里或随便什么地方），又是作为某种不知怎么地（而且这个‘怎么地’依旧悬而未决）同这个行为有联系的‘内心情感’”，而“按照被揭示的真实情况的方式表达的忏悔和按照辩解的方式表达的忏悔之间的区别在于，前者的证据是指称性的（小丝带），而后者的证据只能是词语性的。卢梭可以把它的‘内心情感’传达给我们，正如我们所说，只要我们相信他的话，反之，他是小偷的证据至少在理论上说是确实有效的”[①]。亦即，卢梭之所以在这一事件上喋喋不休地忏悔，主要是想通过忏悔让读者共享其可理解与值得同情的“内心情感”，它的目的不在于陈述，而是使人相信，他偷窃主人家的小丝带，是为了将其送给暗恋的玛丽永，而被发现后之所以诬陷玛丽永，也是因为“我心中正在想念她，于是就不假思索地把这件事推到她身上了”，尽管“说起来这太离奇了，但却是事

① ［美］保尔·德·曼：《阅读的寓言》，沈勇译，天津人民出版社，2007年，第298—299页。

实”。[1] 因此，卢梭由于爱情而导致的偷窃及其诬陷虽然是出于感性的冲动甚至是非理性的不可解，但通过心理归因，在情感逻辑上具有了合理性，读者也会因对一个情窦初开的年轻人的同情与理解而宽恕他，该事件的描写也因此摆脱了纯粹盗窃行为在道德上所应遭受的谴责。

尽管保尔·德·曼意在解构文本，揭示语言的不可靠性，但无意中为解读忏悔文学提供了一个具体的认知思路，即文学中的忏悔与辩护是紧密相连的，作家常常通过“审美辩护”，使自己在忏悔中自白的恶性并不那么面目可憎，甚或是莫洛亚所说的“只暴露一些可爱的缺点罢了”[2]。郁达夫对卢梭情有独钟，他曾在《卢骚的思想和他的创作》《卢骚传》《关于卢骚》等文中介绍卢梭的思想观念，对于卢梭《忏悔录》的评价也极高：“使人读了，没有一个不会被他所迷，也没有一个不会和他起共感的悲欢的。”[3]《沉沦》中大胆的暴露和无处不在的情感宣泄在修辞策略上也与卢梭《忏悔录》的“审美辩护”有着异曲同工之妙。小说集中的情感活动基本上与性苦闷有关，主人公每一次因性苦闷而做出逾矩行为后，都会不断地自责和忏悔，但这些自责和忏悔在小说中都不是孤立的，作者总是将其与传统德道伦理、国族意识等相关联，由此让主人公的情感宣泄向深广处开掘，使其在多重语境中形成逻辑自洽的意义链条。比如在《银灰色的死》中，通过主人公的心理独白可发现，他昼夜颠倒地流连于酒馆妇人，与其一个人在国外无依无靠和国内新婚妻子去世对他的打击有关，因此“到这深更半夜，他也不愿意再回到他那同地狱似的寓里去”。在《沉沦》篇中亦是如此，通过主人公的忏悔和情感宣泄，作者一直试图证明，主人公在爱情上的失败、性苦闷乃至最后因宿妓而自杀，都源自其弱国子民的现实处境。如此种种，主人公内在的孤独、痛苦、矛盾、彷徨一览无遗，其外在行为具有了合乎逻辑的归因，即通过如实地陈述、忏悔种种与性有关的行为，力图使读者认识到，主人公的这些行为并不能等同于其个人品行的不端，而是与其

① ［法］卢梭：《忏悔录》第一部，黎星译，人民文学出版社，1980年，第102—103页。

② ［法］安德烈·莫洛亚：《安德烈·莫洛亚为一九四九年法国勃达斯版的〈忏悔录〉写的序言》，见卢梭《忏悔录》第二部，黎星译，人民文学出版社，1980年，第826页。

③ 郁达夫：《卢骚的思想和他的创作》，《郁达夫全集》第十卷，浙江大学出版社，2007年，第396页。

身世、社会处境密切相关，辩护也就在酣畅淋漓地自白“罪恶”的一切真实中开始。进一步说，通过对主人公内在情感世界的建构，其外在行为的善恶伦理被真假伦理所取代。作者之所以如此不遗余力地自我暴露，目的在于不让其所暴露的一切向善恶伦理滑动，而是为真假伦理增加砝码，让读者相信这一切都是真的，而这种“真”的可信度越大，其合理性也就越大，辩护的效果也就越明显。有论者指出：“情感辩护是利用各种叙事手段创造、维护某种情感价值的修辞系统”，它“是以情感的逻辑性而不是以政治法律逻辑性或道德习俗的伦理性来论证判断的叙事，是利用情感叙事分配和深化来获得情感的‘偏袒性’叙事”①。显然，《沉沦》的“审美辩护”正是基于此种情感逻辑展开的。

还必须看到，《沉沦》主人公的内在情感之所以能够持续获得关注，与小说集采用的限知性叙事视角密切相关。伊藤虎丸认为，在《沉沦》中，主人公以外的许多人物都会引起主人公的忧闷、屈辱和矛盾心理，“但在刻画这些人物时，却只描写主人公所看到的部分。以《沉沦》详细描写的寄宿人家姑娘来说，她早已成为孤零零的主人公精神上的支柱，因而‘非常爱她’，但难以表白的爱慕之情却一天天郁积在心头，终于闹出窥视浴室事件。这方面，主人公的心理描写很多，至于她本身的描写，则不过是‘他’所看到的容貌和笑脸而已。……总之，主人公以外的人物描写，只不过是为了使主人公感慨而利用的一种手段而已，一概不做任何‘心理描写’”②。如此一来，《沉沦》中作为“边缘人”的主人公走向了文本的中心，他们的内在情感也成为文本叙事的焦点。无论他们做出何种行为，读者都会被引导至他们的内心世界，倾听他们忏悔内在的焦灼与痛苦。这或许可以解释，诸多研究者虽然对《沉沦》的大胆暴露有所保留，却几乎肯定它在情感表达上的价值和意义，无论看取的是灵与肉的冲突，还是其对传统的叛逆，主人公的遭遇及忏悔都得到了理解与同情。就此而言，作为中国现代抒情小说的奠基之作，《沉沦》中的自我告白与“审美辩护”具有方法论的意义。

---

① 余岱宗：《现代小说的文本解读》，万卷楼图书股份有限公司，2016年，第229页。

② ［日］伊藤虎丸：《鲁迅、创造社与日本文学：中日近现代比较文学初探》，孙猛等译，北京大学出版社，2005年版，第236页。

三、“家”与“国”：情欲伦理的可能及限度

五四作家虽然多数是从“数千年未有之大变局”中成长起来的一代知识分子，但历史变局的阵痛在他们身上远未结束，传统与现代的纠缠、博弈几乎成为他们无法摆脱的宿命。郁达夫自称“骸骨迷恋者”[①]，但他对“作了殉葬之物”的“传统”的留恋不只停留在情感的缅怀上，从喜穿长衫、名士般的放浪形骸，到古体诗词创作、小说散文中深入肌理的古典意趣，由外而内，“传统”不仅作为一种姿态，更是深深地内嵌于其情感认知结构中。正是如此，《沉沦》的反传统叙事更加复杂且艰难，小说集中无处不在的感伤、苦闷实际上与作者身上无法割舍的传统情怀密切相关，而情欲危机的消弭也是通过传统家国伦理的辩护得以实现的。

《银灰色的死》是《沉沦》中公开发表的第一个短篇小说，讲述的是一位在日本东京的中国留学生整日沉湎于酒馆、妇人，最后因所暗恋的酒馆老板女儿“静儿”嫁与他人，他借酒浇愁，在一场痛饮后猝死。小说主要沿着两条抒情线索展开：一是主人公“他”对性苦闷及有夫之妇爱而不得的大胆暴露，这显然与传统中国的公序良俗格格不入；二是主人公对“亡妻”的缅怀，并在情感波动乃至情节推进上与前者交叉展开。后一条线索主要以背景交代为主，少有研究者关注，但它却是不可或缺的。因为，“亡妻”不只是一个背景人物，她还是传统婚姻与家庭伦理的隐喻，通过主人公对她的怀念和忏悔，作者为其大胆的情欲描写作了合乎逻辑的辩护。这一辩护首先从主人公陷入颓废状态的起始时间设置开始：

> 自从十月底到如今，两个月的中间，他每昼夜颠倒的，到各处酒馆里去喝酒。东京的酒馆，当炉的大约都是十七八岁的少妇。他虽然知道她们是想骗他的金钱，所以肯同他闹，同他玩的，然而一到了太阳西下的时候，他总不能在家里好好的住着。

① 郁达夫：《骸骨迷恋者的独语》，《郁达夫全集》第三卷，浙江大学出版社，2007年，第110页。

“自从十月底到如今，两个月的中间”，这似乎是一个普通的时间交代，但如果与后文“亡妻”的去世时间联系在一起，则别有意味。小说在叙写主人公的颓废状态后，就开始倒叙去年夏夜他在国内家里与新婚妻子窗口纳凉的温存时刻。对这一情景的描述，除去营造一种悲哀的愁绪外，还带出了新婚妻子的死亡时间：“他再也支持不住了，摇了摇头，便自言自语的说：‘她死了，她是死了，十月二十八日那一个电报，总是真的。’”显然，“十月底”与“十月二十八日”可视为同一个时间点，即主人公在东京的堕落始于新婚妻子的去世。如果考虑主人公在国内时与妻子的恩爱关系，那么他“两月来”不合乎传统道德律令的行为就有了内在的情感逻辑：因新婚妻子的去世导致其情绪低落乃至失控，进而在沉湎酒馆妇人中放纵自我。尽管小说中主人公的颓废、堕落还与其意志不坚、深处异国的孤独有关系，但这一情感逻辑的精心建构，在叙事功能上，一方面可使主人公超脱犯下婚外情禁忌的罪恶感，毕竟他不再有妻室；另一方面，更为重要的是，它有意让细心的读者发现，主人公的情欲行为不是来自生理需求的驱使，而是失去爱妻后在痛苦中的自我麻醉，甚至某种程度上是他以极端的方式坚守传统家庭与婚姻的伦理，这就大大缓解了小说中情欲描写对伦理道德的挑战。

在小说的后半部分，主人公的情欲则被投射到酒管侍女“静儿”的身上。随着“静儿”的出场，主人公的情欲愈加高亢，也正是从此刻起，“亡妻”形象开始密集出现。“亡妻”在这部分叙述中总共出现了四次。第一次出现仍与时间设置有关：“半月前头，他看看身边的物件，都已卖完了，所以不得不把他亡妻的一个金刚石的戒指，当入当铺里去。他的亡妻的最后的这纪念物，只质了一百六十元钱，用不上半个月，如今却只有五元钱了。”根据小说的交代，大概在同一时间，“半月前头，他也不知道从什么地方听来的消息，只听说静儿要嫁人去了”。而且在那天，静儿在酒馆里丢下了他，去招呼一位新来的男子，使他“就同伤弓的野兽一般，匆匆的走了。自从那一天起，到如今却有半个月的光景，他还没有上静儿家里去过”。显然，“他”在“半月前”当掉亡妻的金刚石戒指与“半个月的光景，他还没有上静儿家里去过”，这两个时间点的重合也是作者精心设置的，目的在于暗示，在这半月期间里，“他”基本上还未用当来的钱去追求静儿。即使“他”想用剩下的五元钱去静儿的酒馆，也是因为不能到“上等的酒馆里去吃一个醉饱”，只能选择“总肯替他挂账的”静儿母亲开的酒馆。在此，作者又一次以传统伦理为主人公的行为辩护，但由此也引出了一个问题，即：主人公妻子已亡，如果不将“静儿”的身份设定为有夫之妇，那么“他”对静儿的爱情和追求就在情理之中，作者不就可免去苦心辩护？还有，如果将主人公当掉亡妻金刚石戒指这一背景交代删去，并不会影响情节的连贯性，作者为何多此一叙？有研究者认为，郁达夫的自传体小说由于受到日本“私小说”的影响，“以描写自我生活为素材，如果自我生活太平淡无味，作品也自然失去精彩”，因此他的小说必须描写“一种非世俗或反世俗的生活，使生活波折横生、多彩多姿，作品才能充实动人”①。如其所述，主人公恋上有夫之妇的情节设定某种程度上是出于“反世俗生活”描写的需要；而不用亡妻戒指当来的钱追求恋人，则是为了暗示“他”对传统婚姻伦理的守护，借此消解“反世俗生活”描写可能带来的道德非议。如此一反一正的叙事调控，作者的“审美辩护”彰显无遗。

由此我们可以发现，小说中的性苦闷描写其实是一种现代性欲求，“亡妻”形象则是传统人伦的隐喻，两者交叉展开的背后是纠缠于作者身上的现代与传统之间的“中间物”意识。在这一意识结构中，前者是感性的，有时几近失控，后者则是理性的，是对前者的制衡和纠偏，进而起到“审美辩护”的作用。如此也就可以理解接下来“亡妻”的三次出场，皆与“静儿”密切相关。“亡妻”的第二次出现是“他”在静儿酒馆喝醉的时候，“每对静儿说他的亡妻是怎么好，怎么好，怎么被他母亲虐待，怎么的染上了肺病，死的时候，怎么的盼望他。说到伤心的地方，他每流下泪来，静儿有时候也会陪他落些同情之泪”。第三次是“同静儿绝交之后，他喝酒更加喝得厉害，想他亡妻的心思，也比从前更加沉痛了”。第四次也是在与静儿绝交之后，“有时候他的亡妻的面貌，竟会同静儿的混到一处来。同静儿绝交之后，他觉得更加哀伤更加孤寂了”。显然，无论从故事情节的推进还是“静儿”形象塑造来看，“亡妻”形象并无反复出现的必要，而且她与静儿的出场叙事皆来自主人公的限知视角，都

① 司马长风：《总评鲁迅与郁达夫》，见王自立、陈子善编《郁达夫研究资料》，知识产权出版社，2010 年版，第 458 页。

通过主人公内在的情感活动而展开，正如上文所言，这是作者通过心理归因所作的“审美辩护”，也潜在说明作者对“反世俗生活”描写触碰传统道德人伦的预判和顾虑，希冀借此规避的可能。因此，“亡妻”形象又可视为作者自我设定的道德律令，是用来消弭“静儿”出场带来的情欲伦理危机。

如果说《银灰色的死》是借传统伦理来为现代性欲望开脱的话，那么与小说集同名的《沉沦》篇则是通过国族意识的高扬来为个人的性苦闷和沉沦辩护。《沉沦》篇的主人公“他”仍然是一个感伤的“零余者”，但比《银灰色的死》中“他”的忧郁病更甚，因得不到爱情的性苦闷更为严重，特别是作为一个身在异国的弱国子民，常常有着一种被异族歧视的屈辱感，最后因宿妓在后悔自责中沉海自杀。与《银灰色的死》一样，小说的情感结构可一分为二：一是主人公的忧郁、因爱而不得的苦闷和性压抑，这属于私人的情感域；二是弱国子民的自卑情绪以及随时被唤醒的国族意识，属于公共的情感域。以往的研究偏向认为，后者是造成前者的主要原因，这实际上掉入了文本的意图陷阱。不可否认，主人公的忧郁与苦闷确实反映了五四时期那些开始觉醒而又带点病态的知识青年的共同心理，但就小说文本释放的信息来看，这些病态的行为和心理主要还是属于个人的问题。如主人公的忧郁症，小说明确交代他从国内的W中学退学后，“他的忧郁病的根苗，大约也就在这时候培养成功的”。而这种忧郁症之所以在日本留学的时候愈加严重，主要是跟主人公追求“money, love and fame”（《南迁》）而不得有关。其中，与异性有关的性苦闷和爱情的缺失对主人公的“沉沦”影响最大，而这又跟他那个年龄的正常生理需求密切相关。有论者指出，《沉沦》篇的情欲苦闷先于爱国热情：“从因果看，与其说抒情主人公报国无门方才于情欲中寻找麻醉，不如说‘他’是在情欲苦闷中才深切感受到弱国子民的屈辱。”[①] 进一步分析又可发现，国族意识不仅仅是因为情欲苦闷而被召唤出来，亦不仅仅是情欲苦闷的催化剂，它还作为一种修辞策略，用来辩护主人公个人的“沉沦”行为。

纵观全文可知，主人公是在性苦闷的催使下一步步走向“沉沦”的，但最终让他无法回头的是宿妓行为，以致最后只能通过沉海自杀来寻求解脱，即他

① 许子东：《郁达夫新论》，华东师范大学出版社，2014年，第57页。

自己所说的："想想白天的事情看，他又不得不痛骂自己。……悔也无及，悔也无及。我就在这里死了罢。"质言之，主人公真正意义上的"沉沦"是宿妓，此前对异性的渴望，无法自拔的自渎、偷听偷窥，都只不过是这一行为的诱因。与此相应，当小说最后两节进入宿妓过程描写的时候，主人公的民族情绪持续高涨，成为其转移、排解焦躁不安的重要渠道。在最后一次偷听后，主人公已被情欲燃烧得几近癫狂，先是"踉踉跄跄的走下了山"，"有一乘电车到来，他不知不觉就跳了上去"，下车到了"卖酒食的人家"门口，"同猿猴似的淫心，竟把他陷到一个大大的难境里去"，进入"侍女"的房间后，又被房间里的"花粉香气""日本女人特有的一种肉的香味，和头发上的香油气息"熏得"头晕起来，眼睛里看见了几颗火星"，再加上精神高度紧张，"发颤发得厉害"。此时的主人公已基本被情欲支配得失去了自我，但就是在这种状态下，他却多次理性地抒怀民族情感。第一次，当"侍女"在门口娇滴滴地邀请"进来吓！请进来吓"的时候，主人公自卑自大的情绪马上发作："可恶的东西，你们竟敢欺负我胆小么?"第二次，在房间里被"侍女"问起"府上是什么地方"的时候，弱国子民敏感的神经再度被挑动："原来日本人轻视中国人，同我们轻视猪狗一样。……如今在一个如花的少女前头，他不得不自认说：'我是支那人'了。'中国呀中国，你怎么不强大起来！'"第三次，由于原先接待他的"侍女"转身去迎接"两三个另外的客人"，主人公又一次愤怒抒怀："那侍女的负心东西，你竟敢把我丢了么？罢了罢了，我再也不爱女人了，我再也不爱女人了。我就爱我的祖国，我就把我的祖国当作了情人罢。"基本上，每一次民族情感的爆发都是即时性的，这或许可视为主人公的敏感多疑所致，但无法解释因情欲的燃烧而几近癫狂的主人公，何以一次又一次地理性转向审视自身弱国子民的处境。这一不合逻辑的转变显然来自作者的叙事调控，即试图通过个人到国家的伦理搭建，赋予主人公的情欲以爱国主义内涵。正是如此，小说最后主人公因无法接受自己"怎么会走上那样的地方去"，"已经变了一个最下等的人"，而沉海自杀的时候，其民族情绪也达到了最高点：

"祖国呀祖国！我的死是你害我的！

"你快富起来！强起来罢！

"你还有许多儿女在那里受苦呢！"

对于《沉沦》篇的这一结尾，此前学界多以悲壮的爱国主义视之，但如上文所述，作者是在强行把个人的行为与国族意识相勾连。因为当时的留日学生虽然遭受歧视和压迫，但作者并未将此情境有机地表现于小说中，此间的民族压迫大多来自主人公自己的幻象，以身殉国的爱国主义也成为了无根的漂浮物。茅盾曾说《沉沦》篇的“结尾有些‘江湖气’，颇像元二年的新剧动不动把手枪做结束”①，陈西滢也指出郁达夫“有时他有意的想写一个有力的结束，好像《沉沦》那一篇，我们反感觉非常的不自然”②。尽管他们并没有道出《沉沦》结尾突兀和不自然的缘由所在，却启示我们作者借国族为个人作“审美辩护”时所留下的裂隙。

实际上，类似的裂隙也存在于《银灰色的死》中，主人公“他”的猝死显得突兀而莫名其妙。这既是新文学草创期稚嫩和粗糙的表现，也可视为作者“审美辩护”的难以为继，即以世俗的传统家国伦理来为同样世俗的个人欲望辩护，虽然让主人公多少免去了道德的谴责，却无法让其得到彻底解脱，最终只能以死亡来完成自我救赎。有论者指出，《沉沦》篇的主人公被迫将“自我”分裂为二：一个是循着性欲的增殖性和及物性的支配的“我”，另一个则是站在现代性“个人”立场上，时刻监视着前者、想要将一切置于“个人”控制之下的“我”。③《银灰色的死》中的主人公亦是如此。因此，两个小说主人公的死亡，也是后一个“我”对前一个“我”监控的失败，就叙事组织而言，是作者审美辩护的失效。从这个角度来看，《沉沦》的第三个短篇小说《南迁》的出场就显得别有深意。

《南迁》讲述的是主人公“伊人”在日本安房半岛疗养的故事，具有浓厚的基督教色彩，虚构成分多，“自叙传”程度显然不及《银灰色的死》和《沉沦》篇。小说中有三位“牧人”。第一位是把主人公“伊人”介绍到房州C夫人家疗养的西洋人，小说虽然没有说明他的身份，但从他与基督教徒的C夫

① 雁冰：《通信》，见王自立、陈子善编《郁达夫研究资料》，知识产权出版社，2010年，第264页。

② 西莹：《闲话》，《现代评论》1926年第71期。

③ 段从学：《〈沉沦〉里的个人、欲望与民族国家》，《现代中国文化与文学》2015年第2期。

人是好友，以及提醒伊人把消费茶点的找头“拿来捐在教会的传道捐里”，可以推测出他是一位基督徒。第二位是伊人的房东，同为西洋人的C夫人，她是一位虔诚的基督徒，在家里设祈祷室，供前来当地疗养的病人做礼拜。第三位是伊人的病友，常到C夫人家做礼拜的女学生O。她的清纯、善良，特别是她与伊人在海边的散步、谈话，大大净化了伊人的心灵。如果我们把《沉沦》当成一个有机整体来看的话，《南迁》的主人公“伊人”虽然延续了前两位主人公的忧郁感伤，但已从前两个小说中欲壑难填的世界走了出来。他不再热烈追求俗世的欲望，而是转向自我心路历程的检视、反省，最后终于悟到卸除内心欲望才是快乐的本源，并将耶稣“心贫者福矣，天国为其国也”的话当成他在北条市教会演讲的主旨。因此伊人的疗养既是身体的，也是精神的，前两个小说中分裂的“自我”由此达成和解，成为一个自足的主体。所以，小说中伊人与日本籍O女生的交往不再有隔阂，而是可以互诉衷情，甚至在海边散步的时候还牵起手来。小说最后，伊人虽然因肺炎住院，但基本上还能安稳地睡着，不再因着“向善的焦躁”与“贪恶的苦闷”而走向死亡。这说明，伊人已通过宗教完成了自我救赎，不再需要借助传统家国伦理为自己的行为辩护，或者说《银灰色的死》和《沉沦》篇审美辩护所留下的裂隙在《南迁》里得到了缝合。

虽然学界普遍认为《沉沦》三个短篇的主题和风格具有连续性，但多只关注其中的《沉沦》篇，真正把它们放在一起对读的并不多。有鉴于此，李欧梵将《沉沦》视为一个三部曲：“如果用音乐中的鸣奏曲形式作一比喻，《沉沦》应该是第一乐章，点出了主题，《南迁》是第二乐章，把主题转成较抒情的变奏，而《银灰色的死》可以视做第三乐章的快板总结。”[①] 这一思路明显来自《沉沦》出版时三个小说的编排顺序，当时《沉沦》篇为开篇之作，《南迁》紧接其次，《银灰色的死》置于最后。但根据郁达夫在《沉沦》自序中的提示和

① 李欧梵：《引来的浪漫主义：重读郁达夫〈沉沦〉中的三篇小说》，见《李欧梵论中国现代文学》，上海三联书店，2009年，第144—145页。

附于文后的创作时间，则是《银灰色的死》于1921年2月最先脱稿[①]，而《沉沦》篇和《南迁》分别在1921年5月和1921年7月先后写就。李欧梵从主题、情感变奏看待三者的关系，自有其合理性；但笔者认为，从各篇的成文时间出发，查探小说集“审美辩护”的内在逻辑，或许更能逼近三个文本的意义图景，即《银灰色的死》主要借助传统伦理道德为主人公的逾矩行为开脱，《沉沦》篇进一步把主人公个人的“堕落”归因于整个国家，而《南迁》则是对前两个小说“审美辩护”裂隙的缝合。如此有机展开的“三部曲”，也是本文将整个小说集纳入考察的缘由。

四、引诗入文：形式的净化功能

郁达夫前期的小说创作惯于引入诗歌，这些诗歌既有他个人的原创，也有来自对中国古代诗歌和西方自由体诗的援引，形成独具特色的跨体修辞。中外小说都有引诗入文的传统，主要起到深化主题思想、塑造人物形象、烘托场景氛围等作用。郁达夫小说中诗歌的引入，亦有上述功能。不过，当他在《沉沦》中频繁地插入诗歌，使之成为一道独特景观的时候，就不能仅仅看成是一种文学传统的赓续。在《银灰色的死》中，主人公要去酒馆找“静儿”之前，先是“念了几遍”华格纳抒情诗剧《坦好直》中的句子，尔后作者又自剖他这一行为的动机：“看他的样子，好像是对了人家在那里辩护他目下的行为似的，其实除了他自家的良心以外，却并没有人在那里责备他。”同样，《沉沦》篇的主人公进入“侍女”的房间后，“他立在窗前看了一会，低声的吟了一句诗出来：‘夕阳红上海边楼。’他向西的一望，见太阳离西南的地平线只有一丈多高了。呆呆的看了一会，他的心思怎么也离不开刚才的那个侍女。她的口里的头上的面上的和身体上的那一种香味，怎么也不容他的心思去想别的东西。他才知道他想吟诗的心是假的，想女人的肉体的心是真的了”。如果吟诗是主人公

① 郁达夫在《〈沉沦〉自序》里道：“《银灰色的死》是我的试作，便是我的第一篇创作，是今年正月初二脱稿的。”如果换算成公历，该文脱稿时间应在1921年2月初。见《郁达夫全集》第十卷，浙江大学出版社，2007年，第18页。

对自己行为的辩护，那么，这是否在提示我们：《沉沦》中引入的中外诗歌，也可视为作者对各种“反世俗”描写的“审美辩护”？

这首先要从诗歌与散文（西方文类意义上的散文）的本体性差异说起。亚里士多德认为：“诗是一种比历史更富哲学性、更严肃的艺术，因为诗倾向于表现带普遍性的事，而历史却倾向于记载具体事件。”[①] 在西方文论里，历史与小说都属于散文的子文类，共享着散文的某些本体特征。因此，亚里士多德关于诗与历史本体差异的论断，亦可视为诗歌与散文（小说）两种文类在形而上与形而下层面上的差别。对此，黑格尔从“掌握方式”的角度进一步加以阐释，他认为散文的思维方式是一种单凭“知解力”的日常意识，“日常的（散文的）意识完全不能深入事物的内在联系和本质以及它们的理由、原因、目的等等”，它只是“按照外在有限世界的关系去看待”现实世界。而诗所用的是类似于哲学的“凭理性的玄学思维方式”，它所掌握的一切“是由一个原则产生和推动的，其中每一个别事物都是这一原则的具体表现”，“诗就不仅要摆脱日常意识对于琐屑的偶然现象的顽强执着，要把对事物之间联系的单凭知解力的观察提高到理性，要把玄学思维仿佛在精神本身上重新具体化为诗的想象，而且为着达到这些目的，还要把散文意识的寻常表现方式转化为诗的表现方式”。[②] 尽管黑格尔有崇诗抑文之嫌，但散文（小说）确实充满了日常意识或感性的表达，而诗歌创作则是面向生命本真敞开，是对日常和庸俗的反抗或升华。郁达夫谙熟西方文学，在写于 1925 年的《诗论》和《小说论》中，通过对西方文学史的梳理，他对诗与小说 / 散文的本体特性也作了一番比较。他认为，“在小说上所说的真理（Truth），是我们就日常的人生观察的结果，用科学的方法归纳或演绎起来”[③]，又引用当时美国加州大学文学教授盖利（C. M. Gayley）的观点指出，散文（包括小说）是日常交换意见的器具，而诗的实质则是含有不断的情绪（emotion）和高妙的思想（thought）。[④] 很明显，郁达夫对诗歌与小说在文类功能上的差异有着清晰的认知。因此，其小说中的诗歌植

① ［古希腊］亚里士多德：《诗学》，陈中梅译注，商务印书馆，1996 年，第 81 页。

② ［德］黑格尔：《美学》第三卷下册，朱光潜译，商务印书馆，2016 年，第 21—25 页。

③ 郁达夫：《小说论》，《郁达夫全集》第十卷，浙江大学出版社，2007 年，第 146 页。

④ 郁达夫：《诗论》，《郁达夫全集》第十卷，浙江大学出版社，2007 年，第 185 页。

入不能仅仅视为“引诗入文”传统的惯性滑动，而是应有更为内在的文本意图。

从文体形态来看，《沉沦》中的颓废和性苦闷描写，大多以赤裸裸的自我告白和“自叙传”出之，特别是其浓郁的抒情性，使主人公庸常的感性欲望得到了淋漓尽致的展示，具有鲜明的“散文”性。正是在此意义上，诗歌的插入，其形而上的“内心观照”，带来了极具冲击力的情感升华，在某种程度上净化了小说中形而下的病态描写。譬如《沉沦》篇中的海涅诗歌、华兹华斯《孤寂的高原刈稻者》，《南迁》里的歌德《迷娘的歌》，这些浪漫主义诗作皆以西欧淳朴的乡风和秀丽的山水为抒情背景，整体上带有一种超然的遗世情操甚或是直面死亡的淡定，可谓具备了“不断的情绪”和“高妙的思想”，它们的植入，将小说的颓废感伤情绪引渡到哲学和“高妙”的境界，尽管这一意境很快被小说中卷土重来的感伤或情欲描写所打破，却能够让作者的情感宣泄与自我暴露在道德和审美的层面上暂时得以超拔。李欧梵指出，郁达夫《银灰色的死》对“西洋文学”的征引，主要是在“尝试做两件事：第一是以他自己的形象为基础来描绘出一个虚构的人物，第二是要将小说中的人物提升为一个理想的、超现实的幻象”[①]。如果将之推及整个小说集《沉沦》，可以发现，这“两件事”的达成，除去某些故事情节取材于作者所推崇的作家的生平外（如欧内斯特·道森、盍县罢哈），大多是通过小说中植入的西方诗歌来实现的。这也使得《沉沦》中那些敏感多疑、自艾自怜的“零余者”形象具有更为深广的文化内涵，免去了单薄和轻浮。比如《南迁》中伊人和 O 女生在海边偶遇后，作者借 O 女生的吟唱插入歌德的《迷娘的歌》，不但伊人此前涌起的情欲被化解，他们的关系也从病友向传统的才子佳人模式转换，从“零余者”到“才子”，作者在解救主人公的同时也为自我辩护创设了“幻象”。这也可以从另一方面解释，郁达夫后来那些鲜有诗歌援引，而是一味地书写感伤和性变态的小说，如《怀乡病者》《她是一个弱女子》等，因为缺少一种超越的浪漫和本真的调剂，人物形象变得粗俗而失真，远不如《沉沦》深沉和耐人寻味。

① 李欧梵：《中国现代作家的浪漫一代》，王宏志等译，新星出版社，2012 年，第 113 页。

诗歌的形而上与散文（小说）的形而下差异，还与两者节奏形态的不同有关。朱光潜认为："许多悲惨、淫秽或丑陋的材料，用散文写，仍不失其为悲惨、淫秽或丑陋，披上诗的形式，就多少可以把它美化。比如母杀子，妻杀夫，女逐父，子娶母之类故事在实际生活中很容易引起痛恨与嫌恶，但是在希腊悲剧和莎士比亚的悲剧中，它们居然成为庄严灿烂的艺术意象，就因为它们表现为诗，与日常语言隔着一层，不致使人看成现实，以实用的态度去对付它们，我们的注意力被吸收于美妙的意象与和谐的声音方面去了。用美学术语来说，音律是一种制造'距离'的工具，把平凡粗陋的东西提高到理想世界。"[①] 音律是形成节奏的重要因素，散文当然也有节奏，但与诗歌的节奏形式有所不同。弗莱认为诗歌的节奏是"反复出现"的，在不断的反复和呼应中形成一个情感的旋涡，而散文的节奏则是"持续性"的，具有直线进行的特点。[②] 与上文所述两种文类在"掌握方式"上的不同互为呼应，诗歌与散文节奏形态上的差异，在它们进入文本后也形成类似的功能落差。《沉沦》的引诗入文，就是在持续性节奏的小说中插入反复性节奏的诗歌，两种节奏形式的碰撞与交互形成了一个独特的叙事景观，即小说中无处不在的感伤情绪、性苦闷一旦遭遇诗歌，其几近无法控制的势能瞬间被诗歌那种不断循环的情感节奏所吸收和净化。譬如，《沉沦》篇的主人公因"被挤到与世人绝不相容的境地去"，到学校周边的田野散步遣怀，但他仍然觉得"好像有万千哀怨，横亘在胸中，一口说不出来的样子。含了一双清泪，他的眼睛又看到他手里的书上去。"此时小说的忧郁情调已明显高涨，但紧接着作者马上借主人公的朗诵用英文节引华兹华斯的《孤寂的高原刈稻者》一诗，且看其中的一节：

Behold her，single in the field，
You solitary Highland Lass!
Reaping and singing by herself；
Stop here，or gently pass!

---

① 朱光潜：《诗论》，《朱光潜全集》第三卷，安徽教育出版社，1987年，第120—121页。

② ［加拿大］诺思罗普·弗莱：《批评的解剖》，陈慧等译，百花文艺出版社，2006年，第387页。

Alone she cuts, and binds the grain,
And sings a melancholy strain;
Oh, listen! for the vale profound,
Is over flowing with the sound.

该诗是华兹华斯抒情诗中的名篇，描写的是一位孤独的苏格兰少女在田间边割麦，边凄婉地唱歌的情景。英文全诗分四节，小说引入两节，每节八行，每行大体上包括四个音步，且灵活换韵，因此该诗作为传统英格兰民谣体的变体具有无与伦比的音乐特质，节奏感很强。就文本展开来看，该诗的插入，主人公的哀怨情绪马上被苏格兰少女淡淡的感伤所托管，并借着华兹华斯丰富的联想形成不断翻滚的节奏。至此，小说中原有的持续性节奏变为反复性节奏，持续性节奏中汹涌而来的感伤情绪不再如上文朱光潜所说的“使人看成现实，以实用的态度去对付它们”，而是在音步与韵律的回环往复中慢慢得到刷洗和净化，最后在诗歌深深的“幽谷”和遥远的“前朝”的意义场景中缓缓流淌。经过这一情感变奏，主人公抑或作者获得了某种精神上的解脱和近乎宗教性的神秘感，小说中原有的情感激流明显退散，最后消失在晚霞夕照的风景中。

诗歌节奏的形式净化，有时也使小说中原有颓废感伤情绪的歇息显得过于突兀。如《沉沦》篇第四节在连续插入一首自作的旧体诗和海涅的诗歌后，此前主人公“胸中忽然生了的万千哀感”就此戛然而止；第七节以主人公高声念了一篇自作的旧体诗后，“他就在席上醉倒了”匆匆收尾。在《南迁》第四节中，主人公因回忆起“去年夏天欺骗他的那一个轻薄的妇人的事情”，而“忽然觉得 sentimental 起来”，但借 O 女生的歌唱插入了歌德的《迷娘的歌》后，突如其来的“sentimental”“都在薄暮的空气里消散了”，小说由此告一段落。这无意中留下的仓促和败笔，也反证了郁达夫以两种文类的情感变奏为小说中的病态描写作“审美辩护”的隐秘意图。

五、文学史内外的“审美辩护”

指陈《沉沦》的“审美辩护”，并非要否认其对传统文网的冲决意义，更无损于郁达夫作为五四文学先驱和爱国主义作家的文学史形象。事实上，“审美辩护”在中外小说中并不少见。如茅盾《子夜》对屠维岳狡狯、阴狠的行事风格的描写，目的在于“分流”吴荪甫的负面形象，确保吴荪甫作为民族资本家革命性与妥协性这一形象结构不至于失衡。艾米莉·勃朗特《呼啸山庄》将希斯克利夫的邪恶性格归因于早年被辛德雷的凌辱以及被拆散的爱情，使读者发现他内心深处无法治愈的创伤，这实际上是在求取读者对他的宽恕。甚至可以认为，“审美辩护”几乎存在于各种文学品类的创作中，除去小说，戏剧、传记、报告文学、记叙抒情散文乃至叙事诗都可见到它的影子。进一步说，它是一种源自主体姿态的叙事调控，收束着各种艺术技巧，与文学的虚构性本质密切相关。因此考察《沉沦》的“审美辩护”，也是在探讨文学创作的基本规律。

但作为过渡时代的重要文本，《沉沦》背后有着传统与现代、本土与西方的碰撞与交融，其“审美辩护”也相应呈现出本土性和现代性的面向。整体而言，西方文学中的“审美辩护”重在心理归因，创建合乎叙事目的的情感逻辑，上文提及的卢梭《忏悔录》、艾米莉·勃朗特的《呼啸山庄》皆是如此。而中国传统小说的“审美辩护”，比如《三国演义》的“尊刘贬曹”之所以能够被读者接受，在于作者是从王权正统、明君贤相、忠义仁厚等政治文化伦理出发进行偏袒性叙事，其意义生产主要依靠外在的文化心理结构。《沉沦》的“审美辩护”正好兼有两者。它的抒情体性方便了作者通过心灵自白建构有利于主人公的修辞系统，这应得益于五四以后对西方文学心理描写的借鉴。另一方面，五四的启蒙与救亡语境，穿行于传统与现代的中间物意识，又使作者借用传统的家国伦理来净化主人公的个人行为。我们认为，基于相似的文学制度，《沉沦》“审美辩护”的思维及路径也适用五四以来的中国文学。譬如丁玲《莎菲女士的日记》、张贤亮的《男人的一半是女人》、贾平凹的《废都》乃至徐怀中的《牵风记》，他们小说中的情欲叙事，都经过精心的心理归因，或将其置于广阔的社会时代、历史文化的景深中加以修辞，以此得到净化、升华。在此，探讨《沉沦》的“审美辩护”不仅具有个案价值，对于重审百年来的中国文学也不无方法论意义。

此外，“审美辩护”也可为文学批评实践及文学生活的重塑提供有益的认知方式。“审美辩护”作为一种需要细心经营的虚构艺术，凝聚了作家的价值观、美学理念、创作才华，涉及作品的故事讲述、情节设置、人物塑造及语言表达等多方面的问题。因此，一部作品价值的高低，很多时候可以“审美辩护”的成功与否来确定。就此而言，对于百年来那些有争议的作品，我们应该从它们的反传统、反常规、反秩序乃至反文类的背后，勘察作者是否在审美层次上作出苦心孤诣的逻辑建构，如此方能摆脱外部因素的干扰，贴近文本自身作出合理的价值判断。从作者的角度来看，通过还原作品“审美辩护”的过程及路径，可在某种程度上窥见作家精神世界的另一面，打破对他们的某种固化认识。比如鲁迅定居上海后创作的许多杂文，频繁通过时事新闻引出话题或拓展论证，其中的一个原因就在于作为乡土作家的鲁迅，在定居大都市后对于乡土题材枯竭的焦虑乃至掩饰，认识到这一点，对于敞亮鲁迅精神世界中被忽略的角落具有很大的帮助。此外，“审美辩护”蕴藏着一整套复杂的创作技巧，在阅读过程中，对其加以体味、拆解，可让我们进一步领略文学的魅力，发见经典的艺术奥秘，这不仅有利于引导文学新人的创作，也有益于扭转当前破碎化、快餐化、低俗化的阅读风尚，重塑一个健全的文学环境。当然，正如上文所指出的，“审美辩护”应该围绕文学的创作规律展开，对于那些打着高尚旗号而内容技巧肤浅粗陋的文学作品，对于那些看似温暖、美好实则恶俗不堪的伪文艺，都应该加以拒斥。这也是我们今天面对鱼龙混杂的文学出版市场，所应有的态度。

“体”为“心”用

——郁达夫散文文体的基本特色

郁达夫在《〈中国新文学大系·散文二集〉导言》一文中说道：“一篇散文的最重要的内容，第一要寻这‘散文的心’；照中国旧式的说法，就是一篇的作意，在外国修辞学里，或称作主题（Subject）或叫它要旨（Theme）的，大约就是这‘散文的心’了。有了这‘散文的心’后，然后方能求散文的体，就是如何能把这心尽情地表现出来的最适当的排列与方法。”这虽与传统文论中的“形神”说、“文质”说、“体性”说密切相关，但他所说的“心”与“体”却有新的时代内涵，即“从前的散文的心”深受“尊君，卫道，与孝亲”三种教条的禁锢，“从前的散文的体”也受到“行文必崇尚古雅，模范须取诸六经”等成规的“械梏”。因此他在批判古文传统的基础上，指出现代的散文是致力于打破古文的“两重械梏”，以“‘个人’的发见”“这一种觉醒的思想为中心，更以打破了械梏之后的文字为体用”而“滋长起来”的，认为“现代的散文之最大特征，是每一个作家的每一篇散文里所表现的个性，比从前的任何散文都来得强”。他又从散文的个性表现及个人文体（Personal style）的角度，指出“文体当然是个人的，即使所写的是社会及他人的事情，只教是通过作者的一番翻译介绍说明或写出之后，作者的个性当然要渗入到作品里去的”，“在尤重个性的散文里，所写的文字更是与作者的个人经验不能离开了”[①]。由

① 郁达夫：《〈中国新文学大系·散文二集〉导言》，《郁达夫文集》第六卷，花城出版社，1983年，第259—260页。

此，郁达夫把散文的文体创造与作者的个性表现联系起来，把文心与文体统一起来，形成以心役体、体为心用的散文文体观。本文拟以郁达夫的“心体”说为主线，以“体”为“心”用为切入点，从笔调、结构、情境三个方面考察郁达夫散文文体的基本特色。

一、感伤的笔调

郁达夫的散文发乎心而形于言，在文体上追求“能把这心尽情地表现出来的最适当的排列与方法”①。为此，他运用感伤的笔调倾诉衷肠，率性坦露，尽情挥洒，形成任心倾诉、自我告白的话语方式。

创造社向来被认为是一个具有浪漫主义倾向的文学流派，而创造社诸家的创作中跟西方浪漫主义最为接近的应是郁达夫。早在日本留学期间，郁达夫就对浪漫主义饶有兴趣：“共计所读俄、德、英、日、法的小说，总有一千部内外”，② 而且“兴趣所在似乎是浪漫主义气势浓厚的，富有抒情味的，艺术性较高的作家”③。与当时大多数觉醒了的知识分子一样，郁达夫一方面积极接受外来的思想，想以此拯救积贫积弱的祖国；另一方面，祖国的贫弱却使他在留学期间自认为处处低人一等，回国后国内局面的混乱更是让他无法施展抱负，甚至要为个人生计到处奔波。现实与理想的落差，加之个人纤细敏感的个性，使郁达夫选择了用一种极具浪漫主义的感伤笔调发出了对现实沉痛的悲鸣，抒发着“梦醒了无路可走”的内在痛苦。与内在的精神诉求相应，感伤笔调也成为了郁达夫偏爱的美学原则。在郁达夫看来，“悲哀之词易工”，“悲哀之感染，比快乐当然来得速而且切”（《炉边独语》）。因此，从早期的《归航》《还乡记》，到1930年代的《自传》，“哀哀切切”的悲鸣一直响彻郁达夫那些可称之为“精神独白”的散文创作，形成了现代散文史上一道独特的抒情景观。

---

① 郁达夫：《〈中国新文学大系·散文二集〉导言》，《郁达夫文集》第六卷，花城出版社，1983年，第260页。

② 郁达夫：《五六年来创作生活的回顾》，《郁达夫文集》第七卷，花城出版社，1983年，第178页。

③ 许凤才：《浪漫才子郁达夫》，河南人民出版社，1989年，第172—173页。

关于西方浪漫主义的特征，学界广泛认同的有：张扬个体情绪、“回归中世纪”、回到自然。纵观郁达夫一生的散文创作，我们可以发现他对浪漫主义的接受主要集中于个性的张扬与回归自然这两个方面上。个性的张扬使郁达夫早期散文中的感伤笔调得以充分地发酵。作为一名社会转型时期的现代知识分子，郁达夫具有一种积极投身于社会变革的责任感，但现实的黑暗与不公使他的理想几乎成为一种幻想，不但空怀满腔报国热情，而且又不见容于社会和身边的人，显得与整个社会格格不入。在他的早期散文里，郁达夫总是愤世嫉俗，感伤忧郁，他毫不掩饰地展示人生的悲苦与不幸，倾诉自己的哀伤郁闷情绪，给读者留下“灵魂奥秘的连续独白”[①]，及伴随着这股情绪波动而留下的轨迹；但他又不肯向现实低头，不愿与黑暗势力同流合污，而是在自暴自弃中苦苦挣扎。个人的不幸、社会的苦难就这样造成了一个心态和性格复杂多变的抒情主体，成了一个中国式的“零余者”。而这一自我塑造的“零余者”形象也成为郁达夫早期散文中张扬自我和感伤抒情的载体。在《还乡记》中，他视“死比生好”，甚至认为死“何等幸福”，这种把死看成是一种解脱的想法，显然是经受了太多的生之苦与生之怨，活得毫无生趣造成的。虽然他“自己觉得似是以死压人，其实我们不但没有这种感觉，反而感到一种说不出的求生不得的可怜”，这便是“零余者”的可悲之处。这是灵与肉、情与理的冲突，是从个人到社会的深深失落感交织的痛苦，这种悲哀、感伤的情绪，以及“面对死亡的心灵战栗，是个人的，也是民族的，乃至于是人类的”。“零余者”式的无拘无束的内心告白，经过郁达夫独具匠心的审美处理，构成了其散文发人深省的感伤景观。

如果说郁达夫早前散文主要是以“零余者”的姿态张扬着个体的感伤情绪和本真情感，不断批判现实社会的黑暗和不公；那么，当他人到中年，经历了“浪漫的抒情时代”，并意识到自己无法改变整个污浊的社会现实的时候，他就往往在大自然中放逐自己，像西方浪漫主义者那样以一种回归自然的姿态展示自我，这成了他后期散文的美学意向。郁达夫后期散文对大自然的倾心既有着浪漫主义者审美现代性的批判——对科学技术和工业文明对人的异化并由此导致社会肌体的败坏的抵制，也是他借大自然宣泄孤冷忧愁的情绪。在 20 世纪

① 许子东：《郁达夫新论》，浙江文艺出版社，1984 年，第 234 页。

30年代所作的山水游记中，郁达夫一方面极力地想逃避污浊的社会而与大自然融为一体，并有意无意之中借此逆向批判物质文明对自然美景的污染；另一方面他又感到抵制和批判的无力，由此生发了幻灭感和自我认同的危机，感伤的笔致也随之曲折婉转。在《华坞》《城里的吴山》《扬州旧梦寄语堂》《雁荡山的秋月》等文中，郁达夫时常留恋于晚霞、冷月、流水、浓石、寒雨等悲凉意象，喜欢浓墨于清风、秋意、落叶等残败景致，将自然和人生巧妙地融合在一起，衬托出人生的凄苦和理想破灭的惆怅，以及对命运怨愤悲叹的忧虑情绪，使人油然而生伤春悲秋、物在人非的哀叹和怅恨，这也成为了他后期山水游记的重要主题。也因为这种感伤，郁达夫笔下的自然景观往往主观化，呈现出一种“杨柳岸，晓风残月”式的哀婉，此时的愁苦与郁闷、寂寞与感伤表现得更是乙乙欲抽。

可见，郁达夫独运匠心的感伤笔调是为了更好地体现作品内容本身的忧暗情调和作者的审美情趣，置读者于忧郁的美学境界中。因此，对郁达夫散文中感伤笔调的阐释不能只停留在社会或政治层面，还应由此深入到心理结构对其感伤创作的影响，把流淌于郁达夫血管中的浪漫主义特质作为打开其感伤心灵世界的钥匙。若从这个角度去看待郁达夫其人其文，也就容易理解其引人争议之处了。

二、随意赋形的结构艺术

五四以后，个性解放与文体解放相辅相成，促成了各体文学的繁荣发展。现代散文突破“古文义法”的禁锢，形成自我表现、自由抒写的新风气。这在重主观、尊自我、倾向浪漫主义的创造社作家身上表现得尤其突出。郁达夫一贯认为文学创作都是作家的自叙传，曾说：“现代的散文，却更是带有自叙传的色彩了，我们只消把现代作家的散文集一翻，则这作家的世系、性格、嗜好、思想、信仰，以及生活习惯等等，无不活泼泼地显现在我们的眼前。这一种自叙传的色彩是什么呢，就是文学里所最可宝贵的个性的表现。”[①] 以这一

① 郁达夫：《〈中国新文学大系·散文二集〉导言》，《郁达夫文集》第六卷，花城出版社，1983年，第261页。

散文观念为指引，郁达夫在散文创作中自叙个人经验，坦露内心隐情，任心闲话，随意挥洒，形成率性纵情、自由活泼的“自叙体”。

从日本留学回国后，郁达夫就饱尝颠沛流离之苦。《归航》《还乡记》《还乡后记》《海上通讯》等文章记述了这段生活遭遇。他像是对亲朋诉苦那样，毫不掩饰内心苦闷，不拘形式地倾诉出来。分析郁达夫散文的艺术建构，不难发现，作者是以自己内在思想感情的起伏变化为主线组织篇章，用心理情感逻辑来结构作品，亦即支撑散文构架的是作者内在的“情绪”，通篇贯穿的是一个“情”字。《还乡记》中的十个片段与其说是事件的进展，不如说是作者情感抒发的进行曲，全文几乎完全按作家思想感情的起伏变化来组织材料，记叙、描写、议论完全根据抒情的需要，需要连带穿插就旁枝逸出，需要幻想就进入梦幻世界，写起来笔随意转，舒卷自如。因此，郁达夫早期散文往往是书写许多不连贯的生活场景，显得松散甚至有些零乱，但这只是一种表象，只要我们带着这些零散的画面深入体验作者内心涌动的情感，围绕着自叙者“我”的“心迹”来审视整个篇章，把各个侧面重新组合起来，一个完整的叙事抒情主人公的形象就会清晰地显现出来。在这个形象的牵引下，我们既可以逐个领悟文章的细枝末节，也能据此对文章各个环节进行整合而把握全篇的有机联系。无论其散文多么散漫冗长，我们都能从作品的“叙述者”那里找到灵魂。因此，郁达夫并非忽视散文的篇章结构，而是顺乎抒情的需要随物赋形，以随心所欲、自由疏散取代传统散文的因果秩序及情节脉络，打破了传统散文“起承转合”的成规。在《感伤的行旅》一文中，记游、写景、抒情、议论交叉写来，洋洋洒洒万余言，似漫不经心，但是作者那“江南的风景，处处可爱，江南的人事，事事堪哀”的行吟，却流贯全文，无论是峰回路转，登高远眺，还是直抒胸臆，大发感慨，都洋溢着一股伤感悲情。又如《灯蛾埋葬之夜》，在一个漫长烦闷的秋夜，作者尽情抒发对生活的厌倦，对人生产生“一种空淡淡之感”。这种“神经衰弱的症候”已使“我”万念俱灰，只想着在“静养”中“懒散”地聊度余生。但文章写到结尾之处，突然以一只灯蛾扑火而死所唤起的怜惜之心和生之欲望作结，展现了生命意识的沉浮。因此，郁达夫的散文看似散漫，不讲究章法，实则有如行云流水，动止有度，具有不见斧凿的高度技巧。正如他所理解的那样：“至于个人文体的另一面的说法，就是英国各散文大家所惯用的那一种不拘形式家常闲话似的体裁的话，看来却似很容易，像是一种不正经的偷懒的写法，其实在这容易的表面下的作者的努力与苦心，批评家又那里能够理会？”①

文体的自由不拘，使得郁达夫散文打破了文类的界限，在艺术上向诗歌和小说渗透，形成了诗化和小说化的结构特征。

郁达夫生长于浙江富阳，秀丽的风光孕育着他的诗情，从小就喜欢读诗写诗的他在旧体诗写作方面的造诣是众所公认的。诗的情怀也充盈于他的散文创作中。他不仅在散文中适时表达诗兴，引用中外名诗和自己的诗作，如《钓台的春昼》，使文心与诗境交相辉映；更为内在的是，他的散文充满着诗情画意，有诗的感觉、想象、情调和意境。他既能在自然美景中捕捉诗意，随意点染，皆有妙趣，如《西溪的晴雨》等；又能在日常生活中吟味情趣，如《北平的四季》《江南的冬景》对因时因地而异的生活情趣的体味，堪称“一粒沙里见世界，半瓣花上说人情”；他还像行吟诗人那样，随时随处保持一颗敏感的诗心，即兴抒怀，摇曳多姿，如《感伤的行旅》等抒情长篇。

作为现代文学史上著名的小说家，郁达夫的散文创作在构思上还受到小说创作的影响。因此郁达夫散文的结构艺术不仅有诗化的倾向，还有小说化的倾向。在《还乡记》《还乡后记》中，他自叙还乡经历，既写路程又写心史，抒写自己在黑暗社会中走投无路而又羞于还乡的不幸遭遇和悲愤伤感情绪，有场景、人物和情节，也有心理描写、对话独白、氛围渲染，把落魄还乡的自我形象描绘得活灵活现，与他的自叙传小说难分伯仲，既拓展了作品的容量，也强化了抒情的张力。由此可见，《还乡记》《南行杂记》等一类散文常被后来者视为小说绝非偶然。

正如有些论者所指出的：“在郁达夫手上，完全打破了古文义法之类清规戒律，散文成了最自由不拘、最有个性色调的一种文体。”② 可以说，艺术结构上的诗化和小说化倾向，使郁达夫散文的“体”与“心”得到了完美的结合。

① 郁达夫：《〈中国新文学大系·散文二集〉导言》，《郁达夫文集》第六卷，花城出版社，1983年，第263页。

② 汪文顼：《“五四”散文抒情体式的变革与创新》，《文学评论》1994年第2期。

三、才情横溢的有我之境

王国维在《人间词话》中把境界分为“有我之境”和“无我之境”，认为：“有我之境，以我观物，故物皆著我之色彩。”[①] 就此而言，郁达夫的散文体现出了一种才情横溢的有我之境。郁达夫一再强调散文的“自叙传”主张，追求自我表现的本真本色。他宣称“艺术的理想，是赤裸裸的天真……艺术的价值，完全在一个真字上”（《艺术与国家》），“将天真赤裸裸的提示到我们的五官前头来的，便是最好的艺术品”（《小说论》）。这里的“真”，不是生活的真实和细节的真实，而是情感的真实，体验的真实，其实质仍在表现自我，乃是作者自我心境的真实写照。他曾说道：“然而我的心境是如此，我若要辞绝虚伪的罪恶，我只好赤裸裸地把我的心境写出来。世人若骂我以死作招牌，我肯承认的，世人若骂我意志薄弱，我也肯承认的；骂我无耻，骂我牢骚，都不要紧，我只求世人不说我对自家的思想取虚伪的态度就对了，我只求世人能够了解我的内心苦闷就对了。”[②] 对此，郭沫若在《论郁达夫》一文中说：“他那大胆的自我暴露对于深藏在千年万年的背甲里面的士大夫的虚伪完全是一种暴风雨式的闪击，把一些假道学假才子们震惊得至于狂怒了。”[③]

基于这一“真我”的追求，郁达夫在散文里总是畅快淋漓地解剖自己的思想和内心世界。对于他来说，任何性格弱点、不良嗜好和生活隐私都不会使他感到羞愧耻辱而不能坦诚地说出来。他常写自己的苦闷和病态心理，有时甚至把潜意识的欲望和幻想也暴露出来。其实，无论是表现自我，还是描绘社会，无论是宣泄怨愤，还是疏泄痛苦，都是郁达夫一种独特的反抗。他反复叙说自己的不幸、屈辱、愤懑和怨怒，是为了反抗和控诉社会的压迫和世俗的虚伪。郁达夫这种自我心境的写照，几近于传统“名士”的任性纵情，境界深远而超拔。

---

① 王国维：《人间词话》，吉林文史出版社，1999 年，第 3 页。

② 郁达夫：《写完了〈茑萝集〉的最后一篇》，《郁达夫文集》第七卷，花城出版社，1983 年，第 155—156 页。

③ 郭沫若：《论郁达夫》，见王自立、陈子善编《郁达夫研究资料》上册，天津人民出版社，1981 年，第 93 页。

中国古代具有叛逆精神的名士大多痛恨社会政治的黑暗，或沉湎于醇酒妇人，或寄情于田园山水，表现出顺其自然、任性抒情的名士风流。郁达夫深受这种“名士风流”的影响，自称“骸骨迷恋者”。他说：“生在乱世，本来是不大快乐的，但是我每自伤悼，恨我自家即使要生在乱世，何以不生在晋的时候。我虽没有资格加入竹林七贤——他们是贤是愚，暂且不管，世人在这样的称呼他们，我也没有别的新名词来替代——之列，但我想我若生在那时候，至少也可听听阮籍的哭声。”① 郁达夫对名士气的偏爱缘于他那种孤傲不羁的性格和对社会现实的强烈不满。因此郁达夫在散文中抒发孤苦情绪的同时，总不忘对社会现实的批判，对权贵的蔑视，对大自然的抒写，甚至对饮酒狎妓的暴露。在《钓台的春昼》一文中，作者在“接到了警告，就仓皇离去了寓居”的同时，也不忘把当时的国民党政府骂了一回：“岁在辛未，暮春三月，春服未成，而中央党帝，似乎又想玩一个秦始皇所玩过的把戏了。”与此相关的是，他的作品中也常常显示了率性而为的名士气息。如《归航》里写道：“我在去码头不远的一家下等的酒店坐下的时候，身体也疲劳极了。喝了一大瓶啤酒，吃了几碗日本固有的菜，我觉得我的消沉的心里，也生了一点兴致出来，便想尽我所有的金钱，上妓家去瞎闹一场”。这种真我心迹的写照，几近于传统“名士”的放浪形骸。

如果说名士风流是郁达夫自我心境的传神写照，那么当他把自我的心境物象化的时候，则体现出了内情与外境和谐统一的意境美。

感伤对于郁达夫来说几乎是一种天性，在他的散文中，不管是前期还是后期，言语中都会抹上或浓或淡的感伤色彩，而且随着情绪的铺排，这一感伤的笔调不断地沉潜并化为一种颓废、悲凉的意境，其中最让人惊叹的是把古旧而颓唐的美和古老的东方文化融合一起，进而形成和谐宁静、自然悠远、空寂寥落的境界。这一境界以淡淡的感伤和惆怅为底色，既有“隐逸的气氛”，又有“既幽雅又黯淡的格调”。《故都的秋》既有“北国的秋，却特别地来得清，来得静，来得悲凉”的整体性把握，又有对故都牵牛花、秋枣、槐树、槐花、破屋、扫帚丝纹、驯鸽、秋蝉、秋雨、天空这些意象的细腻描写。整个意境色调

① 郁达夫：《骸骨迷恋者的独语》，《郁达夫文集》第三卷，花城出版社，1982年，第122页。

圆融、空寂寥落、宁静幽远。这种以情遣笔、寓情于景、情景交融的造境艺术，在后期的游记散文如《雁荡山的秋月》《扬州旧梦寄语堂》《西溪的晴雨》中，更是达到了炉火纯青的境界。

郁达夫散文的独特“造境”艺术，还得益于古典山水诗文韵味的渗入。郁达夫深受古典诗文意境的熏染。他在自传中回忆道：“真正指示我以做诗词的门径的，是《留青新集》里的《沧浪诗话》和《白香词谱》。《西湖佳话》中的每一篇短篇起码我总读了两遍以上，以后是流行本的各种传奇杂剧了，我当时虽则还不十分欣赏他们的好处，但不知怎么，读了之后的那一种朦胧回味，仿佛是当三春天气，喝醉了几十年陈的醇酒。”[①] 对于古典诗文，郁达夫偏爱纤细幽婉、哀而多伤、落拓不羁的一宗，古代文人李长吉、黄仲则、吴梅村、杜甫最为他所喜爱。郭沫若曾说：“他似乎很喜欢清代的诗人黄仲则，他不仅喜欢他的诗，而且同情他的生活。他似乎有意在学他，他的短篇小说《采石矶》便是以黄仲则为主人公，而其实是‘夫子自道’。”[②] 整体观之，郁达夫迷恋于古典诗文中的寒秋、落日、冷月、楼头思妇、鹅黄柳色等意象，玩味“凄切的孤单”，创造凄清感伤而又古香古色的意境，他的散文“不追新求异”，“而追求温熟了的旧镜”，似乎缺少了一种现代色彩。[③] 《故都的秋》中北国的秋色“来得清，来得静，来得悲凉”，飘荡于文中的是悠闲的玩味与伤感的悲叹相交融而成的氛围，一切“既觉得细腻，又觉得清闲，潜意识下并且还觉得有点落寞”。古典诗文中悲秋、赏秋特有的意境弥漫其中。可以说，古典诗文的意境在郁达夫的散文中并非一种简单的粘连，而是在深度认同的基础上进行奇迹般的重构，并在他的散文中化为一种基调与底色，读其散文，像是在品味着一首哀婉的古典诗，凄清与忧愁萦绕心头。

① 郁达夫：《孤独者（自传之六）》，《郁达夫文集》第三卷，花城出版社，1982年，第409页。

② 郭沫若：《望远镜中看故人——序〈郁达夫诗词钞〉》，见王自立、陈子善编《郁达夫研究资料》下册，天津人民出版社，1981年，第534页。

③ 赵园：《郁达夫：在历史矛盾与文化冲突之间》，见王晓明编《二十世纪中国文学史论》，东方出版社，1997年，第41页。

“体”随“心”变

——郁达夫散文文体风格嬗变考察

对于“心体”说的践行，郁达夫凭着一颗独特的“心”构建了一种别具特色的散文之“体”。郁达夫深为认同法国作家法朗士“文学作品，都是作家的自叙传”的观点，因此其散文之“心”并非静止的，而是自我心路历程的动态展示。作为一个多愁善感、才华横溢的散文家，作为一个崛起于新文化运动，经历过、国内革命和全民抗战的有良知的知识分子，其“心”的内涵是随着时代的变动、阅历的丰富而不断更新的。“体”随“心”变，散文之“心”的变动不居，深刻地影响了郁达夫散文之“体”的构建，使其前后期的散文在语言风格、结构艺术、审美情调方面显示出了不同的艺术面貌。

一、语言：从奔放酣畅到蕴藉凝练

郁达夫是一个情绪易激动、性情又极率真的作家，早期家庭、事业、爱情的不幸和挫折，更使他常悲天悯人、自怨自哀，但他又不愿把这些不幸的遭遇隐忍于心底，而是通过笔端把内心的苦闷、彷徨、挣扎和种种卑微源源不断地倾泻出来。正如阿英所说的，“在郁达夫前期的作品中，寻不到‘快乐的影子’，唯觉‘灰暗的阴惨的悲苦沉痛的调子’交织在各处”[①]。郁达夫早期的散文往往预设一个倾听者，向他忏悔、告白、倾诉，将自己内心的丑恶、自私、

① 钱杏邨：《郁达夫》，见邹啸编《郁达夫论》，上海书店，1987年，第4页。

卑鄙等种种念头层层剖示。通过心理剖析式的呼号，将“我”的自责和忏悔表现得缠绵悱恻、丰富细腻，具有强烈的主观感情色彩。郁达夫自己也曾说：“写《沉沦》的时候，在感情上是一点儿也没有勉强的影子映着的；我只觉得不得不写，又觉得只能照那么地写，什么技巧不技巧，词句不词句，都一概不管，正如人感到了痛苦的时候，不得不叫一声一样，又那能顾得这叫出来的一声，是低音还是高音？或者和那些在旁吹打着乐器之音和洽不和洽呢？”① 这虽是针对创作《沉沦》而说的，但也是他早期散文创作心态的真实写照。为了能更自由地抒发强烈而急切的内心情感，郁达夫往往来不及找也不愿找一些合适的凭借，就直接倾吐出来。《还乡记》中有这样一段：

我委委颓颓的逃返家中，仍想到我所嫌恶的故土去求一个息壤，投林的倦鸟，返壑的衰狐，当没有我这样的懊丧落胆的。啊啊！浪子的还家，只求父老慈兄，不责备我就对了，哪还敢有批评故乡，憎嫌故乡的心思，我一想到这一次的卑微的心境，又不觉泫泫的落下泪来了。

在郁达夫前期的散文中，这类受伤的灵魂呼叫、充满生的颤动的文字到处挥洒。他以惊人坦率的语言和痛彻心扉的呼喊，一泻无余地倾诉着社会的不公，自身的不幸，言辞的激愤、满腔的积怨充满字里行间，读他的散文仿佛能够看到一个眼神哀怨、身心疲惫、生活困顿、处境凄凉的零余者形象，这不仅在传统散文中很少见到，就是在同一时期的散文里也别具一格。易森在《郁达夫——一个不该被冷落的名字》一文中说道：“他的作品中透露出一种真挚，似乎还有一个极其虚弱的声音在向你求救，那是灵魂的无奈在低吟浅唱。在他优美而极富才情的文字背后，是一种不加修饰的原始美。有人批评他用语有时未免繁琐和重复，其实这是他内心袒露所必需的一种表达。与那些刻意追求谋篇布局的人相比，他的作品是一幢残缺而唯美的建筑。”② 由此可见，郁达夫前期散文中感伤的咏叹和率性直抒源自于其内心的躁动不安。

运用自我告白、直抒胸臆的手法倾诉情感，既是郁达夫前期散文语言风格的重要特征，也是现代散文的一种重要抒情手法。它常常给人以强烈的情感冲击，但另一方面，“让自我先于一切，自我成为看世界的惟一视野，以自我的

① 郁达夫：《忏余独白——〈忏余集〉代序》，见《郁达夫文集》第七卷，花城出版社，1983年，第250页。

② 易森：《郁达夫——一个不该被冷落的名字》，《郁达夫研究资料》。

眼光否定世界，而从来不设想以世界的眼光来否定自我的可能性。在某种程度上，这就造成了与世界没有对话的极端的个人主义”[①]。此外，由于过于偏爱主体感情的发泄，酣畅淋漓，挥霍无余，情感太烈而又锻造不足，也易使人产生浮滥之感。而这些不足，在郁达夫后期的散文中得到了纠偏。

20 世纪 20 年代中期以后，由于个人生存境遇的改变，郁达夫的情绪和精神状态逐渐趋于稳定，过去的焦躁转为平静，淡化和收敛了感伤色调，其散文特别是山水游记较之前期少了直接的呼号，叙事成分逐渐增多，语言也逐渐由直露转变为蕴藉：内在的情感活动主要通过具体的情景、细节、动作来表现；通过意象的捕捉，细节的描写，营造氛围，渲染感情，让一缕缕情思不断地抽吐出来，使得作者的情绪得以蕴藉地表现。这种表现手法与直接抒情相辅相成，成为制衡滥情的一种手段，艺术上也更加细腻真切，成为郁达夫后期散文语言的主要风格。如《灯蛾埋葬之夜》，作者先是叙说被打上“该隐”记号后压抑枯寂的生活，接着叙写有个晚上寂寞地在黑暗里摇扇纳凉，最后以一只灯蛾扑烛而死作结。灯蛾之死，引起了作者对自身身世的感怜，他对死去的灯蛾“默看了一分钟”，最后“用银针向黑泥松处掘了一个圆穴，把这美丽的尸身埋葬”。一只小小灯蛾之死居然引起作者内心的震动，但作者并没有像以前那样哀哀怨怨，而是用一种庄严的方式为之安葬，此时作者没有过多的言语，而是让情感在默默中渲染，在欲言不言之中把自身的身世和灯蛾联系了起来，笔调细腻逼真，全文的主旨，也就在这庄严的仪式中烘托出来。

当然，郁达夫后期散文的含蓄蕴藉也是有限度的，即使在他那些平和、宁静的山水游记中，行文运笔中仍然时不时传达出“怨”和“恨”，这主要缘于作者忧郁感伤的性格气质和时代因素。在《花坞》一文里，郁达夫一面回想着往日花坞的美妙，一面又对十年来花坞的变化表示极大的失望，对美好的自然和人性受到现代物质文明的玷污感到困惑和愤怒，笔下也就自然多了几许批判。这也使我们看到了在那个混乱污浊年代，暂时独善其身的作者仍然保持着一个知识分子的良知。

很多研究者认为，郁达夫语言风格的这一转变，是他对前期作品艺术上的

① ［韩］洪荧：《郁达夫文类选择及其文学理想》，《中国现代文学研究丛刊》2000 年第 1 期。

粗糙所作出的自觉调整。诚然，这是一个不可忽视的主观原因。但它更是由于郁达夫情绪类型的变化所致。正如他自己所说："人生从十八九到二十余，总要经过一个浪漫的抒情时代的。"① 青年时代的郁达夫无疑是属于抒情的，他总是禁不住要将内心的情感倾泻出来，从而自然地形成了直率袒露的语言风格；而随着年龄的增长、阅历的加深，郁达夫情感表达也逐渐变得深沉内敛，作品中体现出来的抒情风格自然也会相应地发生变化，在语言层面上就表现为含蓄蕴藉。换句话说，郁达夫的语言风格正是为了更自由真实地表现变化着的情感。

二、结构：从随情枝蔓到张弛有度

作为一个情感型的作家，郁达夫的散文一贯以内心思想情感的起伏变化为主线组织篇章，以心理情感的逻辑来结构作品。然而，仔细比较其前后期的散文创作，仍可以看出其结构方式的同中之异。总的来说，郁达夫前期的散文侧重以情感的宣泄来连缀人、事、景、物，结构随情铺排，不拘一格；而后期散文则以蕴藉的情感和冷静的叙事为主，结构张弛有度，婉转自然。

情感的呼号和宣泄，使得郁达夫前期的散文更注重"兴会"，往往以情感的流动、跳跃，联缀着人、事、景、物，跌宕起伏，造成回环往复、委曲悠长的抒情效果，形成了一种或急促或从容的情绪结构，字里行间透露出感人肺腑、扣人心弦的美。这一结构美学特质就如苏轼在《自评文》中所说的："如万斛泉源，不择地皆可出。在平地滔滔汩汩，虽一日千里无难。及其与山石曲折，随物赋形，而不可知也。所可知者，常行于所当行，常止于不可不止，如是而已矣。"②

散文写作注重抒发作家的真情实感，文章的结构是作者心灵的蓝图。散文的这一结构特征，在内表现为情绪的缀连，即以情感的自然流动去粘连一切使情感得以生发和表达的人事物，在外则成为了对具体材料组织安排的规范法

① 郁达夫：《忏余独白——〈忏余集〉代序》，见《郁达夫文集》第七卷，花城出版社，1983年，第250页。

② 苏轼：《自评文》，见王筱云、韦凤娟等编《中国古典文学名著分类集成·文论卷》（一），百花文艺出版社，1994年，第411页。

则，成为了相对于文章内在情绪节奏的具体的外在结构形式。如果说郁达夫的散文一贯有“我”的存在，那么前期散文中的“我”因为浓烈情感的连续宣泄，使得作品中的内在情绪主导了外在的行文结构。如《归航》《苏州烟雨记》《海上通信》等文中，作者喜乐不定、悲欣交加，忽而激动忽而沉默，忽而喊叫忽而暗泣，结构看似松散，却是富有节奏地表现着作者的情感波澜，不拘成法，灵活多变，俯仰聚散中透露出了作家感伤的心绪。可以说郁达夫前期散文的结构形式突破了传统散文托物言志、隐喻象征的表现手法，摒弃了起、承、转、合的思维定式，为现代散文开辟了新的抒情方式。当然由于情绪主导篇章结构，情感过度放纵，郁达夫前期散文在结构上也容易随情枝蔓而留下松散的缺憾。

到了后期，郁达夫虽感伤犹在，但整体心态已多有不同。作者在创作中情感相对节制，叙事成分增多，且趋于平静叙说，抒情不再是单一的悲号，而是以叙事带动抒情，在娓娓的叙说中让情感慢慢地流淌出来。因此，郁达夫后期散文的结构不再是搭建在个人情感宣泄的基础上，而是让情感与事件、景物相生互动，注重情境的营造和展现，形成了一种以叙事抒情主导文章脉络的结构形式。如果说郁达夫前期的散文作品呈现的是内在情绪主导的结构形式，那么后期的散文则因为内在情绪的节制和叙事成分的增多而使得作品具有一种较为确定的外在结构形式。《记风雨茅庐》一文中，作者先是说“自家想有一所房子的心愿，已经起了好几年了”，接着又说“自搬到杭州来住后，于不意之中，承友人之情，居然弄到了一块地”，而且在资金方面“四面一凑，于是起造一个风雨茅庐的计划即便成熟到了百分之八十”，入秋以后“也竟丁丁笃笃地动起了工，造起了房子”。接下来作者又谈到房屋的设计问题，把计划中的茅庐变成了瓦房，又添了许多无名的小房间，最后再说明房屋名字“风雨茅庐”的由来，行文洒脱舒展，谈话风浓，整体构思似乎回到了传统散文的起承转合的结构形式。这也是郁达夫后期散文结构艺术的基本特色。特别是20世纪30年代，郁达夫专注于山水游记的创作，在大自然面前，作者几乎被风景同化，由早期的倾诉者变成了倾听者，他不再把文章当成个人情感宣泄的依托，而是寓情于景，何处详写，何处略写，完全取决于个体心灵与自然美景的共鸣程度，游踪、游感层次分明，篇章结构清晰明朗。当然有些作品由于叙事零散，情绪的线索又不能一以贯之，就不免有松弛拖沓的缺点。如《龙山门路》一文，虽旁征博引，但零碎的叙述也导致了情感气韵的断裂，有流水账之嫌。

现代散文理论批评家大多强调散文创作的随意、自然。但这种随意和自然更多的是体现在创作的态度上，而不是无视技巧的任意涂鸦。正如厨川白村所说的，随笔作家的自由写作看似“装着随便的涂鸦模样，其实却是用心雕心刻骨的苦心文章”①。郁达夫的散文看似自由不拘，实际上却蕴藏着作者的“匠”与“心”，因此对郁达夫前后期散文结构的分析并非要强行将之套入一个框架之中，而是想借此对其散文的结构艺术作一大概的勾勒。郁达夫前后期散文结构形式的变化与其个人心态的变化是相应的。前期的郁达夫感伤颓废，把散文创作当成了自己情感宣泄的一种手段，他总是把过去与现在、现实与心理交织在一起，全文始终在抒写自己的苦闷情绪，如一泓山泉汩汩而出，随着地形的变化，左盘右绕，不断逸出新支，因此整篇文章的外在的结构不是很明显，反而会给人一种散漫的感觉。而到了后期，作者收起前期那颗“苦闷的心”，情感节制，哀哀切切转为略带感伤的平静叙说，文章布局上也开始讲究紧凑缜密，显得张弛有度，在一定程度上回归到了传统散文的结构形式。

三、情调：从颓废美到情趣美

郁达夫是中国现代文学史上一位颇为复杂的作家，学术界对其作品的评价向来带着一种矛盾的态度：一方面，充分肯定其作品中对封建思想的叛逆和挑战、真挚的情感抒发和优美的艺术传达；另一方面，又对他前期作品中放浪形骸的颓废情调有所保留。确实，从抒发生活窘迫和性苦闷的《归航》《还乡记》，到感慨人生虚空的《灯蛾埋葬之夜》，一直都弥漫着浓郁的颓废情调。“颓废”是郁达夫早期散文的一种审美偏爱，他倾心于颓废荒凉的美，甚至致力于表现一种病态美，使之成为一种独特的情调。正如他在《苏州烟雨记》里说的：“各处的坍败的形迹和水上开残的荷花筒叶，同暗淡的天气合作一起，使我感到一种秋意，……啊！……我爱你这一种颓唐的情调！”在其早期散文中，我们总能看到这样的“自我”：面容苍白，身体瘦弱，憔悴不堪，神情恍惚，时而亢奋，悲愤交加，怨怒并发，时而消沉，忧伤自怜，悲观失望，从内

① 厨川白村：《出了象牙之塔》，鲁迅译，《鲁迅全集》第十三卷，人民文学出版社，1973年，第169页。

心到表情、行为都有着异样的表现，抒发出来的“实在是最深切，最哀婉的一个受了伤的灵魂的叫喊”①。不可否认，郁达夫早期散文中颓废病态的描写含有刻意夸大的成分，但在这有意的夸大中，我们看到的并不是当下文坛所谓“身体写作”或者“下半身写作”的标新立异和哗众取宠，而是因着作者个人的性格气质而选择了这种病态颓废的情调，这也是当时知识青年觉醒后备感孤独苦闷的一种精神症候，是“时代病”的一种情绪化的真切表现，这亦即鲁迅先生所说的“假中见真”，因此我们应该用一种历史唯物主义的态度来看待他的放浪形骸，而不应对他过于苛求。

郁达夫后期的散文扬弃了前期的病态颓废情调，转而沉潜于自我激情的调和、自然美景的滋润和日常人生的玩味，酿造出飘逸潇洒、闲适恬淡的情调，追求一种情趣美。散文情趣美是作家主观情思意趣的自然流露，是作家将自己真切的生命体验、情感意趣贯注于描写对象的结果。郁达夫后期散文在对自然、人生、社会的观照中，人事景物等客观对象本身的形态特征和内涵意义，已成为他审美关注的重点，从而引发他的审美感受和艺术想象，产生物我交融、情景适会的境界，比起早期的直抒胸臆，显得含蕴隽永。如下面两段文字：

花坞的好处，是在它的三面环山，一谷直下的地理位置，石人坞不及它的深，龙归坞没有它的秀。而竹木萧疏，清溪蜿绕，庵堂错落，尼媪翩翩，更是花坞独有的迷人风韵。将人来比花坞，就像浔阳商妇，老抱琵琶；将花来比花坞，更像碧桃开谢，未死春心；将菜来比花坞，只好说冬菇烧豆腐，汤清而味隽了。（《花坞》）

立在五峰书院的楼上，只听得见四围飞瀑的清音，仰视天小，鸟飞不渡，对视五峰，青紫无言，向东展望，略见白云远树，浮漾在楔形阔处的空中。一种幽静，清新，伟大的感觉，自然而然地袭向人来……（《浙东景物记略·方岩纪静》）

前一段写的是花坞的美妙，作者用一系列类比把美景的神韵形象化、具体化，凝练典雅的语句也真切表现出自然美景的形神，所创造的情境是物我相生

① 郁达夫：《卢梭的思想和他的创作》，《郁达夫文集》第六卷，花城出版社，1982年，第35页。

的悠然自得之境。后一段所写的方岩，那“仰视天小，鸟飞不渡，对视五峰，青紫无言”的自然胜景与“幽静，清新，伟大的感觉”，是景与心会、思与境偕所产生的静穆境界，给人如临其境、浑然两忘之感。由此可见，郁达夫此时的山水游记和咏物小品与早年的漂泊记大异其趣，已把审美焦点移向自然美本身，自然山水获得了独立的审美价值，并借山水抒怀抱，化感伤为旷达，提升了作品的精神境界。

郁达夫心境的宽松洒脱，使他不仅在自然美景的描写上别开生面，也在生活情趣方面颇有会心的领悟，善于捕捉人生情趣。例如《半日的游程》即将结束时，写“我”正在茶房赏玩着以青天为背景的夕照的秋山，“忽听见耳旁的老翁以富有抑扬的杭州土音计算着帐说：‘一茶，四碟，二粉，五千文!’我真觉得这一串话是有诗意极了，就回头来叫了一声说：‘老先生！你是在对课呢？还是在做诗？’他倒惊了起来，张圆了两眼呆视着问我：‘先生你说啥话语？’‘我说，你不是在对课么？三竺六桥九溪十八涧，你不是对上了‘一茶四碟二粉五千文’了么？说到了这里，他才摇动了胡子，哈哈大笑了起来，我们也一道笑了”。在这里，作者以独特的诗人气质和情感，捕捉住了游程中自然、朴素的乐趣，表现出一种充满诗意的情趣美，读来娓娓动人，余味无穷。又如《婿乡年节》，写在杭州过年时发生的“滑稽悲剧”，作者不再像此前那样长吁短叹，而是用自我调侃的笔调写来，富有幽默味。这种幽默情趣，在郁达夫的后期散文中往往于不经意之处溢出，却又给人以畅快之感，显得耐人回味。显然，郁达夫后期散文超越了前期直抒病态颓废情调的作风，创造了以情趣意境取胜的艺术世界。

结　语

“体”随“心”变的文学风格非郁达夫所专有，但在“心”的流转深刻地影响着语言、结构、情调等文体因素的嬗变这一点上，郁达夫无疑是一个成功的范例。虽然学术界对郁达夫前后期散文两种不同风格的孰优孰劣仍争执不已，但在我们看来，对于郁达夫这样一个复杂的作家，对其前后期散文艺术成就的高低做一定评似乎无多大意义，我们所能做的是对其散文中“体”随“心”变的艺术景观继续深入地探讨下去。

第四辑

福建永安抗战文学论略

抗战文学是永安抗战文化的重要组成部分，其历史地位和贡献虽不及战时重庆、延安、桂林、昆明等地的文学活动，但作为当时中国东南抗战文艺的一面旗帜，却具有独特而重要的研究价值。对此，当时已有人作了初步的评价："由于战争形式渐入于相持阶段，文艺工作也渐入沉潜而深入的阶段，在战地和敌后固然益发扩大的开展了工作，并且建立了以各种方式获得其根基的据点，使每一个小的单位发挥了它的任务，使得文艺运动更深入一步的接近着群众。在大后方，重新分布了战斗的单位，如重庆、桂林、成都、延安、昆明、永安等大城市，都集中着一部分的文艺工作者，并且开拓了新的方向，建立了新的出版基础。"① 当时的永安当然不是"大城市"，而是一个地处福建山区腹地的小城，或许正是如此，尽管抗战文学研究在不断推进，但有关战时永安文学的研究仍显荒芜。根据权威学术搜索引擎显示，到目前为止，还未有关于永安抗战文学的专著出版；相关的学术论文也比较少，且主要从出版社、刊物、作家等方面考察永安文坛的各体创作、理论建设、批评论争及其历史贡献，以平面展开为主，无法还原战时永安文学的丰富性。从现有的研究资料来看，关于永安抗战文学的探讨，大多依附于其他问题域的研究，主要从以下两个方面展开：其一，依附于相关作家及其创作的研究。如在对黎烈文、王西彦、章靳以、邵荃麟、董秋芳、郭风等作家进行综合性研究时，多有涉及他们在永安的

---

① 罗荪：《抗战文艺运动的五年》，《学习生活》1942 年第 3 卷第 2 期。

文学活动，只是这一时期的经历仅为他们整个文学活动历程中的一部分，因此常被轻轻带过。其二，依附于永安抗战文化的研究。目前关于永安抗战文化的研究成果虽也比较有限，但已有林洪通的《永安抗战文化史话》（研究专著）、张燕生主编的《永安抗战进步文化活动——纪念抗日战争胜利60周年》（研究资料汇编）、邱文生主编的《永安抗战进步文化活动》（文献资料汇编）等著作，以及若干学术论文。以上研究成果虽着眼于永安抗战文化的大局，但皆关涉文艺领域，只是多以文献梳理和资料汇编为主，缺乏问题意识、史论建构和学理阐释，此类研究仍无法反映永安文学的基本风貌。

整体来看，永安的抗战文学研究还处于荒芜状态，具有较大的学术生长空间。永安虽为战时福建的临时省府，但主导永安文坛的却是共产党员作家和具有左翼文化色彩的作家，在此期间，他们既获得了国民党两任省政府主席陈仪、刘建绪的支持，也遭到位于龙岩连城县的国民党福建省党部和位于三明梅列的省保安处的阻扰和破坏，同时还要克服内部人员的流动和山城落后的物质条件。可以说，作为一种战时区域文学，永安抗战文学具有自身的历史独特性，表现出不同于现代文学其他阶段、其他区域的新质。因此，必须抛开传统单纯立足于作家或文本的研究思路，从文学的“外场”进入，考察永安抗战文学的内外交构及其展开的过程、方式、影响，如此方能切中问题肯綮，打开丰富庞杂的永安抗战文学景观。

一

全面抗战爆发后，东南沿海城市相继沦陷，福建沿海城市也不例外。而地处闽赣边界的闽西北、闽北地区，因位置偏远，交通闭塞，又非战略要地，成了相对安稳的国统区后方区域。为继续组织抗战，1938年5月，福建省国民政府府治由福州迁往闽中山城永安。随着省会的内迁，不少行政机关、大中专院校、科研机构、文化团体等也陆续向永安及其附近的山区疏散。由于地理位置上的天然屏障作用，东南沿海沦陷区的一些大专院校和文化机构也纷纷迁到永安。于是，一时山城永安云集了大批文化名人，基本上“实现了东南文化的自给自足”，使之最终成为东南沿海的一个文化堡垒，避免了东南沦陷区像其他沦陷区一样处于文化荒芜的状态。永安抗战文学的发展正是在这一文化堡垒的庇护下成长起来的。

永安抗战文学的顺利成长首先得益于中国共产党的领导和中共文艺政策的调整。抗战爆发后，中共福建地方党组织根据党中央关于建立抗日民族统一战线的指示，积极主动与福建省国民党军政当局接触，最终达成合作抗日的协议。在此情况下，中共中央和福建省地方党组织也相应地调整了文艺政策。1939 年 2 月，《新华日报》社论《加紧沦陷区域的文化工作》指出："为了坚持持久抗战，为了争取抗战最后的胜利，怎样把这些沦陷区变为前线，怎样在这些沦陷区建立抗日根据地，开展各种工作，怎样在这些区域开展文化工作，实在是我们当前一个非常重要的任务。"[①] 战时中共中央南方局也提出了"三勤"（勤学，勤业，勤交友）、"三化"（职业化，社会化，合法化）等新的文艺政策[②]，与当时的非党员知识分子在文化阵线上进行了广泛而融洽的合作。中共福建省委关于执行抗日民族统一战线新任务的指示中也指出要"发展进步力量"，"争取中间力量"，"要争取知识分子"。[③]

各级党组织对永安这一阵地的重视，为永安的抗战文艺赢得了活动空间。据统计，先后有 60 多位地下党员在战时永安的各个岗位上带头贯彻执行党的抗日民族统一战线政策，无形中确立起一个以共产党员和左翼文化人士为主体的抗战文艺的领导核心。如共产党员杨潮到永安后，就不顾个人安危，积极投入抗战文艺活动中，经常举办讲座，广交各界进步人士，热情帮助青年。他还创办《国际时事研究》周刊，兼任《民主报》主笔。除此之外，他还翻译各种文艺作品，写评论，在永安 13 个月，共撰写论文 120 多篇，70 多万字。在杨潮的影响和带动下，当时潜伏在永安的地下党员和其他革命同志，虽然之间没有公开、明确的组织联系，但无形中却结成了一个互相配合的战斗集体。可以说，正是杨潮等党员的先锋模范作用，使共产党在永安抗战文学活动的政治影响进一步深入和加强。在 7 年多的永安抗战中，文艺界的共产党员掌握了 10 多种主要报刊阵地，其余的报刊，也有不少地下党员和进步同志参与。他们利

---

① 见《新华日报》1939 年 2 月 4 日。

② 周恩来：《关于"三勤"政策》，《永安抗战进步文化活动》上册，邱文生主编，海峡文艺出版社，1994 年，第 105 页。

③ 《中共福建省委关于新形势与抗日统一战线的新任务》，《永安抗战进步文化活动》上册，邱文生主编，海峡文艺出版社，1994 年，第 83 页。

用灵活多样的文艺活动形式，努力捍卫党的抗日民族统一战线政策，积极宣传党的“坚持抗战，反对投降；坚持进步，反对倒退；坚持团结，反对分裂”的政治主张，鼓舞、带动永安各界人士投入抗日救亡斗争。1940 年 9 月，中共中央在《中共中央关于发展文化运动的指示》中指出：“在国民党统治区域很可能广泛发展与极应该广泛发展的一项极端重要的工作，是抗日文化运动。这项工作的意义在目前有头等重要性，因为它不但是当前抗战的武器，而且是在思想上干部上准备未来变化与推动未来变化的武器。”还指出：“要把一个印刷厂的建设看得比建设一支几万军队还重要。”[①] 正是在这一精神的指导下，永安的共产党员团结一切进步文化人士，利用国统区一切可以利用的条件，尽可能地宣传抗日，从事进步报刊活动，开辟了东南抗日文化十分活跃的一角，保证了战时永安进步报刊活动的方向。[②]

其次，永安文艺活动的顺利开展还得益于抗日民族统一战线的形成。永安深处福建山区腹地，交通不便，日本侵略者虽然四处出击，却难以进入，这为内迁的文艺界人士提供了相对安定的生活环境，也为聚集在这里的各种势力的交锋和对话提供了一个较为广阔的空间。特别是，先后担任福建省主席的陈仪和刘建绪在抗日民族统一战线的感召下，再加以政治斗争的需要，都实行了较为开明的统治和抗日政策，他们允许进步言论，邀请进步文化人士到永安开展进步文化活动，支持进步刊物和出版社，为永安抗战文学活动提供了相对自由的舆论环境。

陈仪是战时福建省会内迁后的第一任省国民政府主席。他虽为国民党政府高官，却倾向于进步文化。他与鲁迅的关系较为密切，在鲁迅先生去世后，曾出资支持《鲁迅全集》的出版工作，并托人购买，分赠给福建省各图书馆和各大中专学校，同时要学校选取几篇作为教材，以激励后进。在永安期间，他创办了福建法学院，开展战时民众教育，推广普通话。最为值得一提的是，他聘请黎烈文在永安文化界任职，委托黎在永安办出版社，编辑刊物，致力于福建的文化建设。应该说，永安文学的蓬勃开展，离不开陈仪在政治上的政治支

① 见《中央关于发展文化运动的指示》，邱文生主编《永安抗战进步文化活动》上册，海峡文艺出版社，1994 年，第 81 页。

② 林洪通、李万成：《论党对永安抗战文化活动的领导》，《永安抗战文化史话》，中共党史出版社，2013 年，第 309、312 页。

持。特别是，当时留在永安作家很多具有左翼背景，在抗战前期，这些作家能够相对安稳地从事进步文学创作，皆得益于陈仪与当时国民党福建省党部和保安处的巧妙周旋。譬如，1940 年，时任中共东南文委负责人的邵荃麟、葛琴夫妇，因被国民党政府通缉，辗转来到永安，经黎烈文的推荐，在陈仪的批准下，留在永安改进出版社工作，陈还多次阻止省保安处逮捕邵荃麟的企图。陈仪的接任者刘建绪亦有开明的表现和举措，他采纳其秘书程星龄“今后应当一反以前所作所为，为国家民族积蓄一点力量，爱护青年，爱护革命人士，犯不着再与共产党为敌”① 的意见；接纳了陈仪留下的各行各业的人才，出资支持创办东南出版社；他在政治上也基本上容纳进步文化人士和爱国人士，对入闽知识分子的到来持欢迎态度；曾主持制定《救济浙赣入闽文化人士暂行办法》，支持永安的文化事业，使当时由党所领导的永安文学活动几乎处于半公开的状态。尽管陈、刘二人作为一方势力的代表，在自己的势力范围内，实行一套与蒋介石较为不同的开明政策，允许那些进步报刊公开活动，有借此抬高政治声望，扩大影响，以便在战后政治斗争中寻求出路的目的，但永安文学能够在东南沦陷区中孤悬一角并在全国范围内产生影响，与他们的政治支持分不开。

另外，也必须看到，在共产党的抗日民族统一战线政策的感召下，许多进步的爱国民主人士和知识青年，在国难当头、民族危亡的时刻，认真实践中国共产党坚持抗战、推动抗战的正确政策，也为永安的抗战文艺做出了较大的贡献。如当时任改进出版社社长兼发行人的黎烈文、担任省政府编译室编译兼省政府图书馆馆长的董秋芳等。他们都是 20 世纪 30 年代的著名作家、学者，都不是共产党员，但他们拥护共产党的抗日主张，自觉接受党的抗日民族统一战线的领导，团结各方面的爱国人士，共同抗日。黎烈文到永安后，为了“使永安这个正在走向开发路上的小城，成为一个推动内地文化的据点，进而对全省乃至全国文化界有所贡献”②，他秉承 30 年代初主编《自由谈》的精神，凭着“涸辙之鲋相濡以沫”和“推重车上峻坂”的毅力③，在极其困难的条件下，创办了改进出版社，出版了许多激励人心的抗战书刊，使《改进》等出版物成

① 转引自郑勉己：《福建永安抗日文化活动的特点与起落》，《福建师范大学学报》（哲学社会科学版），1986 年第 1 期。

② 见《现代青年》1941 年第 5 卷第 1 期。

③ 黎烈文：《我们的希望》，《改进》1939 年第 1 卷第 1 期。

为风行东南各县的读物，成为宣传抗日民族统一战线和进行抗战文化活动的重要言论阵地。董秋芳则利用省图书馆这一阵地，采购许多进步书刊，使他所在的图书馆成为传播进步思想的阵地。如 1942 年 5 月，毛泽东《在延安文艺座谈会上的讲话》在《新华日报》发表后，就是通过董秋芳主持的省政府图书馆的传播，在永安文化界产生了广泛的影响，潜伏于永安的共产党员和爱国民主人士也正是通过这一渠道与党中央保持着联系。省图也因此成为了“窒息的山城一个透进清新空气的窗户”[①]。

最后，省府内迁后，一大批知名作家、新闻出版机构、文化团体、教育机构也纷纷随之内迁，同时浙江、江西部分地区因战事吃紧，许多作家和文化教育机构也迁来永安，这为永安抗战文学的全面展开提供了丰富的文化资源和持久的动力。

永安地处福建山区腹地，社会经济落后，文化生活也是非常匮乏。省府内迁前，永安城区人口不足 7000 人，城区面积只有二平方多公里，四周围着 7 米多高的城墙，东西南北各有一个城门，建有城楼，另有两个小水门，便于居民汲水、洗衣。城内除几条主要街道由青石板铺就外，其余的巷道都是鹅卵石路面。街边的铺面是一层的木板房，参差不齐。除了赶集的日子，平常生意冷清。[②] 董秋芳在一篇文章中这样形容当时的永安：“民国二十七年的永安，简直像一座荒城，也像一片沙漠，知识荒，超过了天天必须的粮食荒，那时白米每元能购到多斤。一般公务人员和知识青年的‘叫荒’声，响彻了这弹丸之地的永安全城。”[③] 永安的文化建设也不容乐观，如《改进》主编黎烈文说：“生活在这里永安的男女青年是迫切地需要新的文化食粮。这事影响抗战前途狠（很）大，无论如何，我们不应当轻易看过。”[④] 在这样的社会环境中，内迁的政治文化资源对于永安来说，就有了非常特殊的意义。据统计，这一时期总共近 100 多个政府部门、企事业单位、出版文化机构和各级学校迁入永安，城区

① 赵家欣：《风雨故人情》，福建人民出版社，1981 年，第 58 页。

② 永安市文化体育与出版局编：《烛照东南——永安抗战进步文化活动始末》，三明市文化与出版局，2005 年，第 1—4 页。转引自林梅：《国难当头中的“理想追求”：抗战时期永安知识分子与〈改进〉杂志》，厦门大学硕士学位论文，2009 年。

③ 董秋芳：《怎样建设内地的国防文学》，邱文生主编《永安抗战进步文化活动》上册，海峡文艺出版社，1994 年，第 119 页。

④ 黎烈文：《我们的希望》，《改进》1939 年第 1 期。

人口由原来的 7000 人骤增至万多人。[①]

各种团体机构的内迁，也使得出版和新闻业特别一时兴旺起来，在前后 7 年多时间里，相继涌现的出版社和编译团体、机关近百个。其中，出版社 39 家，分别是：改进出版社、教战导报出版社、青年战友出版社、中华出版社、国民出版社、四维出版社、新阵地图书社、大中书社、福建青年出版社、地方自治书报社、建国出版社、战地图书出版社、胜利出版社福建分社、自然出版社、歌林出版社、人生编译社、十日谈出版社、人报周刊出版社、公余生活出版社、文选出版社、三平月刊社、英语锁钥社、前行出版社、东南出版社、战时中国出版社、中国文化服务社福建分社、总动员出版社、联合书屋出版社、南华出版社、点滴出版社、民意月刊社、人文出版社、大江出版社福建分社、大众出版社、商务印书馆永安联合编译社、农学院季刊社、龙凤月刊出版社、新禾出版社、经济科学出版社；此外，还有福建省政府公报室（后改编译室）、省教育厅编审委员会、省研究院编译室、省政干团编辑委员会等近 20 多个机关编辑机构。新闻通讯社 4 家：中央通讯社福建分社、华南通讯社、永安联合新闻社、美国大使馆新闻处东南分处。发行机构 15 家：中华书局永安分局、改进出版社营业处、商务印书馆永安支馆、文明书局、立达书店、青年书店、民主报文化服务部、力行书店、古今书店、中国文化服务社永安县分支社、东南出版社门市部、开明书店永安分店、正中书局永安支局、省政干团永安茅坪服务社、国民党中宣部永安区书刊供应处。印刷所 17 家：福建省政府秘书处印刷所、改进出版社印刷所、中央日报印刷所、省银行印刷所、万有印刷所、联合印刷所风行印刷分社、艺声印刷所、大道印刷所、南城印刷合作社、现代印刷局、东南出版社印刷所、力行印刷所、良友印刷所、永光印务公司、政干团服务社印刷厂、长风印刷所、文化服务社印刷所。先后编行报纸 12 种，期刊 129 种，各类书籍 800 多种。[②] 这些文化出版机构为永安抗战文学的兴起和繁荣奠定了坚实的基础。

此外，大批文人学者也随着政府机构和文教机构迁入而来，还有一部分从

① 见林梅：《国难当头中的“理想追求”：抗战时期永安知识分子与〈改进〉杂志》，厦门大学硕士学位论文，2009 年。

② 相关统计见中共永安市委党史研究室编：《永安抗战进步文化活动》，海峡文艺出版社，1994 年，第 7、623—624 页。

北平、天津、上海、南京、杭州、嘉兴、无锡等沦陷区流入的流亡学生和知识分子也聚集于此，他们积极参加抗日救亡工作，在永安建立了各种文化团体。如董秋芳、许杰、郑贞文、杨骚等知识分子和作家都是随省政府内迁永安的。对永安抗战文学作出重要贡献的黎烈文出任永安改进出版社社长后，不仅尽心尽责从事出版工作，还援引了众多作家参与到永安抗战文学的建设之中。在任期间，他安排逃亡到永安的邵荃麟、葛琴夫妇为改进出版社的专业作家和编辑；章靳以也是通过黎烈文介绍来到永安，担任福建省立师专中文科主任；此外，他还邀请了王西彦、许粤华、赵家辛、卢茅居、郭风等知名作家和文坛新秀到永安从事改进出版社的编务。整体观之，当年旅寓永安的作家多多少少都在创作上留下足印。某些作家在永安逗留时间不长，但却留下不少作品。如邵荃麟以“契若”的笔名创作、翻译文学作品，他在《现代文艺》上发表短篇小说《吉甫公》，在《现代儿童》上发表独幕剧《爸爸的棉袄》，在《现代青年》上连载《文章检讨会》。除了创作，他还翻译苏联卫国战争中篇小说《游击队员范思加》，在《现代儿童》上连载。而葛琴则发表短篇小说《出奔》，散文《斗士》，出版短篇小说集《生命》等，与之同来的麦青也发表了许多诗作后才远走桂林。青年作家庄瑞源从晋江家乡去同济大学医学院（时已迁至赣州）就读时，仅仅是路过永安，因受到黎烈文、王西彦的鼓励，在《现代文艺》上发表了许多散文、小说，他写于永安时期的散文，后集结为《贝壳》一书出版，列入了巴金主编的《文学丛刊》中。[①] 由于有强大的作者阵容和雄厚的编辑力量，使永安出版物的质量和声誉大为提高，有的成为东南各省乃至全国的畅销读物。

二

相对说来，永安是一个偏远的山城，物质条件极为简陋，又没有深厚的文化底蕴，并非文学生产的理想之地，但各种文化资源的聚合，使其在陷入信息封闭境地的同时，亦自给自足地营构了一个相对健全和良性互动的文学场。

---

① 见柯文溥：《抗战时期福建永安的文艺活动》，《南京师范大学文学院学报》2008年第1期。

首先，从作家和文学活动组织者的角度来看，当时围绕永安文坛活跃着一个庞大的作家群，据统计，当年在永安刊物发表作品和出版著作的知名作家有100多人，此外还有大量偶有所作的文学青年。当然，其中对永安文学生产和传播起主要作用的是驻留于永安，并具体从事文学创作、出版工作的部分作家。这一群体的成分比较复杂，既有共产党员作家（如邵荃麟、杨潮等），又有左翼文化色彩的爱国作家（如黎列文、董秋芳、许钦文等），还有处于两者之间的民主进步作家（如章靳以、赵家欣等），此外还有国民党背景的文人（如谌震等）。这些作家或文人虽然政治背景、思想信仰不尽相同，但却能够通过民主合作精神，实现东南文艺的自给自足。

比如，作为永安文坛支柱人物的董秋芳，1938年随福建省会搬迁到永安后，任省政府公报室编译兼省政府图书馆馆长。董秋芳在筹办省政府图书馆时，凡是买到的新书，都公开或暗中借给要求进步的青年阅读。尤其是宣传抗日的进步书刊无不购进出借。值得称道的是，他利用各种渠道把当时的“禁书”“禁报”，如高尔基的《母亲》、法捷耶夫的《毁灭》、绥拉菲莫维奇的《铁流》和重庆出版的《新华日报》暗中出借。1942年5月，《新华日报》刊登了毛泽东《在延安文艺座谈会上的讲话》的主要部分，董秋芳通过图书馆这条有利渠道，对该文进行宣传，在永安的文化界和爱好文学的革命青年中广为传播，给这偏僻的山城带来了一股清鲜的空气，对当时永安文化界和爱国进步青年有着重要的指导意义。董秋芳曾经风趣地说道：“金圣叹以雪夜围炉读禁书为乐事，可惜福建无雪无炉只有书。”① 董秋芳的言行，获得了文艺界尤其是革命青年对他的钦佩和敬意。因而省政府图书馆在董秋芳数年的苦心经营下，卓有成效，成为广大革命青年接受团结抗战思想和民主革命思想教育的重要阵地。②

1940年夏季，浙江金衢特委被破坏，作为中共东南文委书记的邵荃麟与妻子葛琴改名换姓，历尽艰辛撤离到了永安。邵荃麟虽然在永安待的时间较短，却深度参与了永安的文学活动。邵荃麟在永安期间除了写作，主要是为

① 转引自林洪通：《左联作家董秋芳在福建永安》，《永安抗战文化史话》，中共党史出版社，2013年，第178页。

② 见林洪通：《左联作家董秋芳在福建永安》，《永安抗战文化史话》，中共党史出版社，2013年，第179页。

《改进》月刊编译来自欧美国家的反法西斯文章，并协助王西彦编辑《现代文艺》。在邵荃麟、王西彦的努力下，《现代文艺》成为战斗性很强的一个文学刊物，不仅在东南地区，而且在桂林、重庆等大后方也有着较大的影响，有力推动了抗战文学的发展。邵荃麟在永安期间还出版了四幕话剧《麒麟寨》。该剧围绕抗日团结的主题，写了改造绿林好汉、团结抗日的故事，有力地回击了国民党顽固派对共产党领导的抗日军队“游而不击”的污蔑。[①]

身处永安的文人知识分子还广泛联络国内其他地区的作家，诸如郭沫若、矛盾、巴金、朱自清、老舍、臧克家、唐弢、夏衍、胡风、冯雪峰、艾青、何其芳、李广田、张天翼、吴伯箫、范长江、萧军、聂绀弩、蹇先艾、穆木天、谢冰莹、宋之的、宋云彬等当时国内知名作家都曾在永安发表过作品或出版文集。正是有如此强大的作者阵容，永安出版的文学作品在国内赢得了较大的声誉，使之在抗战文学版图上占有重要的分量。

永安文坛还非常重视青年作家和当地作家的培养，王西彦称“我们比较注意于当地新作者的发掘和培养，尽管发表了好几位颇有成就的青年作家的处女作……对新人的投稿，只要有可取之处，无不乐为刊载”。[②] 比如《现代文艺》《改进》的文艺专栏经常发表青年作家的文章，《现代青年》也常设“青年文艺”专栏，《民主报》副刊《新语》以“要求民主”和“培育青年”为宗旨，经常刊发青年知识分子的文学作品。特别是《现代青年》前后发表了 80 多位青年作者 100 多篇文学作品，还举办过征文竞赛，为培育青年作家起到了很大的作用。[③] 现在看来，尽管这些青年作家的作品良莠不齐，有些青年作家在文学道路上最终走向默默无闻，但扶持青年作家的举措不仅为当时的永安文坛提供了不竭的新生力量，也促进了战后永安文学精神在全国范围内的播衍。福建本土散文作家郭风就是在永安文坛上崭露头角的，《现代文艺》曾发表过他的多篇诗作。他后来回忆道：“1940 年前后对于我在文学道路上行进来说，是颇为重要的年月”，“连续刊我的习作的，是西彦同志”。[④] 他的第一组散文诗

① 林洪通：《邵荃麟与永安〈现代文艺〉》，《永安抗战文化史话》，中共党史出版社，2013 年，第 361—368 页。

② 王西彦：《编后记》，《现代文艺》1941 年第 3 卷第 4 期。

③ 见林梅的《国难当头中的“理想追求”：抗战时期永安知识分子与〈改进〉杂志》，厦门大学硕士论文，2009 年。

④ 郭风：《文坛三师友》，《海峡》1989 年第 1 期。

《桥》就是经王西彦的推荐，在《现代文艺》上发表，他早期的小说《来》《查粮》也是通过靳以等人的推荐在《改进》和《国民日报·文群》上发表的，并逐渐引起了文艺界的重视。

其次，从刊物和出版的角度来看，战时永安共有出版社、编译团体机 50 多个，报纸 12 种，期刊 129 种。据不完全统计，除去近 60 种的专业期刊外，有 42 种综合性期刊开辟文艺专栏，更有《现代文艺》《文选》《十日谈》《剧教》《福建剧坛》等 10 余种纯文学刊物。这些刊物发表的文章，再现了抗战时期中国广阔的现实生活，在文艺界产生了很大的影响。以《现代文艺》为例，该刊创刊以来，先后发表中短篇小说 80 多篇，报告通讯 40 多篇，散文 60 多篇，新诗 100 多首，此外还有翻译作品 30 多篇，这些作品大多以反映民族解放战争和阶级革命为内容，时代感强，具有较高的艺术价值和文献价值。尤为值得注意的是，这些刊物还与当时国内进步文艺界密切互动，积极参与战时文艺理论的建设和论争，形成互相配合、彼此呼应的局面。如《现代文艺》先后发表文艺理论文章 60 多篇，参与了当时全国文艺界关于“文艺大众化”“民族形式”“暴露与讽刺”“新式风花雪月”“抗战八股”“与抗战无关论”等问题的论争。遗憾的是，这方面鲜有人去关注，学术界历来多关注重庆、延安、“孤岛”、桂林等地的文艺论争，而忽略了当年处于东南一隅的永安也对上述文艺理论问题进行呼应，展开过热烈的讨论。事实上，永安刊物不仅参与国内的文艺论争，其自身内部亦有曾有过论争。1944 年至 1945 年间，国民党机关报纸《中央日报》和董秋芳主编的《民主报》副刊《新语》曾针对白话文和鲁迅式杂文展开过一次较大规模的论战，针对《中央日报》的复古逆流，《新语》刊发了二十多篇文章给予反击，在战时的东南文艺界产生了很大的影响。

在出版方面，战时永安从事文艺出版的主要是改进出版社和东南出版社，它们编辑出版的文艺书籍种类繁多，发行量大，畅销全国各地。改进出版社是由福建省政府出资，于 1939 年春创办的一个半官方的出版机构，黎烈文担任出版社社长兼发行人。“黎烈文焕发了主编书报《自由谈》时的旺盛朝气，抱着‘推重车上坡’的雄心，主持创办了改进出版社，决心在闭塞的山城开拓新的天地。”[①] 改进出版社从一开始就积极响应抗战，黎烈文为《改进》制定的发展方向是：“是想对抗战和建国两重工作都能有些许贡献。”1938年12月，梁实秋在其负责编辑的重庆《中央日报》的副刊《平明》宣称不拒绝“与抗战无关的材料”的稿件，一时国内文艺界掀起了对“与抗战无关论”的批判。对此，改进出版社旗下的《改进》期刊针锋相对地宣布：“与抗战建国有关之著作，特别欢迎。”[②] 后又特别刊登启事，声明“尽量提供一切与抗战有关的材料”[③]，“征求有文艺价值之通讯、报告。题材属于敌寇暴行一类者，尤为欢迎。”[④] 总之，《改进》始终围绕着抗战、救国两大主题刊发文章，坚持抗日救亡的宗旨。正是如此，这份刊物出版后就得到了当时文化界的支持，国内许多知名作家都在该刊发表过作品，产生了较大的影响。

改进出版社陆续出版编辑过八大丛书和一些单行本，共有101种，跟文学有关的有“现代文艺丛刊”26种，“现代青年丛刊”4种，“现代儿童小丛书”6种，“战时民众丛刊”6种，其中“现代文艺丛刊”的影响尤为显著，该丛书由王西彦编一、二辑，黎烈文编第三辑，第四辑只出一种，每辑六册，全部用当地制作的土纸印刷，皆为小32开本，“现代文艺丛刊”的编者称：“我们以‘涸辙之鲋，相濡以沫’的微意，在文艺书籍方面尽点薄弱的努力，包含相当广泛，创作和翻译都有”，“我们不敢将这些文章比高尔基的刀笔或鲁迅的匕首，不过至少是一面帮助你认识现实的透镜”。正是如此，改进出版社旗下的出版物“内容之充实，选材之精审，印刷之完美，要算抗战时期大后方的第一流读物”[⑤]。如此的繁荣盛况一直持续到1941年，之后因为各种原因，改进出版社逐渐走向没落。

1943后，随着陈仪的离闽以及国民党文化管控的加强，改进出版社的工作受到了很大的打击，几近名存实亡，于是永安进步文化人士、时任国民党福建省主席刘建绪的秘书谌震等人，于1943年10月创建了东南出版社。该社先后出版书刊30余种，该社出版的书刊因制作精良，远销各地，深受读者欢迎，

---

① 赵家欣：《燕江风雨——回忆黎烈文与永安改进出版社》，《福建党史月刊》1985年第10期。

② 编者：《欢迎投稿》，《改进》1939第1卷第1期。

③ 编者：《启事》，《改进》1939年第2卷第6期。

④ 编者：《启事》，《改进》1939年第1卷第5期。

⑤ 曹聚仁：《我与我的世界》，人民文学出版社，1983年，第325页。

被誉为“东南本”。其中，属于文学出版方面的有骆宾基的中篇小说《一个倔强的人》、王西彦的短篇小说集《静水里的鱼》、夏衍剧作《水乡吟》；理论著作有茅盾等的《方生未死之间》、张天翼等的《贾宝玉出家》；翻译作品比较多，有黎烈文译《最高勋章》，孙用译《甲必丹之女》《苇栗集》，王语今译《在底层》《左琴科短篇小说集》，并重印郭沫若译《浮士德》《少年维特的烦恼》、孙用译《勇敢的约翰》等世界名著。

东南出版社成立时，虽然整个环境较为恶劣，但出版社同人却能够秉承改进出版社的精神，继续宣传抗日救亡和进步思想，同时也致力于提高业务水平，稿件选用宁缺毋滥，出版的书籍和刊物都有着较高的质量，得到了文艺界的广泛认同，也获得了读者的信赖，远销大后方广大区域。时任东南出版社重庆分社负责人林一青回忆道：“当我把几本《少年维特之烦恼》及《浮士德》，特别是绸面烫金的《浮士德》送给郭沫若同志时，他非常高兴，将书把玩，爱不释手，一再说‘印得很好，很好！校对、装帧都好。’并要把花了十五年心血研究，那时才编好的《先秦学说述林》托我送东南出版社印行。”[①] 东南出版社在恶劣的政治环境中艰苦支撑，延续了改进出版社进步的文化活动方向，并逐渐取代了改进出版社在进步文化界的影响和地位，后来虽因“永安大狱”而解体，但通过文学传播进步思想，引导青年走上革命道路，把永安的进步文学活动推到了高峰。

再次，从接受的角度来看，战时永安的文学活动除了围绕抗战大局展开，还因为“生活在这里永安的男女青年是迫切地需要新的文化食粮。这事影响抗战前途狠（很）大，无论如何，我们不应当轻易看过”[②]，因此特别强调文学服务内地青年和普通大众的功能。比如，《现代文艺》辟有“作家短简”一栏，将编辑部平时与外地作家的来往信件摘编介绍给读者，满足了“偏处东南一隅的读者渴望知道远在大后方的作家们的消息”[③] 的需求，这对于读者了解文坛动态和作家的创作心理提供了较大的便利。此外，在作品的内容题材和艺术形

① 李振林：《关于东南出版社》，邱文生主编：《永安抗战进步文化活动》上册，海峡文艺出版社，1994 年，第 424 页。

② 黎烈文：《我们的希望》，《改进》创刊号，1939 年第 1 第 1 期。

③ 王西彦：《野火的联想——关于〈现代文艺〉的回忆》，选自《抗日战争时期永安进步文化活动学术讨论会专辑》，中共永安市委党史工作委员会，1988 年，第 84 页。

式，也充分考量永安地区民众的接受水平。在《现代文艺》中，乡土题材作品在每一期中都占有相当大的分量，其他的作品在内容题材设置上也尽可能与战时普通民众的生活休戚相关；而由中共福建地下党组织直接领导下创办的刊物《老百姓》，其第二任主编叶文恒就明确提出以下编稿原则："1. 避免八股化和小题大作；2. 避免直接的教训，要多形象的解释；3. 避免太长太繁；4. 增加图画；5. 排版应注意主题的露目；6. 切合民众的生活，软硬性都有；7. 要富含地方性，多趣味生活；8. 多求独创；9. 内容求崭新、切实、趣味、容入痛痒；10. 有组织的采取读者的得火感；11. 要浓调事实，才可能强调形容；12. 注意事实，尊重客观；13. 抓住流动的社会性；14. 要和一切政治事实相联系。"① 该刊上的文学作品基本上很好地贯彻了以上原则，大多采用群众喜闻乐见的形式，体制短小精悍，文字浅显易懂，观点鲜明，行文娓娓细道，倍感亲切。

由于戏剧舞台表演的直观性，对受众的文化水平要求较低，因此战时永安的戏剧运动也得以蓬勃开展，话剧运动更是空前活跃。1940 年 4 月，福建省教育厅成立了戏剧教育委员会，此后又相继创办《剧教》月刊、《福建剧坛》半月刊和《剧讯》月刊，并编辑出版了"抗敌戏剧丛书""戏剧丛刊"以及多种戏剧理论著作；此外，综合性刊物，如《现代文艺》《现代青年》《战时民众》《人报》《业余》《福建训练月刊》等近 30 种综合性刊物亦开辟戏剧专栏，或发表剧作、剧评、戏剧动态信息。以上举措，对于推动永安基层戏剧运动，丰富民众文化生活具有重要的作用。据统计，当年在永安出版、发表的剧本达 70 多种，改编、演出的剧目有 200 多种，诸如曹禺、老舍、丁玲、洪深、熊佛西、陈白尘等知名作家的作品，都曾被改编在永安及其附近地区演出过，深受民众欢迎。这些演出大多是出于适应战时民众审美水平的考虑，强化对战时民众的宣传。

三

战时永安关山阻隔，交通不便，通讯条件落后，与大后方联系困难，但通

① 转引自吴国安、钟建英：《近代文化史上的一朵"奇葩"——抗战时期福建永安的进步报刊活动评述》，《党史研究与教学》1988 年第 3 期。

过各种渠道，仍然与外界保持着一定的联系，使永安与其他国统区、解放区、沦陷区的抗日文化运动紧密联结一起，形成互相配合、彼此呼应的局面。

从交流对象和内容来看，战时永安与国统区、解放区、沦陷区皆有着密切的互动，尤以浙、赣、川、皖、湘、粤等地区的联系尤为密切。改进社出版是抗日战争时期国内最大的出版社之一，前后出版书籍近 200 种，《改进》杂志每期印刷数量最多曾达到一万册。改进出版社之所以有如此大的影响力，与该社对刊物发行的重视是分不开的。改进出版社在南平、长汀、连城、沙县等地设有门市部，使改进出版社的杂志出版后就能很快流通到以上各地。随着发行业务的扩大，改进出版社还在浙江金华、江西上饶、广东梅县及本省晋江等地设立代理处，同时与全国 60 余家书业同行也建立起业务联系。[①] 比如《现代文艺》，“创刊号发到各地的代售处去，不到旬日便都先后销售一空，来信要求增添。定阅者也陆续在增加……供不应需，发行部几次要求再版”[②]。与此同时，永安多数书店与重庆、桂林、昆明、韶关、衡阳、赣州等战时重要文化据点都有业务联系，国内的一些出版机构，如中华书局、商务印书馆、开明书店、正中书局等也在永安设立分支机构，将外界的文化信息及时带入永安，成为了永安与进步文化界互通声息的重要渠道。在文艺界的一些重要问题和事件上，永安与外界也遥相呼应，如几次文艺理论论争、“与抗战无关论”批判、延安文艺座谈会精神的传播和讨论，在当时永安文坛都有着强烈的响应。同样，永安文艺界的进步活动也得到其他各地的大力支持和声援。如“永安大狱”发生，特别是羊枣牺牲后，全国各界人士和进步报刊都纷纷举行追悼会，发表纪念文章和抗议声明。在延安的《解放日报》和在重庆的《新华日报》，都用醒目标题刊登了《名记者羊枣死于杭州狱中》的新闻，上海新闻界有 61 人联名发表《为羊枣之死向政府的抗议声明》，甚至美国著名剧作家华慈、著名记者爱泼斯坦、怀特等西方文化人士也致电国民党政府，对羊枣受虐致死表示抗议。上述表明，永安这一文化据点与以重庆为中心的整个国统区的文化据点是一个有机的整体。

永安作家与当时国内作家的互动也比较频繁。黎烈文在为《现代文艺》撰

---

① 见林梅：《国难当头中的“理想追求”：抗战时期永安知识分子与〈改进〉杂志》，厦门大学硕士论文，2009 年。

② 编者：《编后记》，《现代文艺》1940 年第 1 卷第 3 期。

写的发刊词中写道："我们的抗战文艺运动依然局促于少数大都市，如重庆、桂林、香港、上海等处，很少有人想到在东南前线尚有一片如此广大的土地。"[①] 永安不少报刊辟有"文化消息""学术界动态""新书评价""作家短简"等专栏，介绍各个抗战区域文艺界的讯息。比如《现代文艺》就开设有"作家短简""战时作家生活""重庆的作家"等专栏和专题报道。对此，王西彦后来回忆道："我们考虑到偏处东南一隅的读者渴望知道远在大后方的作家们的消息，就想出了这个主意，有选择地刊登一些朋友们的短简。"[②] 此外，《民主报》副刊"十日谈"也专门开辟"文坛简讯"专栏，介绍重庆等地文坛发生的重要事件；《联合周报》，也开辟一个关于"文化消息"的特色栏目，受到广大读者的欢迎。

永安与其他地区的作家也经常互相约稿。永安毕竟是一个小城市，又身处内地，驻留于永安的作家对于整个文艺界来说毕竟是少数，因此这些身在永安的作家常常凭借各自的人脉关系和影响力向国内各地作家约稿。王西彦在回忆担任《现代文艺》编辑经历时说道："当时我在文艺界的熟人不多，知道在向外地作家约稿时不能单靠以编辑部名义寄发出去的信件，因此尽可能争取黎烈文的帮助，请求他单独或和我一起署名，给一些朋友们写信。有的朋友很快就寄来了稿子，有的即使不能马上寄稿子，也多半写来了回信。"[③] 比如，还未来到永安的靳以接到黎烈文的约稿信后就表示："你办刊物，我们非常赞同，而且已经为你转去一篇稿子。"[④] 艾芜接到约稿信后也说："叫我写文章，得暇即常赶好送上。"[⑤] 此外，诸如聂绀弩《夜戏》、唐弢《劳薪集》、艾芜《杂草集》、蹇先艾《幸福》等在永安的出版，亦是通过以上途径达致的。当然，永安作家的作品也常到国内其他地区发表或出版，如黎烈文《伟大的命运》、章靳以的《鸟树小集》、王西彦的《悬崖》等。此外，也有文艺资源的互通有无。如楼适夷曾向黎烈文求助："烈文兄在山国中不知能够见到法国新刊否？甚望

① 见《现代文艺》1940年第1期。

② 王西彦：《野火的联想》，艾以、沈辉等编《王西彦研究资料》，知识产权出版社，2009年，第77页。

③ 王西彦：《野火的联想——关于〈现代文艺〉的回忆》，选自《抗日战争时期永安进步文化活动学术讨论会专辑》，中共永安市委党史工作委员会，1988年，第87页。

④ 见《现代文艺》1940年第1卷第1期"作家短简"专栏。

⑤ 见《现代文艺》1940年第1卷第3期"作家短简"专栏。

就近代为致意，乞其于此方面予以援助，虽明知繁剧，但法文方面，实颇难觅得胜任之人也。”这也从一个侧面说明永安的进步文化人士并没有因为身处山城而自我封闭起来，而是积极与外界沟通。通过“引进来”和“走出去”方式，永安抗战文学在国内产生了不小的影响。尤为值得一提的是，永安的文学出版凭借发达的造纸业、精美的印刷、“推重车上峻坡”的精神，不仅赢得很高的称誉，还经常代为印刷出版浙江、江西等地的文艺刊物和丛书。

作为战时东南沿海的文化中心之一，永安文艺界与东南其他地区的互动尤为频繁，其文艺的生产与传播方式对整个东南地区产生了很大的影响。东南几省无论在地理环境上还是在文化发展上，都是唇齿相连，这使得东南文化界人士能够紧密地团结在一起。抗战初期，浙江金华曾成立了东南文委，统一协调东南数省的文化力量，这些省份里的文化界进步人士积极响应，他们交相传递文化出版物，在供稿、编辑、发行等方面也互通声息，保持一致，从而建构起了一个以浙江金华、福建永安、江西上饶等地为中心的较紧密的文化网。[①] 在这个文化网中，以永安为中心的文化阵地始终发挥着重要的作用，特别是随着国民党顽固派对金（华）衢（州）特委的破坏、浙赣战役的发生及金华等地的沦陷，“永安遂成为东南进步文化活动仅存的中心了”[②]。衡阳沦陷后，东南沿海与内地的联系被切断，西南等地的书报杂志不易流通到东南一带，永安文化界还为此开展了“东南文化自给运动”，成为推动东南数省抗战文化事业的主力军。[③] 抗战后期，徐中玉曾提出建立东南文化据点：“如果说攻城的确不如先去攻心，那么要保卫地方就也必须先来保卫人心，我们要保卫东南，就必须坚定和振奋东南的人心，打击渐渐又在复生滋长的失败主义，随时提供他们必要的知识和理解。这样，我们就必须要从速建立起东南文化工作的据点。”他又指出：“设立东南文化工作委员会，或文化工作委员会的东南分会或办事处，地点在赣州或永安，或在以上两地各成立一个分会或办事处。在这个会里网罗各方面的文化工作者在内，条件是热心文化工作，确有贡献，在文化学术界负有声望，决不是那种招摇混饭的份子。这是一个领导的组织，拟订计划和推动

---

① 见邱文生主编《永安抗战进步文化活动》，海峡文艺出版社，1994 年，第 5 页。

② 巴金：《爝火集》人民文学出版社，1979 年，第 5 页。

③ 陈大莲：《抗战时期闽西北内迁文化研究——以战时省会永安为中心》，福建师范大学硕士学位论文，2003 年。

实施都它负责，如果必要，不妨召开一次东南文化工作者的联合会议，商决一切。”① 由此，抗战后期，永安文艺界掀起了一场关于“东南文艺运动”的讨论，在这场讨论中，提出了许多切实可行的措施。

永安虽属山城，交通闭塞，但地处东南沿海，且非日本侵略者的重点防御地区，因此相对于深处内陆的其他国统区，它与中国境外的交流整体上更加方便。首先是与台湾文艺界的联系。福建与台湾一衣带水，同为日本侵略者的受害者，抗日救亡、保家卫国是两岸知识分子的共同信念。许多台籍爱国志士就曾在永安的报刊上发表过文章。如宋斐如、谢南光、谢东闵、李万居等台籍作家都曾在《改进》刊物上发表过自己的创作和译作，这些文章大多与抗日救国有关，鼓动性较强。他们还在全国的报刊上发表作品，用文字来抗议日本的侵略行径，呼吁国际社会的同情和帮助。

此外，永安文坛还积极译介各国进步作家的作品，保持与世界文坛的沟通和交流。1938 年 3 月，中华全国文艺界抗敌协会在武汉成立时，就曾号召翻译工作者“把国外的介绍进来，或把国内的翻译出去”②。黎烈文也曾指出：“在这世界的距离日渐缩短的今日，绝对不必重新关起门来……我们唯有虚心接受外来的文化，使其更加深刻化、学术化，建立起更适用于今日的政治、经济、外交、教育……等等学术理论。”③ 而在抗战时期，国民党仍然推行严厉的图书杂志查禁制度，许多作家的言论无法得到表达，在此情况下，他们更倾向于翻译外来作品，有些译作虽然也具有较为明显的进步倾向，但由于国民党审查机关担心引起国际纠纷，因此“翻译书籍容易获得审查机关的通过”④。正是如此，文学作品的译介在战时中国空前兴盛，这在永安也是如此。当时的永安文艺界也很强调战时翻译的重要性：“一方面，把中国的抗战文艺介绍到外国去，使外国人看一看我们生长在炮火中的文艺达到了怎样的水准，并且同时也使外国人看一看我们的抗战现实；另一方面，把外国的作品介绍到中国

---

① 徐中玉：《建立东南文化工作的据点》，《联合周报》1945 年第 2 卷第 19 期。

② 《中华全国文艺界抗敌协会宣言》，《文学运动史料选》第四册，上海教育出版社，1979 年，第 20 页。

③ 黎烈文：《略论文化动员》，《新福建》1942 年第 1 卷 3、4 期合刊。

④ 张静庐：《中国现代出版史料》（丙编），中华书局，1956 年，第 136 页。

来，供给我们的作者借镜，使抗战文艺能够得到更好的肥料。”① 黎烈文主持改进出版社时，就致力于“翻译介绍世界权威学者和前进作家的文章”。因为在他看来，“翻译和介绍的工作可使中国在思想学术各方面迅速地赶上欧美先进国家，可使中国迅速地现代化”②。他还把大量刊登译文作为《改进》的特殊的风格加以保持。

对于翻译作品的来源，王西彦曾提到过“出版社编辑部里有几位原来就从事翻译工作的人，也有一些这方面的资料，包括私人的藏书和几份预定的外国文艺期刊，如英文和法文的《国际文学》之类”③。内迁永安的知识分子在艰难的环境中翻译、出版了大量的世界文学作品。在当时，巴尔扎克、托尔斯泰、罗曼·罗兰、狄更斯等西方著名作家的作品尤为受到译者的欢迎。与译者同时代的西方作家的作品也常被翻译进来。比如美国女作家赛珍珠，她的许多时评和杂论曾被永安作家翻译并发表在《改进》上，如《正视中国问题》（倪师坛译）、《在中国降落》（陈蕴华译）、《自由的中国在进展中》（夏涛声译）等，都在当时的中国文化界产生了很大的影响。当然，基于现实语境，翻译家们更倾向于选择反侵略、反法西斯主题的作品。如黎烈文在繁忙的编务之余，仍翻译了霍尔发斯的《第三帝国的兵士》、克洛勒的《伟大的命运》、梅里美的《掷骰戏》；王西彦在主编《现代文艺》时，曾因奥地利作家茨威格“因犹太作家的身份正受到希特勒的迫害”④，就刊登了他的许多作品。苏联作家作品也是永安文坛译介的焦点。《现代文艺》开辟了介绍高尔基、托尔斯泰、莱蒙托夫、陀思妥耶夫斯基、玛耶卡夫斯基等作家的特辑，如《托尔斯泰的思想》、《勒尔蒙托夫的诗》、高尔基的《幽会》、陀思妥耶夫斯基的《圣诞树和婚礼》等，这些介绍俄国、苏联文学的特辑充分体现了编者和译者们的良苦用心，他们真切地希望这些作品能够给中国人民以激励，鼓舞中国人民坚持抗日救亡、争取民主斗争的斗志。

此外，永安文艺界也有主动走出去的行动。比如在戏剧界，省政府组织的

---

① 俞磬《关于翻译》，《现代文艺》1940 年第 1 卷第 6 期。

② 黎烈文：《我们的希望》，《改进》创刊号，1940 年第 1 卷第 1 期。

③ 王西彦：《野火的联想》，艾以、沈辉等编《王西彦研究资料》，知识产权出版社，2009 年，第 75 页。

④ 王西彦：《山丛里的篝火》，《新文学史料》1986 年第 1 期。

"南侨侨胞慰问团"就远涉南洋至菲律宾，演出了《雷雨》《日出》等，使菲律宾华侨对祖国的抗战形势有了进一步的了解并为抗战慷慨捐资献力。

总之，永安的知识分子通过翻译沟通了世界文坛，也通过异域视角进一步了解了自己的国家，这些译作为战时读者提供了丰富的精神食粮，鼓舞了永安地区乃至全中国人民抗日的斗志。这对于生活在交通闭塞的山城永安来是，是非常难能可贵的。

结　语

历时7年之久的永安抗战文学活动，"有着充实的内容与生龙活虎的精神"，"它保留下一个伟大民族在苦斗中的血肉与呐喊，保留下人类最善的希望与进步的脚迹。"[①] 抗战结束后，永安作家奔赴全国各地，这些作家除了继续文学创作，还有相当大一部分就职于全国各地的文化教育和出版传媒机构，他们既把永安时期的文学刊物编辑精神、创作理念和踏实、坚韧的文化工作作风传播至全国各地，还不时以小说、诗歌、散文等形式重现永安抗战文学的历史图景，激励、滋养着新中国文学。可以说，永安抗战文学不仅在当时具有强烈的时代感和鲜明的战斗性，而且在今天依然具有较高的审美价值，给福建乃至东南沿海留下了一份弥足珍贵的文化遗产。

① 《现代文艺·发刊词》，《现代文艺》1940年第1卷第1期。

“民国文学”的概念、张力及实践

在一个注重创造性阐释的时代，历史往往被当成了“运动中的哲学”，所谓的“一切历史都是当代史”，即是在过去与当下视域的遭遇中重建另一种历史。作为对一种感性艺术的考察，史学视野中的文学研究更易受此观念的影响。就以“现代文学”研究而论，在20世纪80年代以前，它深受政治意识形态的规约；20世纪80年代以后，又被动成为各种西方哲学、文化思潮的注脚。这样的结果使“现代文学”研究不仅离历史事实越来越远，也离文学越来越远。尽管20世纪80年代后期“重写文学史”的方法论解放，强调了文学的内部规律，重新解释了文学与政治的关系，但对文学背后在场的历史仍没有足够的重视。总之，对某种历史形态的文学的考察，无论方法论如何翻新，它必须既是文学的也是历史的，是文学的感性与历史的理性的有机结合，而在这一方面，当下的“现代文学”研究界显然做得还不够。针对这一问题，近年来“民国文学”的提出，可谓是切中肯綮的纠弊。该命题的提出意在重返民国历史场域，从一个更具亲切和显豁的视域，揭示现代文学的原生态。这一新的研究范型，对应着研究者对“现代文学”学科概念属性的反思和范畴内涵拓展的诉求，诸如“民国史视角”“民国机制”“民国风范”等方法论的提出，对于“现代文学”研究视野的扩展和研究格局的重塑，具有积极的推动作用。但不可否认的是，作为一种新的研究范式，“民国文学”相关概念的意涵仍不够清晰，其内部的学理逻辑还有待于进一步的推演，特别是其实践路径还未得到有效勘探。而以上诸问题的解决，将利于充分展示“民国文学”研究的可行性，打消来自多方的质疑。

一

首次明确提出“民国文学”概念的是陈福康先生。他指出：“按我们现在的划分，在古代文学史以后，再分为近代文学史、现代文学史和当代文学史。其中‘近代’约七十年，‘现代’约三十年，而‘当代’则有五十年了。随着‘当代’的继续不断地增延，夹在‘近代’与‘当代’之中的‘现代’，便越来越显得尴尬。为什么半个多世纪前的事情，还叫‘现代’呢?”他认为，现代文学学科应该是史学的一个分支，“中国现代文学研究”应主要从属于史学研究，而不是文学研究。[①] 陈福康先生其实指出了“现代文学”这一概念的两个不足。其一，“现代”作为一个与“近代”“当代”相提并论的概念，其时间属性日渐消逝，而其意义属性日益凸显，特别是20世纪90年代以来，“现代”一词更是含纳了各种西方哲学、文化思潮话语，导致“现代文学”成为了一个内涵广泛甚至没有明确外延的概念，以其作为一个学科的命名，必然在意义所指上陷入含混状态，亦将使相关研究成为某种理论的预设。其二，导致“现代文学”这一概念的含混性和汗漫无度，主要在于它缺乏一个具体历史框架的支撑，或者说这一概念的提炼主要不是来自于对这一时段文学所依托的某种“历史”的总结。此处的“历史”不是那种简单、先验的线性史述，或意识形态化、“主观化”的史论，而是指具体的、客观的、原生态的历史。长期以来，现代文学研究显然缺乏这样的历史意识，我们不是从原生的历史场景出发来总结这一时段的文学观念和精神，而是将预设的文学主题凌驾于历史之上，从20世纪80年代以前的政治视角观照到20世纪90年代以来的文化学透视无不体现了这一点。

因此，“民国文学”概念的提出，就是要打破长期以来“现代”一词对该时段文学的意义限定，在某种程度上将该时段文学史的命名“从意义的属性转到时间属性上来”。因为，文学的变化及其表现形态，涉及许多复杂的问题，意义概念只表现一种既定的本质规律，而时间概念没有先验的预设，关注的是

① 陈福康：《民国文坛探隐》，上海书店出版社，1999年，第378、380页。

任何具体的“存在”，它能最大限度地保持文学史的完整性。[①] 另一方面，“中华民国”之于“现代文学”，不单是一个政治实体，也是这一时段文学存在和发展的时空框架，以它来为文学史命名，可让这段文学充分“历史化”，使文学的发展逻辑紧靠应然的历史本身，进而将文学的研究纳入特定的历史时空中而非任其变动不居。这是“民国文学”提出所要解决的第一个问题。

但另一方面，强调“民国文学”概念的时间属性，并非是否定其意义内涵。事实上，每一段历史都沉淀了一种独特的记忆，“民国文学”概念也有自身的意涵和价值取向，正如慷慨悲凉之于“建安文学”，理性思考和人生悲哀之于“正始文学”，在文学史的命名上体现的是时间外延与意义内涵的结合。曾有学者将“民国文学”当成一个无所不包的“乾坤袋”，凡是民国时空中存在的文学现象和文本，都收入其中：“就像先秦文学、两汉文学、魏晋南北朝文学、隋唐文学和宋元明清文学中的各个朝代是一个时间概念一样，民国文学中的民国，是指从辛亥革命到1949年中华人民共和国成立这一时段。凡在这一时段里的文学，就是民国文学。”[②] 如此强调“民国文学”的时间属性，就有陷入矫枉过正的危险，因为，否认了“民国文学”概念的特定内涵，也就模糊了“民国文学”的边界。

更为重要的是，“民国”作为一个断代的国号与以往封建王朝的国号大不相同，“民国”二字有着丰富的内涵。中国古代王朝的名称大致有五个来由：由部族、部落联盟的名称而来，如夏、商、周等；来自创建者原有封号、爵位，如汉、魏、晋、隋、唐等；源于创建者原始所在或政权统治的区域，如蜀、吴、宋；借助国号寓意吉祥，如明、清等。可见，这些封建王朝国号的确定并无统一的标准，其概念之能指与国家政权组织形式的所指并无必然联系，因为后者在本质上都是同一的，都是为了维护皇权的“家天下”和专制统治。与上述王朝不同的是，“民国”这一国号却蕴含着丰富的内涵。作为中华民国的创立者，孙中山对此有过详细的解释。1916年7月，孙中山在上海“尚贤堂”茶话会上的演讲时指出：“诸君知中华民国之意义乎？何以不曰中华共和国，而必曰中华民国，此‘民’字之意义，为仆研究十余年之结果而得之者。

---

① 张福贵：《从“现代文学”到“民国文学”》，《文艺争鸣》2011年第7期。

② 陈国恩：《民国文学与现代文学》，《郑州大学学报》（哲学社会科学版）2011年第5期。

欧美之共和国，创建远在吾国之前，二十世纪之国民，当含有创制之精神，不当自谓能效法于十八九世纪成法而引以为自足。”① 孙中山如此重视“民”的重要性，在于他认为以代议政体为基础的欧美共和国体并非尽善尽美，不能完全照搬。他立足于中国几千年来“民为轻”的国情，强调人民之于国家的主导地位，直接实施“民权”，所以将新生政权定名为“民国”。在 1923 年 10 月 21 日为全国青年联合会所作演讲中，他又对此作了较为全面的阐释：“中华民国这个名词，是兄弟从前创称的。这个名词到底是什么东西呢？诸君自然知道中华民国和‘中华帝国’不同，帝国是以皇帝一人为主，民国是以四万万人为主。”② 他指出，中华民国的领土、国家主权虽仍是“中华帝国”原来的领土和国家主权，但后者属于皇帝个人，所谓“普天之下，莫非王土”；而“中华民国”的领土则是“普天之下，莫非民土”，“中华民国”的人民则是“率土之滨，莫非国民”。显然，孙中山要通过坚持国家主权属于全体国民所有的人民主权原则，来补充代议制民主政体的不足：“国民党之民权主义，于间接民权之外，复行直接民权，即为国民者不但有选举权，且兼有创制、复决、罢官诸权也。……凡此既以济代议政治之穷，亦以矫选举制度之弊。”③ 由此观之，“民国”二字不仅指称一个历史时段，还具有政体的内涵，蕴含着一种独特的精神导向。

与此相应，“民国文学”也不应仅是一个朝代文学概念。作为一种新的概念范畴或叙史视角，“民国文学”的提出，映照出我们对“现代文学”内涵理解与把握的片面性或局限性。“现代文学”中的“现代”一词，既包含着人性、个性、理性、科学、自由、平等等精神观念层面上的内容，也包括人权、民主、共和、宪政、法制、政党、议会等典章制度层面上的内容。但当下的“现代文学史”阐释框架里往往只接纳前者，而将后者排除在外。从思想史的角度来看，前者是后者的思想基础，但它们在近代中国的传播和全面付诸实践，却有着“从制度上感觉不足”到“从文化根本上感觉不足”的更迭过程，呈示的

① 孙中山：《在沪尚贤堂茶话会上的演说》，《孙中山全集》第三卷，中华书局，1984 年，第 323 页。

② 孙中山：《在广州全国青年联合会的演说》，《孙中山全集》第八卷，中华书局，1986 年，第 323 页。

③ 孙中山：《中国国民党第一次全国代表大会宣言》，《孙中山全集》第九卷，中华书局，1986 年，第 120 页。

是后者施行的无效导致了前者作为一种运动思潮全面展开这一历史事实。一个直接的证据是，陈独秀创办《新青年》及提倡新文化运动，切近的原因在于辛亥革命的不彻底性、两次护法运动的失败，以及袁世凯一意孤行复辟帝制。如果进一步深究可发现，在此后的思想文化史演进中，众多概念和口号的提出，也多出于对健全的现代典章制度的诉求。从“现代文学史”通常沿用的概念范畴来看，“人的文学”对平凡的“人”及其权利的重视，“革命文学”和“左翼文学”对践踏民主共和精神的反动政府的鞭挞、对人人平等的理性新社会的呼唤，皆可看成是知识精英对孙中山等革命先辈倡导的“民国”的想象和重构。显然，在20世纪上半期，忽视了典章制度层面上的内涵，“现代”一词的意义将无法自足；而且，如上所述，作为精神层面上的“现代”的提出和播衍，往往是为民国典章制度层面上的“现代性”缺失所诱发的。因此，以“民国文学”取代“现代文学”，在概念内涵上更能反映那一时期的文学生态。必须指出的是，孙中山先生提出的“民国”只是一个理想设计，在北洋政府时期和南京国民政府时期都不曾真正地实践过，因此提出“民国文学”这一概念的提出，并不等同于在文化、文学层面上对北洋军阀和国民党在大陆的反动统治的美化，而是探寻那一时代的知识分子在政治严重腐败、民主功能彻底变质以后，他们是如何以自己的方式缅怀、书写以“天下为公”为己任的真正意义上的“民国”。

近年来，学术界针对“民国文学”的时间属性抑或意义属性展开了广泛的论争，但最终皆陷入偏执之论。因为如上所述，“民国文学”这一概念应兼具时间属性和意义属性，或者说“时间”和“意义”合成了“民国文学”的外延与内涵。一方面，“民国文学”具有断代的功能和时间性包容，可确证自身在线性的文学史上的坐标；另一方面，它也应该在特定的历史时空中阐扬自身独特的思想内核，破除此前“革命”“阶级”“现代性”“社会历史”“民族国家”等宏大概念的束缚。因此，单独强调其中的一个方面都是偏颇的。

二

一个不可否认的事实是，“现代文学”研究长期受到庸俗唯物主义的影响，形成了一套故步自封的社会历史学批评模式。它以先验的推理和定论，将社会、作者、作品三者等同，认为作家创作的诱因都来自社会，仿佛形形色色的“社会”“时代”直接造就了作家的创作，而文学创作过程的复杂性、作品本身丰富的审美品性都被淡化或忽视了。这种批评模式使文学成为了社会、时代、政治的注脚和附庸，文学研究的目的不是寻求作品反映社会的深广度以及由此达到的艺术高度，而是在于考量文学服务社会时代的可能。这一忽视文学自律的做法几乎贯穿了整个20世纪中国文艺理论界，直至如今仍有一定的市场。尽管20世纪80年代以来，各种哲学、文化思潮的涌入，使现代文学研究在很大程度上打破了庸俗社会学批评模式的藩篱。但面对各种外来话语，我们几乎迷失了自我，过度阐释和生搬硬套在文学作品解读中大行其道，学术研究成为了冰冷的话语切割和理论的自我繁殖，而亲切、温润的作品却被弃之不顾。不管是机械的社会反映论还是外来话语的独尊，皆使现代文学研究失去了其学术主体性，使学术研究成为了一项无趣甚至令人厌烦的工作，很大程度上造成了学术生态的恶化。

整体来看，“民国文学”研究仍属于传统社会学的批判模式，但这一新的研究模式也对后者作出了较大调整和完善。倡导“民国文学”研究，是要去除各种先验的介入和意识形态干扰，通过对原始文献的爬梳，返回民国社会历史的具体场景，充分发掘那一时代文学对诸多“民国因素”的记忆，寻绎真实的社会历史如何影响于文学创作中题材的选择、主题精神的确立、艺术手法的运用等方面的问题，抛弃以往重视文学对整个社会泛泛发言的研究姿态。同样，面对西方话语资源的“异质关注”，我们也应对其充分过滤，让其与中国社会历史语境紧密结合，形成贴近于中国原生社会历史的本土问题意识。或者说，相对于“现代文学”的研究思维，“民国文学”研究注重的是学术主体意识的觉醒与强化，将问题放在中国本土的语境中，考察那一时期中国人自身切实的在地经验与情感。譬如，在20世纪30年代前期，当时的文坛创作了许多反映城乡破产的小说。尽管这一现象与左翼文坛宣传下层苦难和阶级叙事密切相关，当下的文学史也倾向于将这类作品所反映的农民的悲惨命运归结于“三座大山”的压榨。然而，如果从“民国”的视野加以检视，结合民国的政治、经济史，却可发现这一文学景观的生成与20世纪20年代以来世界性经济危机对当时中国薄弱的经济体系打击密切相关。因为，自世界经济危机爆发后，西方各国纷纷放弃金本位制，结果导致世界银价上涨。而当时中国银价比世界银价低，于是中国的白银大量外流，国内出现银根奇紧、折息上涨、借贷无门、物价猛跌、货物滞销、工商金融业纷纷倒闭的情景。由此，在城乡破产小说中，金钱匮乏带来的生活贫困、经济焦虑、经济恐慌、人性变异等就成为最普遍的书写内容，诸如茅盾的《林家铺子》、吴组缃的《栀子花》、洪深的《香稻米》、叶圣陶的《多收了三五斗》、叶紫的《丰收》等小说大都发表于民国经济危机的这四五年，随着1935年民国经济的复苏，此类文学创作才随之消退。可以推定，这一类题材的文学创作得以形成一股不小的创作思潮，主要的素材依据就是民国经济体系面对世界经济危机时的无力与窘迫。因此，从20世纪30年代民国经济危机角度考察当时的城乡破产文学创作，无疑更符合文学史事实，如果我们遵照传统机械社会论、阶级论的阐释框架，将错失对作家本土主体经验的挖掘，文本的丰富性也将无法得到呈现。

“民国文学”研究虽然重视文学的历史景深，但它与一般的史学研究仍有较大的差异。不同于历史对理性和真实性的苛刻要求，文学相对讲求感性和艺术想象，具有独立的审美品格，其内部不同的门类或要素对历史的回应并非是同步的。因此，在强调“民国文学”研究的主体性时，也要防止对其理论效能的无限夸大。

就以不同文类而论，面对现代诗歌和现代散文这两种不同的文类，作为方法论的“民国文学”研究可呈现出不同的阐释能力。按照黑格尔的观点，“诗所特有的对象或题材不是太阳，森林，山水风景或是人的外表形状如血液，脉络，筋肉之类，而是精神方面的旨趣。……它只为提供内心观照而工作。……所以在全部事物之中，只有那些可以向精神活动提供动力或材料的才可以出现在诗里。例如作为人的环境或外在世界的那些外在事物本身并没有什么意义，只有在和人的意识中精神因素发生联系时，它们才有重要的意义，才成为诗所特有的对象”。而散文的思维方式是一种单凭“知解力”的日常意识，“日常的（散文的）意识完全不能深入事物的内在联系和本质以及它们的理由、原因、目的等等”，它只是“按照外在有限世界的关系去看待”[①]。亦即，诗歌作为一种书写主体内在精神世界的文类，其形而上的精神指向相对来说与现实社会较为疏离，如果将其置于“民国”这一历史景深中加于考察往往显得力不从心。

① 黑格尔：《美学》第三卷下册，朱光潜译，商务印书馆，2016年，第19、22、23页。

特别是纯粹的现代诗歌（不包括那些不成熟的政治抒情诗和鼓动诗）主要是以西方诗艺为主要范式确立起来的，无论是晚清“诗界革命”对“欧洲之意境语句”的借镜，还是20世纪30年代“现代派”诗歌自觉接受法国象征派、美国意象派和现代主义诗潮的影响，现代诗的整体审美取向与社会公众主题相对疏离，更多的是聚焦内心世界，书写自我的情绪和感觉。就这一点来看，“民国”视角在诗歌文本和创作现象上获得的解读空间较为有限。相对而言，散文的创作主体性较为直接和真切，其贴近社会历史和关注日常现实人生的形而下的写作方式，较为真实地记录了民国的国家历史情态，文学与历史的亲密互动，使其成为“民国文学”研究的最佳范本，在此视角观照下，许多被遮蔽的问题可能得以重新敞亮，这对于打破当前现代散文研究徘徊于美学分析和文化考察的困境不无意义。譬如，20世纪30年代科学小品的兴起，很大程度上与文学界对当时民国政府倡导的“卫生运动”和“新生活运动”的回应密切相关。又如，现代山水游记中大规模的“社会相”书写，并非仅仅缘于近代以来知识分子的忧患意识和批判品格，更切实的原因在于民国旅游之风的兴盛和现代资本的介入，使诸多自然景区成了集避暑、游览、娱乐、宗教、教育、商业等功能于一体的社会活动场所，导致了自然“风景”的社会化。[①]

如上所述，面对不同的文体，“民国文学”的研究视角产生了不同的理论效能，这就需要我们在具体研究过程中，仔细考辨民国历史对现代时段文学施加影响的可能和限度，否则，在获取文学研究的主体性的同时，我们会重新陷入万能论的泥淖，从而走向另一种极端。当然，强调“民国文学”研究的学术主体性，并非否定以往的研究模式，而是从另外一种视角重新考量问题。因此，我们不必急于以之取代已有的各种研究视角，甚至否定那些据此已经获得认可的研究成果。

三

无论“民国文学”的理论建构描绘了多么美好的图景，它最终还是要落实

① 王炳中：《“民国机制”与现代游记的“社会相”》，《中央民族大学学报》2015年第1期。

到学术研究的具体操作层面，这就是李怡先生所提出的“民国机制”问题，即充分挖掘民国社会体制下“逐步形成的推动社会文化与文学发展的诸种社会力量的综合，这里有社会政治的结构性因素，有民国经济方式的保证与限制，也有民国社会的文化环境的围合，甚至还包括民国社会所形成的独特的精神导向，它们共同作用，彼此配合，决定了中国现代文学的特征”[①]。但文学始终是一种精神活动，它的流动性和不确定性远不如真实的历史坚实可靠。这就决定文学与其所反映的历史是永远无法等同的，后者对前者的影响充满了复杂性，而非简单、直观的因果关系。在具体的研究过程中，如果不能探索“民国机制”的生成、展开过程，而仅仅是泛泛而谈“民国”之于文学的机制作用，那么所谓的“民国文学”研究将只是民国政治、经济、法律等要素与文学的简单对接，尔后得出一种失去逻辑关联的结论，这将陷入了另一种武断的“历史决定论”。因此，如何激活“民国机制”成为“民国文学”研究的关键问题，这就需要寻求一种将作家与诸多“民国要素”贯穿起来的中介，使它们不以简单的因果关系叠加，而是始终在一个合乎逻辑的环境中运行，最终将“民国”的整体性意义在理论概括的高度上呈现出来。

从文学的创作规律来看，文学是对人的生命、存在及其意义的终极叩问，属于情感的领域。在此意义上，文学对现实的书写永远绕不开作家的感受与体验。伽达默尔认为“体验”之于艺术具有本体性的意义，“如果某个东西不仅被经历过，而且他的经历存在还获得一种使自身具有继续存在意义的特征，那么这种东西就属于体验。以这种方式成为体验的东西，在艺术表现里就获得了一种新的存在状况（Seinsstand）”[②]。确如其言，体验离不开现实经历的沉淀与发酵；但另一方面，体验又是对经历的意义提炼和诗意升华，是一种价值性的认知，具有超越性。文学创作中的“体验”是作者立足于具体的经历和情感，把自己置于价值世界中，去寻求、体味创作对象的意义及诗意。可以说，无论研究方法如何翻新，任何文学文本的解读都必须背靠作家生存的具体历史场景，攫取与其密切相关的生存体验。如此，方可最大程度地还原文本的意义。

---

① 李怡，周维东：《文学的“民国机制”回答》，《文艺争鸣》2012 年第 3 期。

② 汉斯·格奥尔格·加达默尔：《真理与方法》上卷，洪汉鼎译，上海译文出版社，1999 年，第 78 页。

“民国文学”研究如要避免传统文学社会学研究模式忽视作家生命体验的高蹈凌虚，就须通过作家的“民国体验”建立起民国社会历史与文学创作的深度关联。对于这一时期的作家来说，民国体验首先是指作家身处民国具体的历史时空，以“民国人”的身份参与各种社会活动而沉淀的现实体验。它是一种关涉民国整体性精神的想象和情怀，是作家对民国历史的观察、记忆、分析、判断的结果，并最终转化为“纯文学”意义上的由彷徨、挫折、忧伤、敌意、愤怒以及喜悦、感激、兴奋、快乐等体验构成的生命感受。无论是面对整体性的创作思潮还是具体的艺术手法，我们都可以借助“民国体验”揭示以往被“现代文学”研究模式所遮蔽的问题。

在20世纪上半叶，现实主义文学一直主导着当时整个中国文学的发展方向。对于这一创作思潮，学术界已作了详尽的研究，但关于其生成问题，前人多以机械的社会反映论思维，简单地将之归结于现实社会对作家的召唤，而对于“现实”借由何种机制影响于文学创作，这一机制又饱含着作家何种现实体验，却往往语焉不详。也就是说，机械的社会反映论仅仅是泛泛而谈抽象意义上的“现实社会”对于文学的影响，而无法还原具象的历史现实如何通过作者自身的情感体验对文学创作施加影响。这样，就无法凸显“现代文学”的社会关怀之于古代文学、当代文学的异质性，无法体现其在悠久的现实主义文学史上的独特价值。正如前文所言，“民国”一词不仅指称一个断代的国号，还包括从典章制度到精神观念等方面丰富的内涵，并由此营构了一种独特的现代政治文化语境，进而生成了“现代文学”中介入、批判现实的“民国体验”。安敏成认为，自晚清以来的中国文学是一系列挫折的产物，五四新文学的“斗争精神是为频繁的历史倒退中的挫折感所哺育的”，主要是辛亥革命后共和政府的威权被军阀篡夺，打破了知识分子建立一个强大国家的热望，致使他们转向新文化的建设。[①] 如其所言，“辛亥革命以后，谁要再想做皇帝，就做不成了”[②]，民主共和思想从此深入民心，成了一代知识分子的精神信仰。然而，在现实政治生活中，从北洋政府到南京国民政府，频繁的派系斗争、军阀混战

① ［美］安敏成：《现实主义的限制：革命时代的中国小说》，姜涛译，江苏人民出版社，2001年，第2—3页。

② 毛泽东：《如何研究中共党史》，《毛泽东文集》第2卷，人民出版社，1993年，第346页。

及一党独裁使民主共和精神名存实亡，以宪政精神为基础的现代国家体制却遭到了严重的破坏。这极大地触动了有良知的知识分子的现实情怀，于是以宪政精神为基础的现代政治文化语境营构了一股强大的道德力量，推动着现代知识分子展开了广泛的“社会批评”和“文化批评”。因此，现代作家对现实社会的不满和批判，源于他们曾经寄予热望的民国宪政精神的沦落，反映的是彼时作家群体对中华民国最初宪政承诺的缅怀，希冀借助文学形态重振民国精神的努力。正如李怡先生所说：“宪政理想，这几乎就是流淌于知识阶层全体的精神信仰，而现代作家则扮演了活跃的角色——他们宣讲、传播、阐发、呐喊、抗争。”[①] 诸如鲁迅先生等作家对当时中国社会的激烈批判，其实蕴含着他们重振民主共和精神的诉求：“我觉得民国的来源，实在已经失传了”[②]，“我的爱护中华民国，焦唇敝舌，恐其衰微，大半正为了使我们得有剪辫的自由”[③]。总之，现代作家的批判情怀，首先表达的是自己特定的历史体验，而这一体验在很大程度上体现为浓厚的“民国情结”，如果不能还原到他们对现代民主共和精神的渴望以及接踵而来的挫折失望之感，就很难说明现代文学中的批判意识是如何生成、展开的，又浇筑了何种独特品质。

民国经验不仅整体塑造着这一时期的文学精神，也具体影响着作家艺术手法的选择及运用。活跃于20世纪30年代的新感觉派作家刘呐鸥和穆时英惯于用蒙太奇、意识流手法，强调刹那的感觉和想象，描写光怪陆离的都市风景。对于这些独异的艺术手法，学术界向来多强调他们对西方现代主义和日本新感觉主义的异域借鉴，却忽略他们民国电影人身份的深刻影响。20世纪30年代是民国电影的黄金时期，上海是当时中国电影产业最为繁荣的城市之一，“自20年代晚期起，一些老戏院就开始革新，而新电影院也开始动工”，“30年代末，上海已经有了32到36家影院”，[④] “中国观众因之而蜂拥前往电影院，情

① 李怡：《宪政理想与民国文学空间》，《郑州大学学报》（哲学社会科学版）2012年第5期。

② 鲁迅：《忽然想到》，《鲁迅全集》第三卷，人民文学出版社，2005年，第17页。

③ 鲁迅：《因太炎先生而想起的二三事》，《鲁迅全集》第六卷，人民文学出版社，2005年，第576—577页。

④ 李欧梵：《上海摩登——一种新都市文化在中国（1930—1949）》，北京大学出版社，2001年，第98、99页。

形和当年外国公园对华人开放时一样”[①]。民国电影产业的繁荣，使得电影艺术及其视觉效应为一种全新审美体验的生成提供了无限可能，而这种体验所源自的镜头叙事、电影明星、宣传海报、影院氛围的时代性和日常性使其深深地打上了“民国”烙印，或者说一种“民国风情”。从现有的文献资料来看，刘呐鸥、穆时英不仅是电影爱好者，而且还深度涉入电影产业。在20世纪30年代，刘呐鸥曾与黄嘉谟等人合办《现代电影》月刊，担任过电影制片人，写过《影片艺术论》《电影节奏论》《欧洲名片解说》等许多具有广泛影响的电影理论文章和电影评论。穆时英在20世纪30年代也积极参与电影产业，他曾担任民华影片公司的导演和编剧，自编自导国防电影《十五义士》[②]，还在《电影艺术防御战》[③]《MONTAGE论》[④]等文中系统地阐述了电影理论。特别是《MONTAGE论》一文，详细论述了电影艺术的基础、分解与再建、细部的强调、时间与空间的集中、画面、Camera的位置与角度、画面与画面之编织、节奏、音响与画面的对位法等有关电影艺术的重要问题，反映了穆时英对之揣摩已久，深得其中三昧。电影人的身份使刘、穆二人小说的叙事技巧充满了现代电影的手法，作品中舞厅、街道、花店、跑马场、电影院、高速行驶的火车等场景和画面的快速切换和时空设置，无不是电影蒙太奇镜头语言的再现；此外，诸如《两个时间的不感症者》《夜总会里的五个人》等小说中那些浓妆艳抹、打扮时尚又有着高鼻梁和大眼睛的女性形象在某种程度上亦是以当时风行于上海滩的电影明星为原型的。这亦可解释同为新感觉派作家，作为专业作家的施蛰存和热衷于电影艺术的刘呐鸥、穆时英在运用现代主义手法上有着较大的差别。事实上，许多民国作家都是电影的爱好者，如鲁迅、郁达夫、田汉、夏衍、张爱玲、张若谷、叶灵凤等人都在不同场合表达了他们对电影的关注和兴趣，他们的文学作品如《野草》《过去》《子夜》《倾城之恋》等也在一定程度上借鉴了电影艺术。但整体观之，只有刘呐鸥、穆时英的小说大规模地在电影与文学中建立起一种可观的类比性。因为，前者只是对某种电影艺术因素的

---

① 杜云之：《中国电影史》，台北：商务印书馆，1972年，第17页。

② 见《国民新闻》1940年6月29日关于穆时英生平的简介，时为穆被刺杀的第二天。

③ 见《晨报》1935年8月11日至9月11日。

④ 见《朝野公论》1937年第2卷第4—6期。

借用，而后者与其是说是现代主义小说，毋宁说是一种根植于新潮电影艺术的文学创作。或者说，作为一种在当时中国缺乏本土文化土壤的现代主义文学能够被刘、穆发展为一种文学流派并非偶然，而是与他们二人深度介入 20 世纪 30 年代民国电影产业有着重大的关系。

总之，开展“民国文学”的实践研究是一项系统的工程。自“民国文学”这一概念提出以来，学术界又提出了许多子概念，如“民国史视角”“民国机制”“民国风度”等，但无论这些概念要将“民国文学”研究带向何方，在具体研究过程中，都要依托“民国经验”这一中介，即研究者始终要回溯到作家与民国历史形态的相互作用所累积出来的经验形态。如此，“民国文学”研究的汗漫才能得到有效控制，不至于成为另一种机械的文学社会学研究模式。

后　记

论文集即将出版，照例应该说几句话。

文学的本质是什么？这是一个很多人试图回答的问题。答案大同小异。对于文学研究者来说，这同中之异就有可能带出新的视角、方法论和研究模式，拓展某一论域的研究空间。在我看来，文学最应该关注的是我们常说的世道人心，应该是立足于个体而又能够走向广阔的天地人生。就五四以来的新文学而言，我更感兴趣的是作家个人与百年中国历史进程的关系，时移世易，作家在不断回应中调整书写的面向，运用不同的文体师心使气，所谓文学的“体性”，在此应该归结于个人与历史的互动。此一观念多年来指引着我的现代文学研究，本书所选入的文章也多是这一学术思想的践行。

敝帚自珍，人之常情，我也未能免俗；且今年是我入职福建师范大学文学院的十周年，选编旧作，算是对自己十年学术生涯的总结。不过，在翻阅这些旧文的时候，却没有几篇能够使自己满意。不悔少作，我还没有这个勇气。因此书中许多文章收入时都略有删改，并依据不同的论题分为四辑。

本书的出版首先得到了文学院的经费资助和学院领导的鼎力支

持，在此谨致谢忱。还要感谢恩师汪文顶先生引领我走上学术之路，也是他的教诲和关怀让资质平庸的我还能够继续前行。海峡文艺出版社的林滨先生和蓝铃松先生为本书的出版费心颇多，感谢他们的敬业和付出。

最后，感谢家人的支持，你们永远是我坚强的后盾。

王炳中

2021年12月10日于福州